남녀의 몸이 서로 뒤바뀐다는 흔한 소재를 신체의 문제에서 벗어나지 않고 쓰기란 어려운 일이다. 이 소설은 그 점을 얼버무리지 않고 치밀하게 그려낸 데다 가독성까지 놓치지 않았다. 이러한 설정을 살려 자신의 신체를 받아들여 가는 고충, 가족 간의 소통 문제, 실존적인 불안 등 우리가 살아가면서 맞닥뜨리는 다양한 문제들을 신선한 형태로 부각시켰다. 단순히 필력이 뛰어날 뿐 아니라, 작가는 이 소재를 정성스레 마주하고 있다.

—모리미 도미히코(소설가)

성별에 대한 위화감, 몸에 대한 위화감, '자신의 집'과 '타인의 집'에 대한 위화감, '자신의 삶'에 대한 위화감. 현실성 있는, '타자와 몸이 서로 뒤바뀐' 이야기면서도 세세한 부분에 깃든 묘사 하나하나에, 평소 우리가 조금씩 느끼며 살아가는 '나라는 존재'에 대한 위화감과 삶의 고충으로 연결되는 감각이 있어, '뒤바뀐 몸'은 그것을 가시화하는 장치에 불과함을 깨닫게 한다. 이 점이 무척이나 현대적인 동시에 보편적이다. 소설 전체에 깔려 있는 것은, 비록 본래는 자신의 인생이었다 한들 '타자의 인생을 존중한다'는 두 주인공의, 나아가 작가의 성실한 소망이 아닐까 싶다. 소설 속과 같은 운명은 아닐지언정, 선택할 수 없는 운명 혹은 인생과 씨름하는, 그런 우리를 향한 응원으로도 읽힌다.

—츠지무라 미즈키(소설가)

현대의 젠더 논의를 남김없이 받아들이거나 저촉되는 부분을 능숙히 분리해내는 동시에, 모든 것을 등장인물의 개성, 개인적인 인생의 선택으로 재포착했다는 점에서 수준 높은 필력뿐 아니라 작가의 정신적 성숙과 현대에 적합한 시선이 느껴진다. 읽을 가치가 있다는 점, 독자에게 신뢰를 약속한다는 점에서 추천에 후회가 없다고 단언할 만한 소설이다.

—우부카타 도우(소설가)

네 얼굴로 울 수 없어

네 얼굴로 울 수 없어

기미지마 가나타
장편소설

박우주 옮김

30

1년에 딱 한 번 만나는 사람이 있다. 남편은 모르는 사람이다.

이날은 평소보다 한 시간 이상 일찍 알람이 울린다. 남편과 딸아이가 깨기 전에 잽싸게 소리를 끄고, 숨을 죽인 채 이불을 천천히 기어 나온다. 발이 걷어찬 담요를 다시 잘 덮어준다.

거실로 나가 커튼을 젖힌다. 7월이면 여섯 시 전에도 해가 이미 중천이다. 이날은 항상 날씨가 좋다. 오늘도 그 법칙에 어긋나지 않게, 구름 한 점 없는 높은 하늘에 태양이 찬란히 빛나고 있다. 평상시엔 거들떠보지도 않는 하늘을 괜스레 올려다본다.

전기밥솥을 연다. 설정해둔 타이머대로 밥이 잘 지어졌는지 확인하고 뚜껑을 닫는다. 화장실로 가서 세수를 하고 이를 닦는다. 어제는 일찍 잠자리에 들 생각이었는데, 이래저래 두 시가 넘도록 잠을 못 잔지라 매우 졸렸다. 옷을 갈아입고, 화장은 신칸센(일본의 고속 철도—옮긴이)에서 하지 뭐, 하고 순간 생각했다. 그러나 자리에 앉자마자 곯아떨어질 내 모습이 쉬이 상상돼, 스스로를 겨우 다그치며 화장 도구를 손에 든다.

결혼하고 아이가 생기면서 몸치장과는 점점 멀어져 가는 중이지만, 오늘만큼은 오랜만에 기합을 넣어본다. 그녀석에게 늙었다느니 변했다느니 여겨지는 게 제일 열 받기 때문이다.

화장을 마치고 벽에 걸린 시계를 쳐다본다. 집을 나서야 할 시간까지 약간의 여유가 있다. 싱크대에 쌓인, 물에 담가두기만 한 식기들을 설거지하기 시작한다.

세 식구가 들어찬 아담한 집은, 살림이 많고 어수선하긴 해도 정돈이 잘 돼 있다. 이래 봬도 집이 불쾌한 장소가 되지 않게끔 각별히 신경을 쓰려 한다. 실내 온도며 냄새, 쿠션과 소파와 이불의 감촉도 늘 최적의 상태를 유지하고 있다.

80퍼센트까지 찬 쓰레기봉투를 쓰레기통에서 꺼내 새 봉투로 갈아 끼운다. 봉투 입구를 묶어 현관 앞으로 들고 간다. 한 번 더 볼일을 보고 손을 씻은 다음, 발소리를 죽이며 침실로 들어간다.

남편은 아무런 기척도 느끼지 못한 채, 커다란 체구를 웅크리고 쿨쿨 잠들어 있다. 그 옆에서 딸 역시 같은 모습으로 자고 있다. 또다시 걷어차인 담요를 슬며시 집어 들어 딸에게 덮어준다. 에어컨 온도를 높여 제습 모드로 틀고, 남편의 헝클어진 곱슬머리를 쓰다듬으며 "다녀올게" 하고 속삭인다. 대답인지 잠꼬대인지 모를 나직한 신음이 들려왔다.

신칸센에선 웬일인지 잠이 오지 않았다. 역 편의점에서 산 주먹밥과 보리차로 요기를 했나. 나름의 포만감으로 졸음이 몰려오긴 했지만, 잠을 청할 만큼의 유혹은 아니었다. 도쿄 역에서 한 시간도 안 돼 도착하는 거리이므로 어설피 잠드는 것보다야 나을지 몰랐다. 가방에서 일기를 꺼내 팔락팔락 넘겨가며 되읽는다. 일기는 고등학교 때부터 써왔다. 처음엔 좀 성가셨지만, 지금은 일상의 일부가 됐다.

일기를 다 읽고 나자 마땅히 할 일이 없어, 하릴없이 창밖을 멀거니 바라보고 있었다. 은색 빌딩가는 진작에 멀어져 주변은 나무와 밭뿐이었다. 그 풍경을 보니 고향에 다 와가는구나 싶어 어쩐지 싱숭생숭하다. 정월에 남편과 딸 셋이서 찾을 때는 이런 기분이 들지 않는다. 딸이 배가 고프다는 둥 신칸센이 지겹다는 둥 금세 칭얼거리기 시작하고, 그런 딸을 그만 호되게 야단치고, 남편이 그렇게 큰 소리칠 건 없잖아, 하고 말참견을 하면서 싸움이 시작된다. 대체로 늘 그런 식이다. 향수에 젖을 겨를 따윈 없다.

그런데 지금 이 기분은 고향을 그리워하는 마음과는 또 다르다. 굳이 말하자면 불안이라는 감정 쪽이 맞겠다. 아무것도 변한 게 없었으면 하는 소망에 가까울지도 모른다.

정월, 그리고 7월 셋째 주 토요일. 1년에 두 번 정도는 본가로 내려가고 있다. 그런대로 자주 드나드는 것 같은데, 올 때마다 주위의 변화에 놀라곤 한다. 옆집에 살던 동갑내기가 남편을 버리고 사랑의 도피를 떠났다든지, 큰길가의 오래된 초밥집을 아들이 라멘집으로 개조해버렸다든지. 인구수도 적은 조그만 동네면서 어째선지 화젯거리만큼은 차고 넘친다.

예전부터 줄곧, 뭔가가 바뀌는 걸 버거워했다. 중고등학교에 입학했을 때도, 회사 일을 처음 시작했을 때도 불안으로 가득했다. 그 불안은 지금도 여전히 그림자처럼 따라다닌다. 언젠가 이제까지 쌓아온 모든 것이 무너져 내리고, 전부 다 변해버리는 건 아닐지 걱정이 든다. 그런데 한편으론, 그러는 편이 더 낫지 않을까 하는 생각도 있다.

결국 한숨도 못 잔 채로 신칸센은 역에 도착했다. 신칸센이 정차하니만큼 역이 큰 편이긴 하지만, 사람 수는 적고 내리는 모습도 그리 눈에 띄지 않는다. 역 앞엔 빌딩들이 즐비하게 늘어서 있을 뿐, 관광지가 아닌 탓도 있을 것이다. 엄마에게 도착했어, 라고만 메시지를 보낸다. 냉큼 전화가 걸려온다.

"어, 여보세요."

"여보세요? 맨날 마중 나가는 거기서 만나."

이따 봐, 하더니 전화가 끊긴다. 이 얘기만 할 걸 굳이 전화는 왜 하는지. 어깨에 걸친 가방을 고쳐 메고 걸음을 뗀다.

도쿄의 여름과는 달리 이곳 더위는 그리 눅눅하지 않다. 그럼에도 역시 밖으로 나와 걷다 보니 목덜미와 등허리에 땀이 축축이 밴다. 역 출입구와 연결된 육교를 내려와 로터리에서 두리번두리번 주위를 둘러보고 있는데 "마나미!" 하는 엄마의 목소리가 들려왔다. 돌아보자 차창 밖으로 얼굴을 내민 엄마가 손을 크게 흔들고 있다. 종종걸음을 치며 차 쪽으로 향한다.

"이름 좀 크게 부르지 말라니까, 창피하게."

몇 달 만에 올라탄 본가의 차는 여느 때처럼 살짝 고약한, 낡은 시트 냄새가 났다. 싫어하는 냄새다. 가방을 어깨에서 내려놓고 뒷좌석에 깊숙이 앉는다.

"안 부르면 네가 못 알아채는걸."

"클랙슨 울리면 되잖아."

"어머 얘, 짐이 그게 다야?"

"하룻밤 자는데 이거면 충분하지."

"모처럼 왔으니 며칠 더 있다 가지 그래."

"마도카도 있고, 몇 박씩 묵기는 힘들어."

"그나저나 너, 해마다 이렇게 혼자 와도 괜찮은 거야?"

"괜찮아. 료도 알고 있어서 상관없다니까."

"너 말이야, 몽땅 다 료한테만 떠맡겨선 안 된다."

예예, 하며 시트에 몸을 묻는다.

창밖으로 눈을 돌린다. 차는 어느새 역 앞을 한참 벗어나 있었다. 오가는 차량도 보행자도 점점 줄어간다. 눈에 익은 풍경이 창밖을 흘러갔고, 그걸 멍하니 바라보던 사이 잠이 들었다. 마나미, 하는 엄마의 목소리에 눈이 떠진다.

"거의 다 왔어."

물기 잃은 눈을 비비며 바깥을 쳐다보자, 다 왔다고 할 만큼 집에 가까이 와 있진 않은 듯했다. 명색만 큰길인, 차량 통행이 적은 길가에 허름한 상점이며 슈퍼마켓이며 약국이 줄지어 있다.

이 일대의 거리도 변하지 않는 것 같으면서도, 가만 보면 자주 가던 막과자집이 망했거나 신호등이 LED로 바뀌어 있곤 한다. 길가엔 시민 수영장으로 향하는 초등학생과, 동아리용 가방을 어깨에 메고 걸어가는 중고등학생의 모습이 드문드문 눈에 띈다.

점심 이후 마감하는 오래된 빵집에서 좌회전해, 차는 주택이 즐비한 언덕길을 오른다. 하얀 담벼락이 죽죽 늘어서 있다. 옛날엔 이 으리으리한 집들이 호사롭고 자랑스럽게 느껴졌다. 그런데 세월이 흐른 탓인지 내가 어른이 되어선진 몰라도, 지금은 그저 덩치만 큰 낡아 빠진 집처럼 보인다.

차가 집에 도착했다. 이 집도 조금씩 변해간다. '미즈무라'라고 적힌 문패도 본가에 있었을 때보다 세련돼졌다.

대문 곁에 장식된 꽃의 종류도 올 때마다 바뀌어 있다. 현관문 옆에 떡하니 자리 잡고 앉은, 묘한 얼굴의 개 장식물도 작년엔 없었던 것 같다.

2층 베란다에선 하얀 이불이 바람에 날려 너풀너풀 춤추고 있다. 차는 차고 안으로 들어간다. 짐을 어깨에 메고, 현관문을 여는 엄마 뒤를 따라 들어가 "나 왔어" 하고 인사한다.

"아빤 지금 장기 모임 나가셨어."

"그래? 의외로 오래가네."

"이름만 장기 모임이지, 장기는 거의 두지도 않아. 차 마시고 과자 먹고 수다나 떨지."

거실에선 반려견 페로가 자기 앞발을 베개 삼아 카펫 위에 엎드려 있었다. 옛 주인의 기운을 감지했는지, 귀를 씰룩 움직이더니 한쪽 눈을 빼꼼히 뜨고 이쪽을 바라본다.

"나 왔어, 페로."

짐을 내려놓고 페로 곁으로 바짝 다가가 머리를 쓰다듬는다. 간지러운 듯 한쪽 눈을 가늘게 뜨고 파닥파닥 꼬리를 흔든다. 예전엔 마당에서 키웠는데 나이가 든 뒤로 실내에서 키우게 됐다. 요즘은 산책도 별로 내키지 않아 하는 모양이다. 뻣뻣하게 억세진 털을 매만지며, 이 감촉을 앞으로 얼마나 더 느낄 수 있을지 나도 모르게 생각하고 만다.

"마나미, 짐은 방에 잘 갖다 놓고 와야지."

"예예."

"대답은 한 번만 해라. 집 왔으면 손 씻고 입 헹구고 코도 풀고!"

"어차피 금방 나갈 건데 뭐."

"뭐야, 너 오늘도 리쿠 데려오게?"

"그러려고. 역까지 데리러 갈 거라, 오늘 차 좀 빌려도 돼?"

"상관은 없는데, 저녁 먹기 전까진 와야 한다."

추억 속의 대사를 뒤로하며 예예, 대답한 다음 계단을 올라 내 방으로 향한다. 짐을 바닥에 내려놓고 방 안을 천천히 둘러본다. 15년 전과 무엇 하나 달라진 게 없는 방이다.

이 집을 나온 뒤로 거실 소파는 두 번 바뀌었고, 카펫은 세 번 바뀌었다. 식탁은 예전 그대로지만, 부엌 선반 안에는 TV 홈쇼핑에서 팔법한 최신식 조리기구가 올 때마다 늘어 있다. 드라마만 보는 주제에 TV는 또 쓸데없이 널찍한 최신형이다.

사람도 동네도 집도, 모든 것이 잔잔히, 혹은 급격히 변화하는 가운데 이 방만은 시간을 멈춘 채다. 꼬마 마법사

레미 정리함. 반짝반짝 빛나는 과일향 사인펜. 다음 권을 사지 않은 책꽂이 속 순정 만화. 독특한 취향의 분홍색 물방울무늬 커튼. 벽에 붙은 야마삐(2003년에 데뷔한 일본의 인기 아이돌 '야마시타 도모히사'의 애칭—옮긴이) 포스터. 모두 15년 전 그대로다.

이곳만은 언제까지나 변함이 없어야 한다. 언제든 되돌아올 수 있도록. 그것이 내가 이 몸으로 살아가는 동안의 의무니까.

차를 몰고 또다시 역으로 향한다. 이제 곧 도착해, 라고 메시지를 보내려는데 도착했어, 라는 연락이 왔다. 입력하던 메시지를 삭제하고 갈게, 라고만 답장한다.

역 로터리에 차를 댄다. 창문 너머로 밖을 내다본다. 익히 보아온 신경질적인 얼굴이 주변을 휘휘 둘러보고 있었다. 창문을 내린 뒤 야, 하고 말을 건다. 이쪽을 발견하자마자 얼굴이 순식간에 사근사근해지더니 종종걸음으로 다가온다.

"안녕."

"안녕. 데리러 와줘서 고마워."

그러면서 활짝 웃는 이 남자의 모습은 1년 전과 별반 다르지 않다. 무표정일 때 느껴지는 거리감과, 웃을 때 느껴지는 쾌활한 대형견 같은 태평함의 간극도 말이다. 고불고불하게 컬한 짙은 갈색 머리도 개의 느낌을 한층 더 자아내고 있다.

실례하겠습니다, 하고 필요 이상으로 들떠 조수석에 올라탄다. 어딘지 모르게 긴장감이 감도는 목소리다. 그걸 느껴선지, 별안간 나까지 몸이 굳어진다. 차가 출발하고 나서는 얼마간 아무 말이 없었다. 참다못해 "점심 먹었어?" 하고 묻는다. 목소리가 몹시도 갈라져 있었다.

"신칸센 안에서 도시락 먹었어. 넌 먹었어?"

"아니, 안 먹었어. 이방인에서 먹으려고."

"아아, 좋지. 거기 샌드위치가 은근 맛있어."

말하면서 상체를 빙글 회전시켜 뒷좌석으로 시선을 옮긴다.

"신참이 또 늘었어?"

아마도 뒷좌석에 한 자리 차지하고 앉은 봉제 인형들을 말하는 것이리라. 아주 오래전부터 있던 것으로, 어린 딸을 위해서였는지 엄마의 취미인지는 알 수 없다. 다만 어디서 사 오는 건지 이따금 불쑥 늘어나거나 갈아들곤 하며, 간혹가다 세탁도 하는 모양이다.

"어떻게 알았대. 웬 이상한 곰 캐릭터가 새로 생겼어."

"이게 무슨 캐릭터야? 애니메이션?"

"생전 처음 봐. 아마 본인도 잘 모르면서 대충 사들이는 걸걸."

"아아, 확실히 그런 느낌이긴 하지."

콧노래를 흥얼거리며 대답하는 그 목소리가 제법 이완돼 있다. 나도 모르게 안도한다. 이 남자를 만날 때면 항상 시험대에 올라 있는 기분이다. 제대로 살고 있는지. 나쁜 짓을 하고 있진 않은지. 건강한지. 외모를 잘 가꾸고 있는지. 그렇게 문책받는 느낌이다.

차로 십몇 분을 달리다 작은 주차장에 세운다. 이방인이란 이름의 가게는 어릴 적부터 있던 찻집이다. 만나는 날은 여기서 서로의 이야길 주고받는 게 어느새 관례가 됐다. 옛날엔 스낵바였던 모양이라 한동안은 술에 찌든 목소리의 아줌마가 카운터를 봤는데, 언제부턴가 아들이 물려받았다. 하지만 커피와 샌드위치 맛은 변함없이 그대로다.

자리에 앉아 각각 햄 샌드위치와 아이스커피, 아이스크림과 콜라를 주문한다. 묘하게 미지근한 냉방도 예전과 다름없다.

"아이스크림에 콜라라니."

빈정거리자 무슨 상관이야, 하며 혀를 내민다.

"그래서, 요즘은 어떠신가요?"

눈앞의 남자가 물수건으로 손을 닦으며 물어 온다. 깔끔한 흰 셔츠 차림이 여전히 태가 나기에 다소 안심한다. 분명 그런 모습을 유지해주려는 것이리라. 풍성한 파마머리가 멀끔히 세팅돼 있다. 그건 나라고 다르지 않아서, 남편과 데이트하던 때보다도 화장이며 머리 모양에 더욱 힘을 준 상태다. 예전 모습 그대로 변함없단 느낌을 주지 못하면 지는 것이란 마음과, 상대의 노력에 걸맞은 모습이어야 한다는 마음이 공존한다.

"뭐, 크게 달라진 건 없는 것 같아. 남편도 애도 잘 있어. 딸은 곧 있음 세 살이고, 이제야 겨우 손이 좀 덜 가는 느낌."

"오호. 그럼 지금이 제일 귀여울 때네."

"그렇지 뭐. 그래도 한창 까불 시기라, 매일매일이 전쟁이야."

"힘들겠다. 근데 미안, 이거 매년 물어보는 것 같은데, 지금은 성이 미즈무라에서 뭐로 바뀌었더라?"

"하스미. 괜찮아, 나도 아직 적응이 잘 안 되거든."

음식 나왔습니다, 라는 말과 함께 각자 주문한 메뉴가 날라져 온다. 오오, 맛있겠다, 하며 서른 먹은 남자가 스푼을 손에 들고 촐랑댄다.

"너는? 지금 사귀는 애랑은 결혼 생각 있어?"

으음, 하고 아이스크림을 입에 머금은 채 신음한다.

"뭐, 잘 만나고는 있는데 결혼 생각은 딱히 없는 것 같네."

"서른 되니까 주위에서 뭐라 안 해? 결혼 안 하냐고."

"왜 안 하겠어. 그때마다 겉치레 말은 꼭 해, 하고는 싶죠, 라고. 하기 싫다고 했다간 꼬치꼬치 캐물어서 성가시거든. 남자라 그런지, 여자보단 이러쿵저러쿵 잔소리가 덜해서 그건 좋지만."

"난 그렇게까지 심한 잔소린 안 들었는데."

"그야 넌 비교적 일찍 결혼했으니까. 벌써 엄마도 됐고."

적당히 맞장구를 치며 아이스커피에 시럽과 커피크림을 넣고 휘젓는다. 충분히 섞였는지 확인한 다음 입에 물고 핥던 머들러를 빼내, 입안 가득 아이스크림을 먹음직스럽게 집어넣는 남자에게 들이댄다.

"혹시나 해서 말해두는데, 너 아까부터 여자 같이 굴고 있거든?"

참다못해 지적하자 어머머, 웬일이니, 하고 손을 입에

가져다 대며 내숭을 떤다.

"너라고 다른 줄 알아? 아까부터 중간중간 자기를 '오레('나'를 뜻하는 일본어의 일인칭 대명사로, 주로 남성이 쓰는 거친 말이다—옮긴이)'라고 하잖아."

방금 걸 되갚듯 남자가 내게 스푼을 들이민다. 둥그런 스푼 뒷면에 가게 안의 불빛이 둔하게 반사된다. 샌드위치를 베어 물며 진짜? 라고만 대꾸한다.

"진짜야, 진짜. 귀염성 없게 그러지 마."

"그런 걸 수도 있어. 고향에 가면 사투리가 나오는 그런 느낌."

"아아, 뭔지 알겠다. 단둘이 있으면 방심하게 돼서, 원래대로 돌아가는 느낌. 벌써 한참이 지났는데 말야."

그렇다. 벌써 한참이 지났다. 올해로 15년. 이 몸에 적응하고 익숙해진 듯해도, 원래의 나는 줄곧 저 깊은 곳에 잠재해 있는지 모른다.

15년 전, 우리의 몸이 뒤바뀌었다. 그렇게 15년. 지금에 이르기까지, 몸이 원래대로 돌아온 적은 한 번도 없었다.

15

기억에 선연히 남아 있는 건 눈앞에 펼쳐진 분홍색 커튼이다. 상쾌한 아침과는 동떨어진 핫핑크 물방울무늬는, 잠에 취한 내 뇌를 단숨에 각성시켰다. 애초에 자신이 일어난 곳이 침대임을 깨닫는다. 원래는 다다미 바닥에 이불을 깔고 남동생과 함께 나란히 누워 자는데. 그러고 보니 동생도 없다. 애당초 이 방은 다다미방도 아니다. 못 보던 책상, 못 보던 책꽂이, 못 보던 파자마. 섬뜩한 기분이 들어 상체를 일으킨다. 그 순간, 아랫배에 묵직한 통증이 일었다. 배를 문지르며 침대에서 기어 나와 전신 거울을 확인한다.

거기엔 낯익은 여자가 있었다. 같은 반인 미즈무라. 체크무늬 파자마를 입고 배를 움켜쥔, 미즈무라의 모습이 비쳐 있었다.

그때까지 혼란으로 지배돼 있던 머리가, 어찌 된 영문인지 그 모습을 보자마자 사르르 냉정해졌다. 이내 자신이 놓인 상황을 파악했다. 이유는 모르겠지만 나는 미즈무라가 되고 말았다. 꿈이나 망상 따위가 아니라고, 왠지 그땐 똑똑히 알 수 있었다. 배 속의 둔통 때문이었는지도 모른다.

그렇다 쳐도 왜 미즈무라일까. 딱히 친하지도 않고, 친하긴커녕 제대로 말을 섞어본 기억도 없다. 그저 같은 수업을 듣는 수많은 학생들 중 한 명일 뿐이다. 더구나 어제는 아무 일도 없이 잠자리에 들었는데. 부모님에게 잘 자라는 인사를 하고, 동생과 함께 이불 속으로 기어들었다. 여느 때와 다를 바 없는 평범한 하루의 마무리였을 터다.

문득 몇 시인지 궁금해 방 안을 둘러본다. 벽시계는 일곱 시가 조금 넘은 시간을 가리키고 있었다. 평소보다 제법 일찍 눈을 떴다. 이 와중에 학교 가야 하는데, 라는 생각이 든다. 스스로도 어지간한 모범생이구나 싶다.

파자마 바람으로 방을 나온다. 당연하게도 낯선 집이었고, 무의식적으로 발소리를 죽이며 계단을 내려간다.

1층으로 내려가자 달걀 부치는 냄새가 풍겨 온다. 부엌을 엿보니 앞치마를 두른 여자의 뒷모습이 보인다. 분명 미즈무라의 어머니일 것이다. 단숨에 손발이 차가워진다. 이 사람을 속여야 한다. 주저 없이 그런 생각을 했다. 딸 행세를 해야만 한다. 바싹 마른 입을 뗀다.

"좋은 아침."

천천히 목소리를 낸다. 자신이 냈다곤 믿기지 않을 만

큼 높은 목소리가 나와 당황스럽다. 좋은 아침, 하고 미즈무라의 어머니가 등진 채로 대답한다. 무슨 말을 이어가야 좋을지 몰라 나도 모르게 꼼짝 않고 서 있었다.

“왜 멀뚱히 서 있어? 얼른 앉아.”

미즈무라의 어머니가 뒤집개를 손에 든 채 뒤돌아본다. 눈이 마주쳐 흠칫한다. 미즈무라하곤 안 닮았네, 생각했다. 동그란 눈을 가진 미즈무라와는 대조적으로 약간 매서운 세모꼴 눈매를 지녔고, 얇은 입술은 시옷 자로 휘어져 깐깐한 인상을 준다. 차츰 공포심이 스며 온다.

“얘는 왜 아직도 파자마 바람이래? 세수했음 옷 갈아입고 와야지.”

지금 생각하면 엄마가 딸에게 하는 잔소리 수준의 꾸중이었을 텐데, 그때의 나에겐 고작 그 정도의 말이 가슴을 파고들듯 내리꽂혔다. 점점 심해지던 복통 탓도 있었으리라. 미안, 하고 갈라진 목소리를 내기에 급급했다.

낯빛이 여간 창백하지 않았을 것이다. 미즈무라의 어머니가 치켜올렸던 눈썹을 찡그리더니, 내 쪽으로 얼굴을 들이민다.

“왜 그래, 어디 아파?”

응, 조금, 하며 끄덕인다.

"어머나. 혹시 어제 홀딱 젖어가지고 그런가. 열은? 재봤니?"

"잠깐 화장실 좀."

그렇게만 말하고 걱정스러운 시선을 뒤로한 채 복도로 나온다. 여기겠지 싶어 열어본 문 너머는 욕실이었다. 황급히 닫고는, 이번에야말로 화장실 문을 열고 들어간다.

바지와 속옷을 벗고 변기에 앉는다. 지금 돌이켜보면 이성의 성기가 눈앞에 대놓고 드러나 있었는데도, 그때는 흥분하거나 할 처지가 아니었다. 위도 장도 아닌, 아랫배 부근이 꽉꽉 조여드는 통증이 느껴진다. 배변통이 아님은 분명했다. 어쩔 줄을 몰라 그저 배를 움켜쥔 채 입술을 깨물었다.

그러자 가랑이 사이에서 뭔가 물컹한 것이 기어 나왔다. 동시에 배릿한 냄새가 난다. 머뭇머뭇 셔츠를 추켜올려 변기를 들여다본다. 하얀 변기엔, 탁한 젤리를 닮은 핏덩어리가 철퍽 떨어져 있었다.

어질어질 현기증이 났다. 울음을 삼키며 성기를 휴지로 닦는다. 그런데 닦아도 닦아도 휴지가 빨갛게 물든다. 겨우겨우 전부 닦아낸 뒤, 물을 내리고 문밖으로 나왔다. 그런데도 통증이 가라앉지 않는다. 배를 감싸 안다시피 쭈

그려 앉는다. 몸속에서 또다시 뜨뜻미지근한 액체가 흘러 넘쳐 엉덩이를 타고 내리는 감촉이 느껴졌다. 빨갛게 더럽혀진 속옷과 파자마 바지를 상상한 나는 눈을 질끈 감았다.

미즈무라의 어머니가 허겁지겁 달려올 때까지, 나는 혼자 복도에 웅크리고 앉아 울고 있었다.

결국 이날은 학교를 쉬게 됐다. 생리대를 갈고 진통제를 먹은 뒤, 오늘은 꼼짝 말고 있으라며 이부자리에 누였다. 내 뺨에 찬 손바닥을 대는 어머니의 얼굴엔 아까의 위압감이 없어 나는 한시름을 놓았다.

점심때가 되어 통증이 가라앉고 나서야 겨우 나는 자신이 처한 상황을 이해해보려 하고 있었다.

어떤 이유인진 모르겠으나 나는 미즈무라가 되고 말았다. 이 상황을 나타내는, 짐작 가는 표현이 몇 가진가 있다. 서로의 몸이 뒤바뀌다. 변신. 많은 이야기를 통해 접해온 현상이다. 기적과도 같은 사건이다. 어쩌면 그 일이 내 몸에도 일어난 것 같다.

뭐가 뭔지 알 수가 없다. 기적은 얼어 죽을. 그깟 쓰레기 같은 기적, 엿이나 처먹어라.

그러고 보니 원래의 나는 대체 어떻게 된 걸까. 불안감이 스친다. 문득 집에 전화를 걸어볼까 싶다. 부모님은 일을 나가고 동생도 학교에 갔을 테니 아무도 안 받을지 모르지만, 일단 한번 걸어나 보자. 1층에 있는 미즈무라의 어머니가 장보기로든 뭐로든 외출하는 타이밍을 기다려야겠다.

그런 생각을 하고 있는데 갑자기 방 안에 음악이 울려 퍼졌다. 나도 모르게 움찔하고 몸을 떨었다. 어디서 들어본 곡이다. 무슨 노래더라. 맞다, 오렌지 렌지(2001년에 결성된 일본의 5인조 록 밴드—옮긴이)의 「꽃」이다. 그렇게 생각하며 소리의 출처를 찾아보니, 책상 위에서 휴대전화가 번쩍번쩍 깜빡이며 소리를 내고 있었다. 이 전화, 어떻게 받는 거지. 당황한 채로 그럴듯한 버튼을 누르자 어찌어찌 통화가 연결된다.

"여보세요."

그렇게 반사적으로 내뱉고서야, 상대가 누군지 확인도 안 하고 전화를 받아버린 사실을 깨달았다. 위화감을 주어선 안 된다는 생각에 그만 몸이 굳어진다. 그러나 상대는 아무 말이 없다. 주뼛주뼛 다시 한번 "여보세요?" 하고 말을 건넨다.

"여보세요."

기어들어 가는 남자의 목소리가 들려온다. 그걸 끝으로 말을 이으려는 기색이 없다.

"저기, 미즈무라인데요."

무음이 되는 게 두려워 말을 건넨다. 상대가 작게 아아, 하고 중얼거리는 소리가 들려왔다.

"그게, 전 아마 사카히라일 거예요."

방금보다 더 가냘픈 목소리였지만, 그 말로 마침내 하나의 가능성이 확신으로 바뀐다.

"너, 미즈무라지?"

전화 너머로 숨을 크게 들이쉬는 소리가 들려왔다.

"사카히라?"

그 말을 듣고, 나는 이날 처음으로 안도했다. 이유야 어찌 됐건 지금 우리가 놓인 상황을 그제야 알아차리게 된 것이었다.

"와, 진짜라니. 진짜 그렇게 된 거라고? 이런 일이 진짜 있구나."

상황을 파악하는 동시에 새로운 당혹감이 덮쳐 온다. 휴대전화를 한 손에 든 채 침대 위에서 몸부림치고 있자, "저기. 있잖아, 사카히라" 하고 말을 걸어왔다.

“일단 만나서 얘기할까? 나올 수 있겠어?”

“아, 하긴 그게 좋겠다. 너희 어머니가 계시긴 한데, 어떻게든 나가볼게.”

30분 뒤 이방인에서 보기로 약속하고, 큰길로 나가는 방법을 서로에게 일러준다. 거기까지 나가면 찾을 수 있을 거라며 전화를 끊었다.

우선 옷을 갈아입어야겠다는 생각에 옷장을 열었는데, 당최 뭘 입어야 좋을지 모르겠다. 대강 셔츠를 고르고, 가지런히 개켜진 치마들 속에서 반바지를 끄집어낸다. 옷을 벗을 때 순간 주저했지만 이제 와서 뭘 새삼스레, 하고 생각을 고쳐먹는다. 옷을 다 갈아입고 계단을 내려간다.

“잠깐 나갔다 올게.”

TV를 보고 있던 미즈무라의 어머니에게 말한다. 이쪽을 돌아보는 기척이 느껴졌지만, 얼굴이 마주치지 않게끔 서둘러 현관으로 향한다.

“응? 뭐야 마나미, 이제 괜찮은 거야?”

“괜찮아. 다녀오겠습니다!”

미즈무라가 가르쳐준 대로, 신발장 위의 작은 흰 상자에서 자전거 열쇠를 꺼낸다. 나란히 놓여 있던 스니커즈를 신고 문을 연다. 그 순간 멍, 하고 개 짖는 소리가 나기에 그만 층계를 내려가려던 발이 멈춘다. 새하얗고 커다란 개가 마당 저편에서 얼굴을 내밀고 있었다.

미즈무라, 개 키우는구나. 동물의 예리한 후각 따위로 내가 진짜 미즈무라가 아닌 게 들통나면 어쩌나 순간 경계했는데, 정작 그 녀석은 혀를 내민 얼빠진 얼굴로 꼬리만 흔들어댈 뿐이었다. 무심코 미소가 지어졌다. 머리를 슥슥 쓰다듬고 차고에 세워져 있던 자전거에 올라탄다.

이방인으로 향하며 여자가 된 것만으로도 이토록 다르구나, 라는 생각을 하고 있었다. 우선 자전거 페달을 밟는 다리에 힘이 잘 들어가지 않는다. 언덕길을 오르기가 상당히 버겁다. 늘 해오던 서서 타기도 오래 하긴 힘들었다. 그리고 어디선진 몰라도 바람이 불면 은은하게 좋은 향기가 난다. 이건 아마도 내 냄새, 즉 미즈무라의 냄새일 것이다. 샴푸인지 세탁 세제인진 알 수 없으나, 달큼한 냄새가 풍겨 와 하반신이 근질거린다. 근질거리면서도 언제나 제멋대로 반응하던 그것은 존재하지 않고, 배 속이 아물거리기만 해서 영 찜찜하다. 그런 생각을 하는 와중에도 고간에서 뭔가가 걸쭉히 흘러내리는 감각이 이따금씩 느껴진다. 불쾌한 나머지 안장에서 엉덩이를 뗀다.

이방인에는 미즈무라가 먼저 도착해 있었다. 딸랑, 문을 여는 종소리에 안쪽 자리에 앉은 남자가 홱 하고 얼굴을 든다. 영락없는 나였다. 내 얼굴을 한 남자가 불안한 표정으로 이쪽을 말끄러미 쳐다보고 있다. 다른 손님은 아무도 없다. 제대로 작동은 하는 건지 모를 에어컨의 웅웅 소리만이 울려 퍼진다.

어서 오세요, 하는 주인아줌마의 술에 찌든 목소리를 등지고 미즈무라의 맞은편에 앉는다. 불안감이 서렸던 두 눈이 어느새 호기심을 띤 채 나를 쏘아보고 있다.

나라는 존재가 테이블을 사이에 두고 앉아 있다. 하지만 저건 내가 아니다. 엄청난 거북함이 느껴졌다. 약간은 공포감에 가까울지도 모른다. 아무 말도 할 수 없었다. 그건 상대도 마찬가지인지, 그저 날 지그시 쳐다보고 있다. 나는 왠지 모르게 으스스한 기분이 들어 눈을 가만히 내리깔았다.

아줌마가 물을 들고 와서 테이블 위에 내려놓는다. 뭐 드려요? 하고 묻기에 "아이스커피 한 잔 주세요"라고 답한다. 자리엔 이미 마시다 만 콜라가 놓여 있었다. 알겠습니다, 하고 쉰 목소리가 들려오는 동시에 빈손으로 나왔단 사실을 깨닫는다.

"아, 큰일 났다. 어떡하지, 돈 안 가져왔는데."

"괜찮아. 내가 가져왔거든."

그 말에 무심코 얼굴을 든다. 눈이 마주쳤다. 내가 있다. 아, 내 얼굴이 이렇구나, 생각했다. 익히 보아왔을 텐데도 거울에 비쳐 보았을 때와는 달리 낯설게 느껴졌다. 가만 보니 입고 있는 파란 셔츠는 내 게 아닌 동생 옷이다. 내 얼굴을 한 사람이 가냘픈 목소리로 여자 말씨를 쓰는 걸 봐도 희한하게 거북한 감정은 일지 않았다. 성격이 딴판인 쌍둥이를 보고 있는 듯해, 아예 다른 생명체구나 하고 묘하게 납득 중이었다.

"괜찮다기엔 네 돈이지만. 미안."

"아냐, 어쩔 수 없지 뭐. 오히려 고마워."

대답하면서 내 목소리가 뭔가 좀 듣기 싫은 목소리구나, 다들 그런 생각으로 듣고 있었을까 하는 생각 따윌 하고 있는데, "내 목소리가 이렇구나" 하고 미즈무라가 불쑥 혼잣말했다.

"기계 없이 듣는 내 목소린 처음인 것 같아. 왜 자기 목소리는 좀 다르게 들릴까?"

말하면서 미즈무라가 아랫입술을 만지작댄다. 내 입 모양이 맥없이 비틀린다. 내 몸이 벌써 길들여진 기분이 들어 살짝 울컥한다.

"그게 지금 뭐가 중요해. 문제는 왜 이런 일이 벌어졌느냐지."

"맞다, 그 얘길 해야지 참. 너무 놀랐잖아, 아침에 눈 떠보니 모르는 방에 와 있길래."

"근데 이해가 안 가지 않아? 만화나 드라마에서 보면, 이런 경우에 무슨 계기 같은 게 있잖아. 그런 게 전혀 없는데."

"나는 그건 줄 알았어. 어제 수영장에서. 우리의 접점은 그것뿐이지 않아?"

수영장? 그 단어를 되뇌어보다 가까스로 생각해낸다. 지금의 상황이 아무리 당황스럽다지만 어떻게 그 생각을 못 했을까.

어제 있던 수영 수업 때다. 풀에 들어가기 전, 학생들은 풀 사이드에 줄을 서서 선생님의 설명을 듣고 있었다. 입수가 불가능해 견학만 하는 미즈무라도 교복 차림으로 거기 서 있었다. 규칙상, 견학생이어도 시작 전엔 다 같이 설명을 들어야 했다.

선생님이 그날 수업 내용을 장황하게 설명하는 동안, 나는 옆에 있던 다자키와 장난을 치고 있었다. 다자키가 내 어깨를 장난삼아 툭 때렸다. 그리 강한 힘은 아니었지만, 균형을 잃고 풀장 안쪽으로 몸이 기울었다.

바로 옆엔 미즈무라가 있었다. 내가 순간적으로 미즈무라의 팔을 붙잡았는지, 아니면 미즈무라가 나를 도우려고 팔을 잡아주었는지 순식간에 벌어진 일이라 잘 기억나지 않는다. 여하튼 우리 둘은 그대로 뒤엉키다시피 풀장에 빠졌다.

뭐 하냐 너, 하며 남자애들은 웃어대기 시작했고, 여자애들은 괜찮아? 하며 미즈무라를 걱정하는 목소릴 냈다. 선생님에겐 정신 안 차리느냐고 야단을 맞았다. 우리는 농담 한 번 주고받지 않고 제각기 풀장을 빠져나왔다. 그저 망신을 당했을 뿐인 사건이다.

겨우 그거 가지고? 겨우 그것 때문에 이런 일이 벌어졌단 말인가. 하지만 미즈무라의 말마따나, 지금껏 대화 한 번 제대로 나눠본 적 없는 우리가 연관을 가졌던 순간은 그때뿐이다.

일단은, 하고 미즈무라가 말을 꺼내기에 입을 다문다. 아줌마가 아이스커피를 들고 왔다. 무뚝뚝하게 시럽과 커피크림을 내려놓고는 아무런 말 없이 카운터로 돌아간다. 여기 아줌마는 손님에게 무관심해서, 대낮부터 찻집에 와 있는 학생들을 추궁할 일이 없을 것이다. 그런 점에서 미즈무라의 장소 선택은 옳았다고 본다.

“일단은 말야.” 다시 한번 미즈무라가 입을 뗀다. “원래대로 돌아갈 방법을 찾아야겠지.”

그렇다. 그게 최우선적 사항이다. 그러나 뭘 해야 할지 모르겠다.

“찾아야겠대도, 구체적인 원인도 모르면서 어쩌겠단 거야. 애당초 지금 이 상태가 말이나 돼야 말이지.”

“나도 방법은 잘 모르겠지만, 일단 이것저것 시도해보자. 어제처럼 같이 풀장에 뛰어들어 보든지.”

타이르는 듯한 미즈무라의 말투에 더욱더 초조함이 더해간다.

“되게 냉정하고 침착하네. 뭐야, 혹시 바뀐 몸에 적응되기라도 했어?”

“그럴 리가. 나도 처음 겪는 일인걸. 근데 네가 하도 당황해하니까, 내 쪽은 뭔가 묘하게 냉정해지네.”

“뭐라고?”

신경을 건드리는 말에 노려본다. 거기엔 얼빠진 얼굴로 나를 보고 있는 내가 있다. 아무리 위협적으로 쳐다본들, 내 모습은 결국 키 작은 여자애가 눈을 애써 치켜뜨는 모습에 불과하리라. 그런 생각이 들자 문득 어처구니가 없어 긴 한숨을 내뱉는다. 이때의 일로 미즈무라는 아직까지도 나를 놀린다. 사카히라, 본인은 몰랐겠지만 완전 패닉 상태인 데다 몸짓도 부자연스러웠어.

"그럼 일단 수영복으로 갈아입고 학교에서 만날까?"

"그래. 이것저것 시도해보자."

수영복. 그 단어에 무의식적으로 그릇된 상상을 하고 만다. 아까는 그럴 만한 형편이 아니었는데, 새삼 내 몸이 이성의 그것이 되었다는 사실을 인식하자 급격히 온몸에 근질거림이 일었다.

하지만 그건 미즈무라라고 다르지 않다. 나는 마음의 동요를 감추기 위해 언짢은 체하며 묻는다.

"너, 내 알몸 본 거 아니지?"

순간 놀란 얼굴을 하더니 어떤 표정을 지어야 할지 고심하는 듯한, 어정쩡한 미소를 지어 보인다.

"미안. 옷 갈아입고 하느라."

"아아, 아니 그건 상관없는데, 예를 들면 속옷을 벗었다든가."

"미안, 화장실 가고 싶길래……."

그 말에 얼굴이 화끈 달아오른다. 으아, 돌겠네, 하고 작게 외친 뒤 손바닥으로 얼굴을 감쌌다. 가족 말고는 아직 그 어떤 이성에게도 보여준 적이 없는데. 이런 식으로 보여주게 될 줄이야. 굴욕감과도 비슷한 수치심에 얼굴을 들 수가 없다.

"아, 그래도 막 자세히 본 건 아니니까 안심해."

그 다급한 목소리에 떨어뜨린 시선을 천천히 끌어 올린다. 난처한 미소를 띤 미즈무라를 보자, 문득 자신이 어린애같이 굴고 있단 생각이 들어 앉음새를 고친다.

"미안. 그건 나뿐만 아니라 너도 마찬가지겠지. 나도 최대한 안 보려고 했어."

"아냐, 아무 상관 없어. 어쩔 수 없잖아. 근데, 괜찮았어?"

"괜찮았냐니, 뭐가?"

"그게, 나 어제부터 생리 중이었으니까."

그 말을 들으니 하얀 변기에 뚝뚝 물결치듯 떨어지던 검붉은 빛깔과, 배 속에서 정체 모를 무언가가 주르륵 흘러내리던 감삭이 떠오른다. 갑자기 속옷 안쪽이 불쾌했다. 간신히 평정을 가장하며 괜찮았어, 하고 답한다.

"여자로 사는 것도 여러모로 힘들구나."

"그렇지 뭐. 근데 남자도 여러모로 힘들 것 같아."

그렇게 말하고 미즈무라가 내 얼굴을 한 채 수줍어한다.

지금 생각해보면 그때의 나는 많이 어렸던 것 같다. 그리고 미즈무라는 어른스러웠다. 같은 상황에 처한 그녀의 냉정함에 나는 위안을 얻고 있었다. 그런 과거를 미즈무라는 이제 우스갯소리로밖에 하지 않지만, 몸이 뒤바뀐 사실을 알았을 때의 공포와 불안은 나와는 비교도 할 수 없었을 터다. 여자인 자신의 몸 안에 웬 남자가 들어앉았으니, 무슨 짓을 할지는 불 보듯 뻔하지 않은가. 여자의 몸으로 15년을 살아오고서야 깨닫게 된 것인데, 상상만 해도 미쳐버릴 것 같다.

그런데도 미즈무라는 그 마음을 숨긴 채 웃고 있었다. 상상력이 부족한 내가 그 사실을 깨달은 건 그로부터 한참이 지나서였다.

갖은 방법을 다 써보았지만 우리는 원래대로 돌아가지 못했다.

떠오르는 족족 몽땅 시도해봤다. 우선 수영부 활동이 끝난 후 수영장으로 몰래 잠입해 하나 둘 셋, 하고 뛰어들었다. 헛수고였다. 서로의 머리를 부딪쳐보기도, 계단에서 굴러떨어져 보기도 했다. 모조리 헛수고였다.

부닥친 어깨의 통증을 견디며, 우리는 방금 막 굴러떨어진 신사 계단에 걸터앉았다. 미즈무라가 띄엄띄엄 운을 뗀다.

“일단, 하루는 기다려보자.”

“응.”

“아침에 일어나면 돌아와 있을지도 모르잖아? 몸이 바뀐 것도 풀장에 빠졌을 때가 아니라 그다음 날 아침이었고.”

“응.”

“그렇게 우울해할 거 없다니까. 긍정적으로 생각하자.”

미즈무라가 두 주먹을 불끈 쥐며 싱글벙글 웃는다. 그 모습을 보고 무심코 깊은 한숨을 내쉰다. 참 태평한 여자다.

“적어도 오늘 밤까진 내가 너인 척해야 하고, 너는 나인 척해야 하니까 정보를 교환해두자.”

“정보를 교환하자고?”

“응. 가족들한텐 안 들키는 편이 좋잖아.”

“뭐, 어차피 말해도 안 믿겠지만.”

“미쳤다고 생각하겠지. 오늘 밤까진 별 탈 없이 지내보자.”

먼저 가족 구성부터, 하고 서로의 정보를 주고받는다. 미즈무라는 어머니 아버지와 셋이서 살고, 페로라는 이름의 개 한 마리가, 나는 아빠와 엄마, 그리고 로쿠라는 두 살 터울의 남동생이 있다.

“말 나온 김에, 어머니 아버지는 평소에 뭐라고 불러?”

질문을 받고 그만 말문이 막힌다. 그런 건 뭐 하러 물어봐, 하고 필요 이상으로 날카로운 목소릴 내고 만다.

"아니 왜, 호칭 때문에 들킬 수도 있잖아. 참고로 나는 평범하게 엄마, 아빠라고 불러."

최악이다. 짜증이 난다. 미즈무라의 말이 지극히 옳다는 데에도 괜스레 약이 오른다. 젠장. 이 여자 말을 왜 듣고 앉아 있어야 하지. 화가 나고 짜증이 치민다.

"마마, 파파(각각 '엄마'와 '아빠'를 뜻하는 일본어로, 주로 어린아이가 쓰는 호칭이다—옮긴이)라고 불러."

되도록 자연스럽게 말해야 한다. 안 그러면 수치심이 전해지고 만다. 생각은 그렇게 해도 목구멍 안쪽에서 뭉개진 소리가 새어 나왔고, 귀부터 목덜미까지 화끈화끈 열이 올랐다.

미즈무라의 눈을 쳐다볼 수가 없어 스니커즈 앞코를 노려보았다. 관리를 깨끗이 하는지, 아니면 산 지 얼마 안 되었는지 눈처럼 새하얗다. 다만 아까 야단법석을 떤 터라 얼룩덜룩 흙칠이 돼 있다.

"그렇구나, 알았어. 동생은 뭐라고 불러?"

그 태연스러운 반응은 미즈무라의 배려였을 것이다. 당시 타인의 감정에 무관심하던 나조차 그 정도는 알아차릴 수 있었다. 하지만 그 배려가, 비참한 기분을 더욱 크게 불러일으킨 것도 사실이었다. 로쿠, 라고 대답하는 목소리에 절로 가시가 돋친다. 그런데도 미즈무라는 표정 하나 안 변하고 말을 걸어온다.

“너희 가족은 어떤 사람들이야?”

“어떤 사람들이냐니…….”

“그게, 어떤 느낌인지 모르면 아무래도 좀 곤란하지 않을까?”

“뭐, 그렇긴 한데.”

머리를 벅벅 긁는다. 자신의 가족을 평하는 행위가 어딘지 모르게 멋쩍게 느껴졌다. 애당초 내 부모나 가족을 어떤 사람인가 하는 눈으로 바라본 적이 없는 것도 같다.

“엄마는 뭐랄까, 좀 엄해. 화가 많아.”

“그렇구나. 무서우신 느낌이구나?”

“옛날엔 안 그랬던 것 같은데, 요즘 들어 뭔가 화가 많아졌어.”

그 무렵의 엄마는 늘 뭔가에 쫓기는 듯한, 안달복달하는 듯한 느낌을 주곤 했다. 옛날엔 무척이나 다정하고 온화한 엄마였다. 엄마와의 추억으로 떠오르는 건 언제나 나와 로쿠가 어렸을 때의 장면뿐이다. 같이 놀아주는 일이 많았고, 장을 보러 나갈 때도 매번 함께였다.

"아버지는 어떠셔?"

"유령 같은 사람."

"그게 뭐지. 아버지도 무섭단 뜻이야?"

"아니, 존재감이 없다고."

"있는 듯 없는 듯하단 말이구나."

"응, 그런 느낌이야."

애초에 아빠와 얼굴을 마주칠 기회가 많지 않다. 아빠가 어떤 일을 하는지는 잘 모르지만 대개 밤늦도록 집에 들어오지 않는다. 공장에서 일하고 있으며, 듣자 하니 굉장히 바쁜 모양이다. 아는 건 그 정도다. 휴일이면 멍하니 TV를 보거나 신문을 읽곤 하는데, 여하튼 생기가 없다. 어느 틈엔가 사라졌다 싶으면 훌쩍 산책을 하러 나가 있고, 또 어느 틈엔가 되돌아와 있다. 그런 사람이었다.

"동생 로쿠는? 어떤 애야?"

"걘 그냥 바보야. 진짜 어마어마한 바보."

"어마어마한 바보구나."

미즈무라가 웃는다. 동생과는 사이가 좋다. 자주 다투긴 해도 나를 잘 따라준다. 열세 살치곤 좀 어린애 같은 얼굴과 성격을 지녔다.

우리 가족은 얼마 전까지만 해도 사이가 더 좋았던 것 같다. 가족 여행도 1년에 한 번씩은 꼭 가곤 했다. 정리 해고를 당한 아빠가 새 직장에 들어가고, 지금 집으로 이사 오면서부터는 여행을 가지 않게 됐다. 엄마도 파트타임 일을 시작해 가족끼리 보내는 시간은 점점 줄어갔다. 당시 중학생이던 나는 그러든 말든 조금도 개의치 않아 했고, 오히려 여행이라는 귀찮은 연례행사가 사라져 기뻐하기까지 했다. 다만 엄마가 인상을 쓰는 일이 잦아지기 시작한 건 꼭 그맘때인 듯싶다.

지금도 험악한 정도까진 아니지만 어딘지 모르게 분위기가 경직돼 있다. 아빠가 없는 식탁에서 엄마는 거푸 잔소릴 늘어놓는다. 팔꿈치 괴고 먹지 마라. 젓가락질 똑바로 해라. 잘 먹었단 소리도 안 하니? 다 먹은 그릇은 싱크대에 갖다 놓으랬지. 그러고 나면 나와 로쿠는, 우리 방에서 못된 할망구라고 작은 소리로 놀려대며 키득키득 웃는다. 그런 일상이다.

"너희 집은 어떤 느낌인데?"

"우리 집? 우리 집은, 엄마가 평소엔 다정한데 화나면 엄청 무서워."

"아아, 뭔지 알겠다."

"뭔지 알겠어? 아빠는 평소엔 되게 과묵한데, 술이 들어가면 말이 너무너무 많아져."

"오호, 술을 집에서 드시나 보네."

"응. 아빠는 밤마다 술을 마셔. 아주 가끔 엄마도 같이 마시고."

미즈무라의 가족 이야기를 들으며 나는 가슴속이 술렁거렸다. 당시엔 영문도 모른 채 초조해져 오는 마음을 억누르고 있었는데, 지금 돌이켜보면 그건 분명 질투심이었을 것이다. 따뜻하고 화목한 가정의 외동딸로 자라나, 애정을 한몸에 받는 미즈무라를 향한 질투심. 실제로 그건 틀린 말이 아니었다. 몸이 뒤바뀌고 난 15년간, 나는 두 사람으로부터 분에 넘치는 사랑을 받았다.

그밖에도 좋아하는 음식과 못 먹는 음식, 집 구조, 목욕 순서며 각자의 옷을 보관하는 장소 등 생각나는 모든 정보들을 서로에게 일러준다. 의외로 입 밖에 내고 보니, 집집마다 정해진 규칙이란 게 제법 있는 듯했다. 제일 먼저 집에 온 사람은 반드시 창문을 열고 환기를 할 것. 집에 오면 손 씻고 입을 헹구는 것 외에도 코도 풀 것. 화장실에서 큰일을 보고 나면 닦기 전에 물을 한 번 내릴 것. 별의별 규칙이 다 있구나, 생각했다. 우리 가족은 매일 아침

무조건 요구르트 한 병을 마신다고 말하자 건강을 잘 챙기는구나, 라는 이상한 감탄이 돌아왔다.

"그건 그렇고, 문자가 꽤 많이 와 있더라고. 그냥 무시하는 중인데 괜찮아?"

문득 떠올라 주머니에 넣어둔 휴대전화를 흔든다.

"앗, 그러게. 잠깐 줘봐."

내민 손에 휴대전화를 얹는다. 휴대전화를 열더니 어딘가 진지한 눈빛으로 내용을 확인한다. 내 얼굴을 한 남자의 눈동자에 액정 불빛이 반사되어 비치는 것을 나는 잠자코 보고 있었다. 얼마쯤 지나 휴대전화를 돌려준다.

"응, 무시해도 돼. 그나저나 읽은 건 아니지?"

"당연히 아니지. 왜, 읽으면 큰일 나는 대화라도 있냐?"

"그런 건 아닌데, 남자친구랑 주고받은 문자는 누가 보면 창피하잖아."

조금 놀려주려고 농담을 던지며 히죽대던 내 얼굴은, 미즈무라의 그 한마디로 경직된다.

"뭐야, 너 남자친구 있어?"

"응. 다른 학교고, 두 살 연상이라 지금 고3. 그래봤자 사귄 지 아직 세 달 정도밖에 안 됐지만."

비정상적으로 충격을 받는 스스로가 놀라웠다. 우리 반

에도 무리가 명확히 나뉘어 있어, 특히 여자애들은 외모나 분위기로 분류되곤 한다. 조금 불량한 애들이 모인 무리는 아무래도 외모가 화려한 애가 많으며, 눈에 잘 안 띄는 무리의 애들은 살집이 있거나 안경 쓰고 있는 등 수수하기만 한 느낌이다. 미즈무라는 굳이 말하자면 후자에 가깝다. 키가 작고 통통한 데다, 굵은 눈썹과 두툼한 입술은 촌스러운 분위기마저 자아낸다. 마찬가지로 어딘지 모르게 시골티가 나는 사사가키, 다카미와 자주 어울리는 인상이다. 그렇게 촌티 나는 애에게 다른 학교를 다니는 연상의 남자친구가 있다니. 여자친구를 한 번도 사귀어본 적 없는 나의 선망 탓인진 몰라도, 괜스레 짜증이 나기 시작했다. 일부러 어린애 같은 목소릴 내며 빈정거린다.

"하여간 밝히기는. 어차피 야한 문자만 잔뜩 주고받겠지. 어우, 변태."

나의 유치한 조롱에 미즈무라는 얼굴을 붉히며 고개를 숙인다.

"안 그래. 우리 아직 키스도 안 했단 말야."

빨개진 내 얼굴을 보니 기분이 순식간에 가라앉는다. 내 얼굴로 그런 소리 하지 마. 불쾌해.

"어쨌든, 문자는 안 볼 테니 안심해."

"응. 고마워."

어느덧 하늘이 주황빛으로 물들어가고 있었다. 휴대전화를 열어 시간을 확인한다. 오후 다섯 시 13분. 슬슬 들어가지 않으면 곤란할 것이다. 가뜩이나 몸이 안 좋다는 이유로 학교를 쉬기까지 했다. 시간을 확인한 내 모습을 보더니 "이제 갈까?" 하고 미즈무라가 말한다.

"그러자."

"무슨 일 있음 바로 연락해. 나도 연락할 것 같지만."

"알겠어."

"사카히라, 우리 잘해보자!"

밝게 격려하는 미즈무라의 모습에 무심코 웃음이 샌다. 설마 나 자신에게 격려받는 날이 올 줄이야.

"그래, 잘해보자고."

오른손을 높이 들어 올린다. 손바닥을 본 미즈무라가 어리둥절한 얼굴을 한다.

"너도 똑같이 해봐."

내가 시키는 대로 미즈무라는 오른손을 든다. 그 손을 향해 하이파이브를 한다. 짝 하고 높이 맞닿는 소리가 가게 안에 울려 퍼졌다.

"와. 이거 뭔가 되게, 되게 남자 같다."

들떠서 이야기하는 미즈무라를 보니 갑자기 쑥스러워져, "그냥 서로 잘해보자는 의미야" 하고 우물우물 둘러댄다.

그럼 이만, 하고 누가 먼저랄 것 없이 일어서서 손을 흔들고 헤어진다. 자전거 페달을 밟으며 미즈무라의 집을 향해 나아간다. 집이 가까워질수록 점차 심장 박동이 강해짐을 느꼈다. 긴장이 됐다. 핸들을 움켜쥔 손은 땀으로 흥건했다. 나는 잘 해낼 수 있을까. 미즈무라의 어머니와 아버지를 감쪽같이 속일 수 있을까. 이토록 두근거리는 건 초등학교 학예회 때 이후로 처음이었다.

그렇게 집에 도착한다. 자전거를 차고에 세우고 자물쇠를 채운다. 주인이 돌아오자 혀를 내밀며 신나 하는 페로의 머리를 쓰다듬고 문손잡이를 잡는다. 잠겨 있지는 않다. 숨을 깊이 들이마셨다가 도로 내뱉곤, 문을 연다.

"다녀왔습니다."

말을 건넨다. 과연 위화감 없는 자연스러운 목소리였을까. 고작 여섯 글자밖에 안 되는 말도 신경이 쓰여 미치겠다. 앞치마를 두른 미즈무라의 어머니가 탁탁 슬리퍼 소리를 내며 뛰어왔다.

"왔니? 이 시간까지 어딜 가 있었어, 마침 전화해보려던 참인데. 몸은 이제 멀쩡해?"

미간을 찌푸린 채 조금 나무라는 투로 물어 오는 어머니에게 나는 입꼬리를 겨우겨우 끌어 올리며 천천히 대답했다.

"응, 이제 괜찮아. 고마워, 엄마."

이것이 내가 미즈무라 마나미로 살아온 기나긴 인생의 시작이었다. 물론 그때는, 설마 그렇게 되리라곤 꿈에도 생각지 못했지만.

그날 아침만큼 깊은 절망감을 맛보았던 적이 없다. 잠에서 깨자마자 맨 먼저 눈에 들어온 건 분홍색 커튼이었다. 꿈결처럼 흐릿한 시야 속에 그 색깔이 비친 순간, 뇌가 단숨에 각성했다. 침대에서 벌떡 일어나 불안정한 발걸음으로 거울 앞에 선다.

미즈무라 마나미였다. 미즈무라 마나미가 스스로를 망연자실하게 바라보는 모습이 거울에 비쳐 있었다.

숨이 막힌다. 심장 소리가 귓가에 울려 시끄럽다. 저릿한 손끝으로 휴대전화를 붙들고 우리 집 전화번호를 누른다. 초조하게 오른발을 흔들며 통화 연결음 횟수를 세고 있는데, 세 번째 연결음이 울린 동시에 "네, 사카히라입니다" 하는 남자 목소리가 들려왔다.

"야, 장난하냐? 그대로잖아."

전화 너머로 숨을 삼키는 기척이 난다. 조금 지나자 "진정해, 사카히라" 하고 달래는 가느다란 목소리가 들려온다.

"말도 안 돼. 네가 하룻밤 자고 나면 돌아와 있을 거라며. 장난쳐? 아니잖아. 그대로잖아. 내놔. 내 몸 내놓으라고!"

좌우간 머릿속이 뒤죽박죽이었다. 뒤죽박죽이고 새까맣고 부아가 치밀어서, 어찌할 바를 모른 채 무턱대고 소리쳤다. 어쩌면 울고 있었는지도 모른다. 자신이 어떤 감정을 품고 있는지도 몰랐고, 온통 다 쑥대밭으로 만들어 버리고 싶은 강렬한 파괴 충동만을 느꼈던 기억이다.

"사카히라, 일단 만나서 얘기하자. 오늘도 결석할 순 없으니까 학교에서 만나. 큰길로 나오면 학교 앞까지 가는 버스가 있을 거야."

알겠어, 라고 대답을 했는지 어쨌는지도 기억나지 않는다. 우리 집에서 학교까지 가는 길을 알려줬는지 어쨌는지도. 지독한 권태감에 사로잡힌 채 전화를 끊고, 침대로 나가떨어져 담요에 얼굴을 파묻었다. 이것저것이 뒤섞여 폭발할 것만 같던 아까의 감정과는 정반대로, 몸 안엔 새하얗고 텅 빈 허탈감만이 자리하고 있었다.

학교에서 만나, 라고 미즈무라는 말했다. 하지만 이렇게 된 마당에 가야 할 필요가 있을까? 누가 봐도 공부하고 앉아 있을 만한 상황이 아니다. 무엇보다 이 기분으론 일상을 견뎌낼 수 없다. 학교에 가겠다는 미즈무라가 미쳤다는 생각마저 들었다. 할 수만 있다면 이불 속에 웅크린 채, 악몽이 끝나기만을 잠자코 기다리고 싶었다.

그러면서도 애써 학교 갈 준비를 시작한 건, 일상으로부터 멀어지고 싶지 않은 마음이 아직 남아 있었기 때문이리라. 미즈무라가 가르쳐준 대로 착용한 생리대는 빨간색으로 흠뻑 젖어 있었다. 뭔갈 태워먹은 듯한 냄새가 난다. 화장실로 가서 젖은 그것을 쓰레기통에 버리고, 선반에 있던 새 생리대를 꺼내 속옷에 붙인다. 그 일련의 행위를 하면서조차 내가 대체 뭘 하고 있는 건가 싶어 허무해진다. 화장실을 나와 교복으로 갈아입고, 침대 위에 내팽개친 휴대전화를 텅 빈 가방에 집어넣는다. 헝클어진 머리를 손빗으로 매만진 뒤 계단을 내려간다.

"오늘은 웬일로 일찍 일어났네?"

부엌에 앉은 미즈무라의 아버지가, 신문을 보고 있던 얼굴을 들어 흘러내린 안경을 고쳐 쓴다. 네모진 얼굴에 위엄 있는 풍모를 지녔지만, 성격은 외모만큼 엄격하진 않은 모양이다. 기본적으로 과묵할 뿐으로, 지난밤 TV를 보며 말을 붙이는 어머니에게 간단히 맞장구치던 모습밖에 기억나지 않는다.

"좀 일찍 나가야 해서."

"어머 어쩐담, 아침밥 아직 아빠 것밖에 안 됐는데. 근데 너 세수는 했어? 양치는 했고?"

"늦을 것 같아서 아침은 됐어. 지금 씻으려고."

어머니의 말을 가볍게 되받고 거실을 나온다. 세면대로 가서 컵에 물을 받아 입을 헹군다. 곧장 찬물로 세수를 한다. 수건으로 닦고 얼굴을 든다. 미즈무라 마나미다. 세수를 수백 번 한들 악몽에서 깨어날 순 없을 것이다.

"너, 몸은 괜찮니?"

미즈무라의 어머니가 거실에서 얼굴을 내민다. 괜찮아, 다녀오겠습니다, 하고 되도록 얼굴이 보이지 않게 대답한 다음 로퍼를 구겨 신고 밖으로 나선다.

날씨는 구역질이 날 만큼 맑았다. 더위가 날로 기승을 부리는 중이었다. 쨍쨍 내리쬐는 햇볕에 아찔하고 현기증이 났다. 꼬리를 흔들며 마당에서 뱅글뱅글 돌고 있는 반려견을 무시하고, 버스 정류장을 향해 걸음을 뗀다. 또다시 고간에서 뭔가가 뚝뚝 흘러내리는 감촉이 느껴져 넌더리를 친다. 엿 같다. 버스는 좀체 오지 않는다. 모든 것이 엿 같다. 마침내 온 버스는 냉방을 너무 세게 틀어놓은 나머지 몸이 대번 싸늘해져 간다. 죄다 엿이나 먹어라.

그런데도 교문 앞에 서 있는, 교복 재킷을 입은 내 모습을 보았을 때 안도감이 들었다. 이마의 땀을 손수건으로 열심히 닦는 그 초췌한 얼굴을 보니 무심코 웃음이 난다.

"하복으로 재킷 입고 오는 앤 처음 보네."

그 목소리에 고개를 든 미즈무라는, 쓴웃음을 띠고 "역시 이건 안 입는 거구나" 하며 겉옷을 벗는다.

"근데 사카히라, 혹시 땀이 많은 편이야? 아까부터 땀이 안 멈춰."

"그럴걸? 치마도 나쁘지 않네, 나름 시원하고."

"원래대로 돌아가서도 치마 입고 싶어지는 거 아냐?"

"아무리 그래도 그건 좀……."

우스갯소리를 수고받는 사이, 위장 깊숙이 침전해 있던 거무튀튀한 무언가가 그새 사라졌음을 깨닫는다.

이른 아침이라 그런지 등교하는 학생들도 드문드문하다. 대부분이 무지막지하게 커다란 동아리용 가방을 어깨에 메고 있다. 분명 아침 연습 때문에 일찍 등교하는 애들일 것이다. 다행히 아는 얼굴은 없다. 미즈무라와 같이 학교 건물로 들어간다. 우리 반을 지나쳐, 남들 눈에 띄지 않는 곳을 찾다가 옥상으로 이어지는 계단참에 걸터앉았다. 옥상은 기본적으로 잠겨 있고 출입이 금지돼 있으므로, 굳이 여길 찾아올 학생도 없으리라 판단한 것이다. 남몰래 이성과 밀담을 나눈다는 부도덕함에 묘한 쾌감을 느낄 뻔했지만, 말 그대로 입장이 뒤바뀌고 만 지금의 사실을 떠올리곤 곧장 현실로 되돌아온다.

"일단, 어떻게든 잘 버텨봐야지."

그럭저럭 땀을 식힌 미즈무라가, 꾸며낸 듯한 온순한 표정으로 나직이 말한다.

"사카히라, 제일 친한 애가 누구야?"

"친한 애? 뭐, 친하다기보단 제일 많이 붙어 다니는 건 다자키려나. 그리고 이다 같은 애들."

"그렇구나. 난 사사가키하고 다카미랑 놀 때가 많아. 사사가키는 이름이 사쿠라여서 사쿠짱, 다카미는 다카미이라고 불러. 참고로 난 밋짱으로 불리고."

"아아. 걔네를 대할 때 주의하라는 거지?"

"맞아."

그 후 가능한 한 모든 정보를 교환했지만, 아닌 말로 집에서 가족들을 속이는 것과는 차원이 다른 듯했다. 좌우간 나와 미즈무라는 머리부터 발끝까지 달랐다. 미즈무라가 친하게 지내는 애들과는 대화를 나눠본 적도 없으며, 그건 미즈무라 역시 마찬가지였다. 성적 또한 천지 차이로, 내 성적은 뒤에서 세는 편이 빠를 정도인데 미즈무라는 그런대로 늘 괜찮은 점수를 받는 모양이었다. 그 와중에 체육 성적만은 정반대였다. 미즈무라는 소프트테니스부, 나는 축구부. 물론 동아리 활동은 오늘도 평소와 다름없이 진행될 예정이었다. 오늘은 몸이 나은 지 얼마 안 되었다는 핑계로 쉴 수 있다 쳐도, 이는 임시방편에 지나지 않는다.

오늘만 견뎌내면, 같은 말은 더 이상 어느 쪽도 하지 않았다. 언제 되돌아갈지는 모른다. 하지만 그 순간이 반드시 오리라 믿으며 서로를 완벽히 연기해내는 수밖에 없다. 나는 미즈무라 마나미여야 하고, 미즈무라는 사카히라 리쿠여야만 한다. 그러기 위해 우리는 필사적으로 정보를 교환했다.

"이제 가야겠다."

미즈무라가 계단참에서 몸을 내밀어 시계를 확인한다. 이제 반 전체를 속이러 가야 한다. 속이 메슥거렸다. 누가 먼저 갈지 가위바위보를 한다. 진 미즈무라가 그럼 먼저 갈게, 하며 일어서곤 엉덩이를 턴다.

"사카히라, 잘해보자."

그렇게 말하며 웃는 미즈무라의 뺨은 어제와는 달리 경직돼 있었다. 당연하겠지만 아아, 미즈무라도 역시 불안하구나, 생각했다. 그런데도 애써 웃으며 나를 격려해주고 있다. 내가 아무 말도 못 하고 있자 그대로 계단을 내려간다. 괴로워하는 내 얼굴을 보는 건 괴롭다. 물론 그건 미즈무라라고 다르지 않다.

그때, 나는 다짐했다. 미즈무라가 미즈무라의 인생을 언제 되찾아도 상관없도록, 미즈무라가 마음 아파할 필요 없도록 완벽하게 미즈무라로 살아가며, 가족도 친구도 연인도 감쪽같이 속여내고야 말겠다고.

교실로 들어가기 무섭게 사사가키와 다카미가 달려들었다. 발길을 돌려 달아나고 싶은 기분을 억누른다.

"밋짱! 몸은 이제 괜찮아?" 사사가키가 귀에 거슬리는 목소리로 소리친다.

"아무 답장도 없고. 문자도 못 보낼 정도로 심하게 아픈가 했어." 다카미가 묘하게 코 멘 목소리로 말하며 팔짱을 껴 온다.

"응, 이제 괜찮아."

입안이 바싹 말라 혀가 들러붙는다. 어쩐지 이상한 목소릴 낸 것 같다. 그럼에도 의아하게 여기는 기색은 없어, 조금 안도하며 말을 잇는다.

"미안, 내내 자느라 답장을 못 했어."

좀 더 그럴싸한 말을 하고 싶어도 잘 떠오르지 않는다. 평소라면 보다 수다스러울 텐데 기운 내, 하고 등을 토닥여주는 손길에 어색하게 웃고 있는 수밖에 없다. 좀 더 미즈무라답게 행동하고 싶어도 평소의 미즈무라를 모른다. 내가 아는 미즈무라는 내 얼굴로 웃고, 내 얼굴로 격려하는 미즈무라뿐이다.

힐끗 미즈무라 쪽을 쳐다본다. 다자키, 이다 등의 무리와 담소를 나누고 있다. 자연스럽게 녹아든 듯 보인다. 나도 좀 더 잘 해봐야 하는데. 그런 생각이 들수록 겉돌기만 한다.

"누가 봐도 엊그제 사카히라 때문이야."

사사가키의 입에서 갑자기 내 이름이 튀어나와 가슴이 철렁한다.

"아아, 그때 그거? 진짜 뭐 하는 짓인지 몰라. 빠지려면 혼자 빠질 것이지."

"애초에 풀장엔 대체 왜 빠진대? 덜떨어져도 너무 덜떨어진 거 아냐?"

자신의 험담을 눈앞에서 들으며 안간힘을 다해 미소를 지어 보인다. 얼른 종이 울렸으면. 얼른 선생님이 왔으면. 머릿속에서 오로지 그러기만을 바라고 있었다. 종이 울리고 담임 선생님이 들어왔을 땐 가슴을 쓸어내렸다. 미즈무라가 말해준 자리를 떠올리며 착석한다. 왠지 모르게 굉장히 피곤했고, 어깨 언저리가 엄청난 권태감에 짓눌려 있었다.

아무튼 그 뒤로는 엉망진창이었다. 쉬는 시간마다 말을 걸어오는 사사가키와 다카미를 상대하기란 쉬운 일이 아니었다. 예고 없이 시작된 수학 시험은 도통 아는 문제가 없어서 거의 백지상태로 제출했다. 한편 미즈무라는 체육 시간 리프팅 시험에서 공을 세 번 이상 튕기지 못했고, 사카하라, 똑바로 안 해? 하고 선생님에게 머리를 얻어맞곤 죄송하다며 웃고 있었다. 내가 다 부끄러워 쥐구멍이 있다면 숨고 싶은 심정이었다.

의외로 동아리 활동은 그럭저럭 나쁘지 않았다. 그도 그럴 것이 운동 신경만큼은 원체 자신이 있었던 데다, 1학기 땐 체력 단련과 스윙 등의 기초적인 연습만 시키므로 무리 없이 소화할 수 있었다.

문제는 감독으로 있는 이소야였다. 20대 중반으로 학교 선생님들 중엔 가장 젊으며, 여학생들에게도 잘 생겼다고 인기가 많은 모양인데 나로선 그리 좋은 인상을 받지 못했다. 개구리처럼 양쪽으로 벌어진 두 눈의 끈적한 시선도 기분 나빴고, 길게 기른 앞머리를 쓸어 넘기는 몸짓도 나르시시스트 같아서 역겨웠다.

무엇보다 지도 방식이 비정상적으로 느껴졌다. 라켓을 잡는 법이나 스윙을 지도할 때 몸에 지나치게 손을 대는 것이다. 반소매 밖으로 나온 팔을 구석구석 핥듯이 쓰다듬는가 하면, 허리 부근을 집요하게 더듬어대곤 했다. 그럴 때마다 오싹오싹 몸서리가 쳐졌다. 내 착각인가 싶기도 했지만, 저속한 웃음을 띤 채 가슴께와 다리를 쳐다보는 모습을 보고 고의임을 확신했다. 보아하니 마음에 드는 학생 몇 명을 점찍어둔 모양이었다. 그 애들을 대할 때만 필요 이상으로 찰싹 달라붙어, 지도를 핑계 삼아 만져대고 있는 듯했다. 미즈무라도 그중 하나였나 보다. 처음 겪은 나조차 알아챌 정도이니, 이소야의 성추행은 동아리 내에서 모르는 사람이 없을 터였다. 그러나 그 사실을 입 밖에 내려는 애는 아무도 없는 것 같았다. 말도 안 된다고 생각했다. 동시에 여자로 산다는 건 역시 힘들구나, 라는 생각도 했다.

어찌어찌 긴 하루를 마치고, 빠른 걸음으로 학교를 빠져나와 이방인으로 직행한다. 미즈무라는 이미 자리에 앉아 있었다. 나를 발견하곤 가슴 앞에서 손을 작게 회회 흔들었다.

"동아리 벌써 끝났어? 이렇게 빨리?"

"땡땡이쳤어. 미안."

뭐 상관없어, 하며 혀를 내밀어 보이는 미즈무라의 맞은편에 앉는다. 물을 들고 온 아줌마에게 아이스커피를 주문한다.

"아아, 피곤하다."

미즈무라의 모습을 본 순간 대번 긴장이 풀린다. 양손을 뻗어 테이블 위에 푹 엎드렸다. 고생 많았어, 하고 머리 위로 목소리가 내려앉는다. 얼굴을 팔에 묻은 채 너도 고생했어, 하고 답한다.

"그나저나 사사가키랑 다카미, 걔넨 뭐야? 내 욕만 잔뜩 하던데."

상체를 일으켜 살짝 볼멘소리를 해본다. 미즈무라는 난처한 듯 눈썹을 여덟 팔 자 모양으로 늘어뜨리곤 미안하다고 사과를 해 온다.

“아니, 딱히 네가 사과할 건 없어. 아아, 얘기할 때 뭔가 어색했던 것 같아. 걔네가 이상하게 생각하는 거 아닌지 몰라.”

“아마 괜찮을 거야. 나야말로 좀 너무 긴장했어.”

“그래? 뭔가 엄청 태연해 보이던데.”

“뭐랄까, 다들 즉흥적으로 대화하는 느낌이라 일단 분위기를 맞춰주면 어떻게든 되겠지 싶어서.”

“아아, 너 우리 무시하는 거지?”

“아냐, 아냐.”

뒤이어 수업 이야기로 넘어간다. 일단 나는 미즈무라에게 등 떠밀려 공부에 힘쓰기로 약속했다. 미즈무라는 모르는 거 있음 가르쳐줄게, 라며 격려했다. 반대로 나는 미즈무라에게 운동에 더 힘쓸 것을 요구했다. 아닌 게 아니라 그런 리프팅 실력으로 동아리 활동에 참여했다간 난리가 날 것이었다.

“그건 그렇고, 걔는 대체 뭐냐? 이소야.”

커피를 빨대로 휘젓는다. 딸그락딸그락 얼음이 경쾌한 소리를 내며 맞부딪친다.

“아아, 이소야 선생님? 그건 어쩔 수 없어.”

"어쩔 수 없긴, 그냥 대놓고 성추행하던데. 왜 아무도 말을 안 해?"

"말 못 하지. 어떻게 말해."

"이해가 안 되네. 나였으면 후려 팼을 텐데."

"후려 팬다고? 할 수만 있음 되게 통쾌하겠다."

그렇게 말하더니 미즈무라가 어정쩡한 자세를 취하곤 오른손으로 잽을 넣는 시늉을 한다. 나는 본때를 보여줘, 라며 부채질한다.

그런 식으로 서로의 일일 보고를 마친다. 앞으론 방과 후마다 만나 서로에게 그날 일을 보고하기로 했다. 매일 이방인에서 보면 지갑 사정이 여의치 않을 테니, 오늘 아침 이야길 나눴던 옥상 문 앞 계단참에서 만나기로 했다.

매일. 대화 중 그 단어를 입에 올릴 때만 목이 메었다. 이 상황이 언제까지 이어질까. 자꾸자꾸 떠오르는, 아무도 답을 모르는 의문을 애써 떨쳐낸다. 또 감정적으로 미즈무라를 몰아세운들 난감한 표정을 짓게 할 뿐이다. 더욱이 그 말을 내뱉으면 왠지 정말 원래대로 돌아가는 일이 두 번 다시 없을 것만 같아, 나는 부르짖고 싶은 심정을 아이스커피와 함께 삼켜낸 뒤 웃었다. 미즈무라도 웃어주고 있었다. 일단은, 그거면 됐다고 생각했다.

긴장의 끈을 놓을 수 없는 나날이었지만, 어쨌거나 별 탈 없이 흘러갔다. 나는 아무리 지나도 여자애들과의 대화에 적응하지 못했고, 성적도 오르지 않았다. 미즈무라는 내 몸이라 그런지 운동은 나름대로 잘 소화해냈지만, 동아리 활동은 너무 버거운 나머지 거의 가지 않는 모양이었다. 그래도 우리의 몸이 뒤바뀐 사실은 아무도 눈치채지 못했고, 그러긴커녕 주위 사람들은 지금도 우리가 대화 몇 마디 나눈 적조차 없다고 여기는 듯했다. 나쁜 짓이라도 꾸미는 양, 남들 눈을 피해 몰래몰래 밀회를 이어왔으니 어쩌면 당연한 일인지도 모르겠지만.

서로의 집에는 수시로 놀러 가게 됐다. 어느 날 미즈무라가 말했기 때문이다. 엄마 아빠와 페로가 보고 싶다고. 이 나이에 집에 남자를 데려갔다간 이상한 오해를 살 수도 있겠다 생각했시반, 울상을 지은 채 입술을 깨무는 미즈무라의 얼굴을 보니 차마 거절할 수가 없었다. 더구나 그 심정은, 나 역시 뼈아플 정도로 잘 알고 있었다. 집이 그리워서, 그 감정이 폭발해서, 밤에 잠들기 전 얼굴을 베개에 처박고 소리 죽여 운 적이 한두 번이 아니었다. 그렇게나 싫었던 엄마도, 투명 인간 같던 아빠도 못 견디게 보고 싶었다. 로쿠와 또다시 바보 같은 얘길 하며 웃고 싶었다. 물론 미즈무라에게는 말할 수 없었지만.

미즈무라의 부모님은 딸의 이성 친구를 몹시도 환영했다. 가족끼리 원래 사이가 좋았기 때문인지, 그 남자는 순식간에 그 집에 녹아들었다. 자신의 어머니와 정답게 이야기하는 미즈무라의 모습을 보며 따끔히 가슴이 아팠다. 나는 여기 있으면 안 되는 사람이란 느낌마저 들었다.

나도 미즈무라가 집에 초대해줬지만, 우리 부모님은 내게 무관심했다. 원래부터 자기 아들에게 딱히 관심을 두지 않는 부모님인 줄은 알았지만, 이성을 집으로 데려와도 쌀쌀맞은 태도를 취하는 엄마의 모습에 좀 섭섭한 기분이 들었다. 간혹 아빠를 만날 때도 있었는데, 귀찮은 듯 고개인사만 건넬 뿐 안경 너머의 작은 눈은 내리깔린 채였다. 심지어 동생 로쿠는 주말에 놀러 가도 대부분 야구를 하러 나가 있었고, 얼굴을 마주치는 일조차 없었다. 그렇지만 아주 잠깐씩이라도 가족들 얼굴을 볼 수 있다는 게 내게는 구원이었다.

내가 가장 우려했던 건 미즈무라의 남자친구 쓰키노였다. 듣자 하니 사귀게 된 계기가 헌팅을 당해서란다. 두 살 연상에, 헌팅으로 만난 데다 이름이 '쓰키노'라니. 이거야

원, 얼마나 껄렁한 남자일지 안 봐도 훤했다. 미즈무라가 말하길 사귄 지 아직 3개월 정도고 손도 한 번 안 잡았다지만, 육체관계에도 대비해야 한단 생각에 나는 경계심을 품었다. 아무리 그래도 내가 몸 안에 있을 때 첫 경험을 치르게 해선 안 된다. 그런 각오로 데이트에 임했는데, 쓰키노는 내가 상상했던 녀석과는 영 딴판인 남자였다.

폴로셔츠에 청바지를 받쳐 입은 촌스러운 옷차림에, 키도 그리 크지 않고 얼굴이 앳돼서 연상으론 보이지 않았다. 유난히 찰랑찰랑한 앞머리 너머의 눈은 온유했고, 아무리 봐도 수작을 걸어올 법한 남자는 아니었다. 나중에 듣기론, 거의 벌칙 게임 같은 느낌으로 친구가 호감 있는 애에게 작업을 걸고 오라고 했단다. 그런데 표적이 된 미즈무라 쪽도 그리 싫지만은 않았고, 곧바로 사귀게 된 모양이었다. 이후 착한 사람이라 괜찮댔잖아, 하고 야단을 맞았는데, 사실 여자가 말하는 '착하다'는 참고할 거리가 못 된다.

쓰키노는 나를 마나미짱, 하고 불렀다. 쓰키노와의 데이트 장소는 오로지 영화관뿐이었다. 게다가 「전차남(2005년에 개봉한 일본의 로맨틱 코미디 영화—옮긴이)」이라든지 「우주 전쟁(2005년에 개봉한 미국의 SF 영화—옮긴이)」 같은 것도 아니고 듣도 보도 못한 제목의 듣도 보도 못한 배우가 나오는 영화만 관람했고, 이해가 잘 안 가서 꾸벅꾸벅 졸기만 했다. 영화가 끝나면 쓰키노는 난감한 얼굴로 미안해, 다음번엔 더 재밌는 거 찾아 올게, 하며 웃었고, 질책을 하지도 화를 내지도 않았다.

쓰키노는 썩 괜찮은 녀석이었다. 적어도 나로선 사사가키나 다카미보다도 훨씬 대화하기 편했고, 같이 있으면 즐거웠다. 영화 이야기가 나오면 말이 많아졌고, 평소 감정을 드러내지 않는 쓰키노가 그때만큼은 열을 올리는 게 재밌었다. 하는 말의 대부분은 알아들을 수가 없었지만, 스탠리 큐브릭과 미카엘 하네케란 걸 좋아한다는 것만은 기억했다.

하지만 그런 쓰키노가 주뼛주뼛 손을 잡으려고 들 때면 여지없이 불쾌했다. 손을 능숙하게 잡을 줄 모르는 모양인지 부자연스러운 모양새로 손등을 맞대 오곤 하는지라, 짜증이 치민 내가 솔선해서 잡아버리는 경우가 많았다. 그러는 순간 얼굴이 붉어지고 말수가 줄어드는 그의 모습은 참으로 볼썽사나웠다. 애당초 남자와 손을 잡는다는 것 자체에 거부감이 심했다. 그런데도 나는 꾹꾹 참으며, 쓰키노의 손에 밴 땀을 손바닥으로 느끼고 있었다.

그런 나날 속, 계절은 본격적으로 여름이 되어가고 있었다. 원래대로 돌아갈 기미는 손톱만큼도 보이지 않았다.

이날도 우리는 옥상 문 앞에 집합해 있었다. 정보 교환을 하는 김에 나는 가방 안에 들어 있던 만화책을 미즈무라에게 건넸다.

"자, 이거. 17권 맞지?"

"맞아! 고마워, 하마터면 못 살 뻔했네. 읽어봤어?"

"아니, 안 읽었어."

"뭐? 읽어봐, 후르츠 바스켓(일본의 순정 만화—옮긴이) 재밌어! 우리 집에 전권 있거든!"

"집에 있다는 건 나도 알지."

그런 대화를 주고받고 있는데, 계단 아래쪽에서 누군가 빼꼼히 얼굴을 내밀었다.

나, 즉 사카히라 리쿠의 친구 다자키였다. 삽시간에 공기가 얼어붙는다. 방했다. 들켜버렸다. 그나마 핵심적인 말은 하지 않아 다행이지만, 같이 있는 모습을 들키는 사태는 되도록이면 피하고 싶었다. 이런 데서 몰래 만나 이야길 나누다니, 무슨 사이인지 의심이 들 게 뻔하다. 이상한 소문이 퍼지면 골치 아파진다. 어떻게 변명해야 하지. 허둥지둥 미즈무라 쪽을 쳐다보자 사고가 완전히 정지된 듯한 표정으로 굳어 있었다.

"미안하다! 방해해서 미안!"

마찬가지로 굳어 있던 다자키가 정신을 차리고는 발길을 돌리려 한다. 역시나 마찬가지로 정신이 든 미즈무라가 "잠깐, 잠깐 기다려 다자키!" 하고 소리쳐 붙잡는다.

"그런 거 아냐. 네가 생각하는 그런 거 절대 아냐."

"아냐, 걱정 마 사카히라, 아무한테도 말 안 할 테니까. 근데 너무 의외의 조합이라 좀 놀랍긴 하다."

"야, 그런 거 아니라니까. 이거, 이거 때문이야."

그렇게 말하며 미즈무라가 손에 들고 있던 만화책을 다자키의 눈앞에 들이민다. 그 표지를 다자키가 빤히 들여다본다.

"뭔데 이게. 후르츠 바스켓?"

"그래. 야, 이거 진짜 아무한테도 말하지 마라. 사실 내가 순정 만화를 좋아하거든."

다자키가 어안이 벙벙한 얼굴로 미즈무라를 쳐다보고 있다. 아마 나 역시 같은 얼굴을 하고 있었으리라.

"뭐? 뭔 소리야."

"그러니까, 미즈무라한테 만화책만 빌린 거라고. 근데 창피하니까 일부러 이런 데서 몰래 만나고 있던 것뿐이야. 진짜로 그게 다야.”

“나 참, 너한테 그런 취미가 있었냐? 근데 왜 미즈무라야? 무슨 접점이 있어서.”

“북오프(일본의 중고 서적 전문점—옮긴이)에서 순정 만화 읽고 있는 걸 얘한테 들켰거든. 그 뒤로 취향이 엄청 비슷하단 걸 알게 됐고 말야. 나는 동생하고 방을 같이 쓰니까 순정 만화 같은 건 못 사잖냐. 그래서 미즈무라한테 빌리게 된 거야.”

타이르듯 차근차근 설명하는 미즈무라의 모습을 계단에 걸터앉은 채 내려다보면서, 나는 감탄하고 있었다. 저런 핑계를 술술 잘도 대는구나. 다소 궁색한 변명 같긴 했지만 꺼벙한 다자키는 분명 속아 넘어갈 것이다. 무엇보다 나인 척하는 미즈무라를 가까이서 처음 보았는데, 그 자연스러움에 놀라고 있었다. 나는 미즈무라 마나미를 이렇게까지 능숙히 재현해내고 있진 못한 것 같다.

“이게 그렇게 재밌어?”

어느새 만화책을 손에 들고 있던 다자키가 훌훌 책장을 넘긴다.

“재밌어. 완전 걸작이야.”

“흠, 나도 한번 빌려볼까. 야, 미즈무라.”

갑자기 말을 걸어와 나도 모르게 몸이 움찔하고 떨린다.

"나도 빌려주라. 이거 읽어보고 싶어."

"어? 아, 알겠어, 그럴게."

"뭐야, 너 진짜 읽게?"

"그럼 안 돼? 나도 순정 만화 동맹에 끼워줘."

"그건 또 뭐야, 네 맘대로 이상한 동맹 만들지 마."

"뭐가 어때서. 괜찮지 않냐? 아, 그건 그렇고 나 배 아팠지 참."

자 여기, 하고 만화책을 미즈무라의 손에 돌려준다.

"뭐야, 화장실 가던 중이었어?"

"똥 싸는 거 안 들키려고 배 아플 때마다 이 층까지 올라오거든. 근데 어디서 들어본 목소리가 나는 거야. 봤더니 둘이 같이 있길래 깜짝 놀랐지 뭐냐. 암튼 이러다 싸겠다. 이만 간다!"

폭풍 같은 기세로 지껄여대더니, 털렁털렁 손을 흔들며 복도를 달려서 사라져간다. 우리는 그 뒷모습을 멍하니 지켜본다.

"사카히라, 괜찮을까? 이상하게 생각하지 않겠지?"

방금 전까지의 당당한 태도가 거짓말인 양 미즈무라가 머뭇머뭇 물어 온다.

"뭐, 괜찮겠지. 재 바보니까."

어차피 순간순간 떠오르는 대로 생각 없이 이야기한 게 분명하다. 내일이 되면 자기가 한 말도 잊어버린 채 실실대고 있을 것이다. 둘이서 그렇게 결론 지었는데, 다음 날 아침 다자키는 굳이 내 옆자리까지 찾아와 "미즈무라, 좋은 아침" 하고 말을 붙여 왔다. 지금껏 접촉한 적 없던 남학생의 뜬금없는 인사에, 사사가키와 다카미는 흠칫 놀란 얼굴로 다자키를 올려다보고 있었다. 아마 나도 같은 얼굴을 하고 있었을 것이다. 그런데도 다자키는 전혀 개의치 않은 모습으로, 아니나 다를까 실실 웃고 있었다.

"어제 그거 가져왔어?"

"어? 아, 미, 미안. 깜빡했다."

"헉, 진짜? 내일은 꼭 좀 부탁할게! 몇 권이든 좋으니까!"

그 말만 남기고 다자키는 평소의 무리 속으로 섞여 들어간다. 하이, 하고 경박한 인사를 주고받는 목소리가 들려왔다.

"뭐야 밋짱, 다자키랑 언제부터 친해졌어?"

흥미진진하게 물어 오는 다카미에게 딱히 친하진 않아, 하며 말끝을 흐린다. 사사가키가 낮은 목소리로 흐음, 하고 호응한다.

결국 옥상 문 앞에서의 밀회에 다자키도 참여하게 됐다. 처음엔 만화책 이야기만 주고받다가 자연스레 잡담을 나누게 됐고, 종종 집에 가서도 놀게 됐다. 솔직히 말해서 너무너무 재밌었다. 어쩌면 미즈무라는 이 관계성을 조금 언짢게 여겼을지 모르고, 다자키는 분명 아무 생각이 없었을 테지만 나는 이렇게 셋이서 노는 것이 제일 좋았다. 결과적으로 내 고등학교 생활에서 가장 큰 비율을 차지했던 건 그들과의 시간이었다. 그 세상에선 어느 누구도 내게 미즈무라다움을 강요하지 않았다. 물론 여자 행세는 해야 했지만 우스갯소리든 농담이든 아무 생각 없이 할 수 있었고, 누구의 눈도 의식할 필요 없이 떳떳하게 웃을 수 있었다. 그것만으로도 나는 마음이 편안했다. 언제부턴가 셋이 함께 있는 모습을 숨기지도 않게 됐다.

그러나 사사가키와 다카미는 그게 살짝 못마땅한 모양이었다. 직접 이야기한 적도 있다. 남자친구도 있으면서 남자애들하고만 노는 건 좀 그렇지 않아? 나는 어색하게 웃고 있을 수밖에 없었다.

우리의 몸에는 아무 일도 일어나지 않은 채 여름 방학이 다가왔다. 내가 제일 우려했던 기말시험도, 유례없이 열심히 공부한 덕인지 여태까지 중 가장 성적이 좋았다.

미즈무라의 뇌 구조가 원체 훌륭한 덕인지도 모른다. 반대로 미즈무라는 "머리가 잘 안 돌아가는데"라며 꿍얼꿍얼 불평을 하곤 했다. 어찌 그런 실례되는 말을.

시험이 끝나고, 내 안에서 근심을 키우는 요인이 딱 하나 있었다. 다시 시작된 동아리 활동이다. 물론 여름 방학이 되어서도 동아리 활동은 이어진다. 별 의미가 없어 보이는 달리기 연습도, 시키는 대로 마냥 소화할 뿐인 스윙 연습도 그렇게까지 곤욕스럽진 않다. 원인은 이소야였다. 이소야의 그 기어 다니는 듯한 손가락 감촉을 떠올릴 때마다 구역질이 났다. 그럴 바엔 차라리 땀에 젖은 쓰키노의 손을 잡고 있는 편이 나았다.

그렇게 종업식 당일부터 동아리 활동이 재개됐다. 개구리 같은 얼굴로 히죽히죽 웃는 이소야를 보는 것만으로도 속이 메스꺼웠다. 달리기 연습을 30분쯤 하고 나면 스윙 연습이 시작된다.

"시험 끝났다고 해이해진 거 아니지? 자세 연습은 똑바로 해야 한다."

자못 선생님 같은 소릴 내뱉으며 일렬로 선 여학생들을 한 사람씩 지도해간다. 편애는 누가 봐도 명백해서, 흥미 없는 학생은 손조차 대지 않고 말로만 지도하는 반면 마음에 드는 학생에겐 집요할 정도로 자세 교정에 시간을 들인다. 이소야가 조금씩 가까이 붙어 올 때마다, 더위 탓이 아닌 불쾌한 땀이 등에 흥건히 배어 나왔다.

“봐봐, 미즈무라. 상체가 내려와 있잖아.”

그 말과 함께 갑자기 허리를 움켜잡는다. 움찔하고 몸이 머리보다도 먼저 거부 반응을 보인다. 죄송해요, 하고 들리지 않는 목소리로 대답한다.

“그럼도 제대로 잡아야지. 세게 꽉.”

팔뚝부터 라켓을 쥔 오른손까지 불필요하게 느린 속도로 쓰다듬는다. 접촉된 부분에 소름이 확 돋는다. 미친놈. 라켓으로 후려 패버릴까 보다. 물론 생각만 할 뿐 그러지는 못한다. 이 몸으론 불가능한 일이다.

“많이 좋아졌네. 그대로 라켓을 쥐어봐.”

얼굴이 비정상적으로 가깝다. 숨결이 머리카락을 지나 귀로 전해져 온다. 뜨뜻미지근해서 기분이 더럽다. 손은 어느새 옆구리를 매만지듯 움직거리고 있다. 이소야는 자세를 교정하는 척하며 손끝에 힘을 실었다. 둘째 손가락이 가슴 아래쪽을 파고들었고, 감촉을 확인하는 양 자꾸만 움직여댔다.

미치겠다. 역겨워서 토할 것 같다. 부탁이니 빨리 끝났으면. 나는 그렇게 기도하는 수밖에 없었다. 이해가 안 된다. 미즈무라는 어떻게 이런 짓을 매일 당하고도 참고만 있었을까. 어떻게 어쩔 수 없다는 한마디로 웃어넘길 수 있단 말인가. 이건 그냥 폭력이다. 눈 부신 햇살 아래서 공공연히, 담담히 행해지는 능욕이다.

"이소야 선생님!"

갑자기 익숙한 목소리가 들려왔다. 그 순간 애벌레 같은 열 손가락으로부터 해방된다. 나와 이소야는 동시에 소리가 난 쪽을 향한다. 미즈무라였다. 저 멀리 다자키와 다른 애들의 모습도 보인다.

"너 누구야? 지금 동아리 활동 중이잖아."

이소야가 가증스럽다는 듯 쏘아붙인 것과, 미즈무라가 양손을 어정쩡하게 주먹 쥔 건 거의 동시에 벌어진 일이었다. 그걸 알아챈 내가 야, 그건 안 돼, 하고 소리치기도 전에 미즈무라의 오른손이 이소야의 뺨을 갈겼다. 그리 묵직한 한 방은 아니었지만 완전히 무방비 상태였던 이소야의 면상은 하늘로 치솟았고, 그대로 운동장 바닥에 나자빠졌다. 테니스복을 입은 여자애들이 꺄악, 하고 고함치는 목소리가 들려온다. 다자키가 당황한 기색으로 이쪽으로 뛰어온다. 코피가 터진 이소야는 얻어맞은 뺨을 부여

잡은 채 모래투성이가 돼서 뒹굴고 있다. 멍한 얼굴로 미즈무라를 쳐다보자, 부자연스럽게 혀를 내밀며 말했다.

"너무 통쾌하다."

지금 웃음이 나와?

당연하게도 학교가 발칵 뒤집혔다. 아프다고 울먹이는 이소야, 나, 미즈무라는 셋이 각각 다른 동아리방으로 불려가 저마다의 사정을 질문받았다. 두 사람이 어떤 응답을 했는진 몰라도 나는 어떻게든 미즈무라, 아니 사카히라 리쿠가 곤란해지지 않는 방향으로 흘러가게끔 이야기했다. 하지만 대부분이 사실이었다. 이소야가 성추행을 상습적으로 반복해왔다는 것. 그 장면을 사카히라 리쿠가 우연히 목격했고, 아마도 욱해서 때린 게 아닐까 싶다는 것. 이야기를 마치자 담임 선생님은 알겠다고만 대꾸한 뒤 집으로 가라고 말했다.

결과적으로 소프트테니스부는 얼마간 휴식기를 가졌고, 이후 감독이 바뀌었다. 이소야가 학교를 관뒀다는 정보는 눈 깜짝할 새에 퍼져 나갔다. 집안 사정으로 자진 퇴사한다는 것이 표면상의 이유였다. 나는 계속 있기가 뭣해 동아리를 관둬버렸다. 미즈무라는 여름 방학 중인데도 열흘간의 근신 처분을 받았고, 나와 마찬가지로 축구부를 관두었다.

사정을 알게 된 어머니는 날 걱정해주었다. 그동안 눈치 못 채서 미안해, 험한 꼴을 당했네, 무서웠지. 그러면서 꼭 안아주었다. 나도 모르게 눈물이 날 뻔했다. 이렇게 꼭 안겨 있는 게 미즈무라였다면 좋았을 텐데, 라는 생각도 했다.

그리고 어머니가 뒤이어 걱정한 건 사카히라 리쿠였다. 우리 딸을 구해준 남자에게 감사 인사를 하러 가야겠다며 야단을 부리기 시작했다. 그러지 말라고 제지해도 듣질 않았고, 기어코 나와 함께 우리 집을 찾아가게 됐다.

미즈무라의 어머니를 자신의 진짜 집으로 안내하는 행위가 어쩐지 묘하게 느껴졌다. 그리고 공영 주택 단지에 도착했을 때, 극심한 수치심이 들었다. 미즈무라의 집은 중심가에서 살짝 벗어나 있을지라도 근사한 단독 주택이다. 반면 우리 집은 초라한 단지에 있는 데다 엘리베이터조차 없는 오래된 건물이다. 미즈무라가 이 집을 알게 됐을 땐 아무 생각도 안 들었는데, 미즈무라의 어머니가 알게 되는 건 왠지 너무나도 싫었다. 엄마도 만나지 않았으면 했다. 미즈무라의 어머니는 집에서도 말쑥한 차림이며 옅게나마 화장도 하고 있다. 집 밖을 한 발자국도 나가지 않는 날에도 말이다. 반면 우리 엄마는 파트타임 일을 나갈 때도 긴 머리를 동여매고 마스크를 쓸 뿐 대부분 맨얼굴이다. 집에 있을 땐 내가 어릴 적부터 줄곧 입어온 보풀 가득한 스웨트셔츠 차림이다. 지금껏 아무 생각도 없었는데 문득 우리 집이 부끄럽게 느껴지기 시작했다. 집 문밖에 놓인 꾀죄죄한 자전거도, 동생의 야구 방망이와 글러브도, 버저처럼 이상한 소리를 내는 초인종도 모조리 부끄러웠다. 그리고 내 가족을 부끄럽게 생각한다는 데 극심한 죄책감이 들었다.

인터폰 너머로 엄마의 언짢은 목소리가 들려온다. 어제 연락드린 미즈무라예요, 하고 미즈무라의 어머니가 대답한다. 얼마쯤 지나 비거덕 불쾌한 소리를 내며 문이 열렸다. 문틈으로 목소리뿐 아니라 표정마저 언짢아 보이는 엄마의 얼굴이 보인다. 역시나 여느 때와 마찬가지로 화장기는 없었다. 들어오세요, 하는 말에 우리는 집 안으로 들어간다. 현관은 뿔뿔이 흩어진 신발들로 득시글했고, 신발장 위엔 아빠가 기념품으로 사 온 영문 모를 장식품과 자전거 열쇠, 집 열쇠가 난잡하게 늘어놓여 있었다. 눈에 익었던 그 광경이 지금은 너저분하고 볼썽사나워 보인다.

"굳이 안 오셔도 되는데."

"그럴 수 있나요, 저희 딸이 큰 도움을 받았는데 당연히 인사드리러 와야죠."

엄마의 무례한 태도에도 미즈무라의 어머니는 머리 숙인 자세를 유지한다. 어쩐지 비참해진다. 현관에 세워둔 채 안쪽으로 들일 생각도 전혀 없어 보인다. 엄마를 가만히 쳐다보고 있는데 돌연 눈이 마주쳤다. 허겁지겁 시선을 발끝으로 돌린다. 그런데도 정수리 부근에 눅눅한 시선이 느껴졌다. 엄마에게 있어 미즈무라 마나미는 적이란 사실을 깨달았다. 그걸 똑똑히 알 수 있을 정도로 엄마의 시선은 적의로 가득 차 있었다. 왜 이렇게 싫어하는 건지 모르겠다. 시야 속 파란 스니커즈가 뒤틀린다. 숨이 막혀온다. 역시 찾아오는 게 아니었다.

"이거, 별건 아니지만 받아주세요."

그렇게 말하고 미즈무라의 어머니는 선물용 과자 상자가 든 종이봉투를 건넨다. 그걸 받아 든 엄마는 입구를 벌려 슬쩍 쳐다보더니, "고마워요" 하고 작게 감사 인사를 했다.

"로쿠!"

느닷없이 방 안쪽을 향해 소리친다. 멀리 보이는 미단

이문이 열렸고, 한 소년이 코끝을 마구 문지르며 얼굴을 빼죽 내밀었다. 로쿠다. 밤톨 같은 머리도, 동글동글한 두 눈도, 오른쪽 눈썹 위에 난 점도, 중학교 2학년치곤 작은 키도 전부 다 그대로다. 오랜만에 보는 동생의 모습에 목구멍 안쪽이 뜨거워짐을 느꼈다. 할 수만 있다면 예전에 그랬던 것처럼 양 볼을 손으로 꼭 감싸 쥐고, 그 까슬까슬한 머리를 이리저리 쓰다듬어주고 싶었다.

"이거 받았어. 먹어."

로쿠는 과자 상자를 종이봉투째 받아 들곤 감사합니다, 하고 꼬박 고개를 숙였다. 그런 다음 다시 방 안쪽으로 사라졌다.

"저기, 괜찮으면 리쿠 군에게도 직접 감사 인사를 하고 싶은데요."

미즈무라의 어머니가 머뭇머뭇 요청하자, 엄마가 검은자위를 번득이며 쏘아보았다.

"리쿠는 만나고 싶지 않아 해서요."

"그게, 한마디만이라도 좋아요."

"죄송한데, 오늘은 그만 돌아가 주세요."

그렇게 말하고 엄마가 발길을 돌리려 했을 때, 또다시 안쪽 미닫이문이 열렸다. 미즈무라였다. 그대로 곧장 이쪽을 향해 온다.

"리쿠, 넌 나올 필요 없댔잖아."

엄마가 언성을 높여도 미즈무라는 개의치 않는 모습으로 우리 눈앞에 서더니 꾸벅 머리를 숙였다.

"죄송해요, 어려운 걸음 하시게 해서."

"무슨, 아니야. 도움받은 건 우리인걸. 그치, 마나미?"

"응. 사카히라, 고마워."

따라서 감사 인사를 하자 미즈무라가 내 쪽으로 천천히 시선을 옮겼다. 눈이 마주친다. 이내 시선을 미즈무라의 어머니에게로 휙 돌리곤, 매우 공손한 말씨로 말한다.

"아주머니, 마나미랑 잠깐 얘기 좀 할 수 있을까요?"

"응? 어어, 그럼."

"감사합니다. 미즈무라, 잠깐 괜찮아?"

미즈무라가 반강제로 꼬드기며 신발을 신자 "너 근신 중이잖아!" 하는 엄마의 호통이 날아온다. 얼떨결에 몸이 굳어졌지만, 미즈무라는 태연한 모습으로 공원까지만 나가는 거야, 하며 얼굴조차 쳐다보려 하지 않는다.

"아, 그럼 저희는 이만 가볼게요. 실례가 많았습니다."

밖으로 나가려는 우리와 함께 미즈무라의 어머니도 고개를 숙인 뒤 집을 나온다. 문이 닫히는 마지막 순간까지 엄마는 나를 빤히 노려보고 있었다.

정말 고마웠어, 하며 과하리만치 연신 머리를 숙여대는 미즈무라의 어머니와 헤어지고, 우리는 단지 근처 공원 벤치에 앉았다. 한낮의 공원엔 사람이 많지 않았고, 어린 애들을 데리고 나온 엄마들의 모습이 드문드문 보이는 정도였다.

"이번 일은 진짜 미안해, 사카히라."

당연히 미안해야지, 하며 헤실헤실 웃는 미즈무라를 팔꿈치로 쿡 찌른다.

"거기서 때리는 사람이 어딨냐? 다들 입이 떡 벌어져 있었다고."

"아니, 왠지 울컥해서. 이성을 잃는다는 게 그런 거겠지?"

"울컥하다니, 네가 웬일이래."

하하, 하고 메마른 웃음을 띤다. 그 시선은 어딜 보고 있다고도 할 수 없이 그저 허공을 향해 있었다.

"뭔가, 이소야한테 그런 짓을 당해도 묵묵히 참고 있는 널 보니까 너무너무 화가 났어. 나도 그동안 저렇게 참아 왔던 거구나 싶어서 가만있질 못하겠더라고. 그래서 나도 모르게 그만."

"나도 모르게 그만은 무슨. 뭐, 패버리고 싶은 마음도 이해는 가지만."

"그치? 아아, 진짜 통쾌했어."

그렇게 말하고 미즈무라는 기지개를 켠다. 말과는 달리 표정은 조금도 개운해 보이지 않았다. 분명 싫었겠지, 하고 상상해본다. 눈앞에서 자신의 몸이 다른 누군가로부터 고통받고 있는 현장을 목격했더라면, 나 역시 같은 행동을 저질렀을지 모른다.

"그나저나 미즈무라, 마마한테 한소리 들었어?"

"한소리라니?"

"마마, 오늘도 엄청 예민했잖아. 혼나진 않았나 해서."

"뭐, 혼나긴 했지."

곤란한 듯 웃으며 목덜미에 흘러내린 땀을 손바닥으로 닦는다. 그 몸은 여전히 땀이 많은 모양이다.

"그래도 어머니가, 네가 얘기한 만큼 무섭진 않은 것 같아."

"음, 그런가."

"응. 이번에도 혼은 났지만, 나한테 무슨 말을 해야 할지 몰라서 화를 내는 느낌이었어. 설명하기 어려운데…… 화내고 싶어서 화내는 게 아닌 것 같은 느낌이야."

그게 뭐지. 잘 모르겠다. 화내고 싶지 않으면 화를 안

내면 되지 않은가. 옛날처럼 웃어주면 될 것을.

그렇게 마음속으로 흉을 보면서도, 오늘 내게로 향했던 적의는 자기 아들을 보호하기 위함이었는지도 모른단 생각이 들기 시작했다. 엄마에게 있어 미즈무라는 분명코 아들을 위협하는 존재인 것이다.

"맞다, 이걸 주고 싶었어."

입을 다물어버린 내게 짐짓 밝은 목소리로 말을 걸어온다. 셔츠 등허리 쪽에 숨겨둔 노트 두 권을 꺼낸다. 빨간색과 초록색의 스프링 노트였다. 그중 초록색 노트를 건네온다.

"이게 뭔데?"

"이제 여름 방학이라 그렇게 자주는 못 보잖아? 다자키랑 어디 놀러 가자는 약속만 한 정도고. 그래서 이 노트에, 그날 있었던 일들을 적어두면 어떨까 해서. 그럼 갑자기 원래대로 돌아가도 이 노트를 보고 알 수 있는 정보가 많잖아. 뭐, 일기나 마찬가지지."

"그렇군. 뭔가 창피하긴 한데, 일단 알겠어."

건네받은 노트를 훌훌 넘겨본다. 여름 방학 일기조차 제대로 써본 기억이 없지만, 그런 불평을 하고 있을 순 없었다. 되돌아왔을 때 곤란해지는 사람은 미즈무라이기 때문이다.

"돌아가는 날이 올까."

무심코 입 밖에 내고 만다. 이런, 하고 황급히 입술을 물었지만 미즈무라에게도 똑똑히 들렸을 것이다. 그런 말은 더 이상 입에 담지 않기로 약속했는데.

"여름이잖아. 올해 여름이 끝날 때까진 버텨보자."

그럼에도 미즈무라는 그저 해맑게 웃는다.

"여름?"

"그래, 여름. 뭐랄까, 이런 신기한 이야기는 한 여름 동안의 이야기란 느낌 안 들어?"

뭔 소리야, 하며 나도 모르게 웃는다.

"그러니까, 올해 여름까지만 잘 이겨내 보자."

"그래, 그러자."

그렇게 결국 미즈무라에게 격려를 받고 만다. 몸속 저 깊은 곳이 자기혐오로 가라앉는다. 미즈무라도 차라리 우는소릴 해주면 좋을 텐데. 두 번 다시 못 돌아가면 어쩌지, 하고 둘이 함께 눈물을 쏟아내면 좋을 텐데. 서로를 향한 의미 없는 위로일지라도 억지로 미소 짓는 것보다야 훨씬 좋을 텐데.

"쓰키노 말야, 여름 방학에 어디 놀러 가자고 안 그래?"

"그랬어. 일단 여름 축제는 가자고 얘기 중이야."

"그렇구나. 좋겠다, 나도 쓰키노랑 여름 축제 가고 싶어."

미즈무라가 노트를 가슴에 껴안고 하늘을 올려다본다. 나도 따라서 하늘을 쳐다본다. 내리쬐는 햇볕이 눈 부셔 눈을 찡그린다. 어느새 들려오고 있던 매미 울음소리가, 거센 여름 기운을 한층 더 자아내는 느낌이다. 피부에 엉겨 붙는 듯한 끈적이는 더위로, 코끝에 동그란 땀이 솟았다.

"이렇게 하늘을 쳐다볼 일이 별로 없는 것 같네."

미즈무라가 이마에 맺힌 땀을 손등으로 닦는다. 나는 아무런 대꾸 없이 그 몸짓을 지켜보다 또다시 하늘을 우러른다. 하늘은 어린아이가 마구 색칠한 도화지처럼 거짓말같이 파랗고, 그 속을 구름이 듬성듬성 헤엄치고 있다. 한가운데는 자기주장이 강한 태양 하나가 빛나고 있다. 듣고 보니 맑게 갠 하늘을 바라보기는 오랜만이었다. 왜일까 생각해보다, 비가 내릴법한 흐린 하늘일 때가 아니고서야 날씨를 확인할 일이 없기 때문임을 깨닫는다.

"내년 여름에 또 가면 되지."

몸을 바로 하고 말한다. 마찬가지로 미즈무라 역시 몸을 바로 한다.

"그러네. 내년에 있을 즐거움으로 남겨둬야겠다. 고마

워, 사카히라.”

그렇게 말하고 미즈무라가 활짝 웃는다. 가망 없는 희망일지라도 일단은 매달려보고 싶었다. 계속 매달리면, 하느님도 아마 보다 못해 손을 내밀어줄 것이다. 그렇게 타이르며 내 안에 있는 불안한 목소릴 필사적으로 지우곤, 숨을 크게 들이마신다.

눅진한 여름 냄새가 났다.

30

우리는 질리지도 않고 언제나 똑같은 이야길 한다. 둘이 함께 기억을 차근차근 더듬어가듯, 15년 전 그날의 이야기부터 시작한다. 그리워서라기보다, 추억을 퇴색시키지 않으려는 것처럼.

"처음엔 진짜 힘들었지."

콜라를 마시며 차분하게 말하는 미즈무라에게 "그랬지" 하고 동조한다.

"둘 다 필사적이었잖아. 배우도 아니고, 감쪽같이 연기할 순 없었으니까."

"아차 하는 사이에 진짜 모습이 나와버리고 말아. 네가 다자키를 '얀마, 다자키'라고 불렀을 때, 얘가 진짜 왜 이러나 싶었어."

"어, 그랬었나?"

"그랬어. 진심으로 핏기가 다 가시더라니까. 다자키가 얼떨떨해하는 얼굴은 좀 웃겼지만."

"어우, 소름 돋아. 그래서 어떻게 넘어갔더라?"

"아무 일도 없었던 것처럼 '있잖아, 다자키' 하고 바꿔 말했어. 괜히 어정쩡하게 둘러대지 않길 천만다행이었지. 근데 진짜 하나도 기억을 못 하는구나."

"하나도 기억 안 나. 넌 기억력도 좋다."

"네가 너무 잘 까먹는 거거든."

하지만 그런 날들이, 잊어버리고 있을 만큼 먼 과거가 되었다는 데 안도감을 느낀다. 좌우간 살얼음판을 걷는 듯한 나날이었다. 부모님이나 친구들과 이야기할 때마다 세심한 주의를 기울였고, 미즈무라 마나미의 이미지에서 벗어나지 않게끔 유념하며 하루하루를 보냈다. 마음을 도려내는 듯한 일상도 당시엔 못 견디게 괴로웠는데, 어느덧 그땐 힘들었지, 하며 함께 웃을 수 있게 됐다. 살짝 따끔할 때도 있지만 예전과는 다른 달금한 통증이다.

"그건 그렇고 미즈무라, 오늘 우리 집 올 거지?"

"응, 그쪽만 괜찮으면."

"당연히 괜찮지. 엄마, 지금 아마 열심히 요리하고 있을 걸."

미즈무라가 그렇구나, 기대된다, 하며 난처한 얼굴로 웃는다. 얼음 때문에 연해진 아이스커피를 비운 뒤, 누가 먼저랄 것 없이 슬슬 갈까, 하며 자리에서 일어난다.

"아, 사카히라. 그쪽 집에 가기 전에, 미안하지만 이쪽 집부터 들러도 될까? 짐만 두고 가고 싶어서."

"그래, 상관없어. 그럼 나도 아빠 보러 가고 싶은데, 거기 먼저 갔다 가도 돼?"

"아, 그렇지 참. 물론이지. 나도 같이 인사드리고 싶고."

따로따로 계산을 마치고 잘 먹었습니다, 하며 가게를 나온다. 점심때를 조금 넘긴 햇빛은 7월인 것치곤 유난히 강하게 느껴졌다.

15분쯤 차를 몰아 산소로 향한다. 중간에 꽃집에 들러 산 헌화와 절에서 빌린 나무통, 국자를 손에 들고 아빠 곁으로 걸어간다.

"역시 둘이 아니면 제대로 성묘한 기분이 안 나."

아빠의 무덤을 내려다보며 미즈무라가 불쑥 혼잣말한다.

"매년 오봉(양력 8월 15일에 지내는 일본의 명절—옮긴이)

마다 다 같이 꼭 성묘를 가긴 해도 말야."

"매번 챙겨줘서 고맙다, 미즈무라."

"뭘, 우리 아버진데 당연하지."

내 진짜 아빠는 6년 전 세상을 떠났다. 로쿠가 대학을 졸업할 때까지 지켜보다, 자신의 역할은 끝났다는 양 심근경색으로 하루아침에 눈을 감았다.

어느 정도 주변을 정리하고 무덤에 물을 끼얹는다. 둘이 함께 꽃을 바치고 선향을 피운 뒤, 무덤 앞에서 두 손을 모은다. 주위에 커다란 건물도 없어 목덜미에 쨍쨍 내리쬐는 햇볕이 뜨겁다. 이마의 땀을 손으로 닦으며 일어선다.

"그나저나, 로쿠는 잘 지내?"

로쿠와는 한동안 만나지 못했다. 미즈무라가 보내주는 사진을 볼 때마다 늘 많이 컸네, 생각한다. 내 기억 속 동생의 이미지는 온종일 나를 쫓아다니고, 나와 다투다 엉엉 울고, 이불을 나란히 깔고 잠들던 그 무렵의 모습뿐이다.

"바쁘게 잘 지내나 봐. 일이 재밌어서 죽겠다는 느낌이야. 이해를 못 하겠어."

"걔도 이제 좀 결혼해서 안정되면 좋을 텐데."

"아직 스물여덟이잖아. 형부터도 안정될 기미가 안 보이는걸 뭐."

"하긴, 그것도 그런가."

하하, 하고 미즈무라가 메마른 웃음을 띤다. 미즈무라는 로쿠 이야기를 할 때마다 살짝 겸연쩍은 표정을 지어 보인다. 사이가 나쁜 것까진 아니어도 연락을 거의 안 하며, 연말연시에 얼굴을 보는 정도로만 교류하는 모양이다. 어릴 적 잘 따르던 로쿠의 모습을 아는 나로선, 교류가 없다는 말을 들을 때마다 어쩐지 좀 섭섭한 기분이 든다. 그걸 알기 때문에, 미즈무라 역시 그런 얼굴을 하는 것이리라.

"불효막심하게 살고 있지. 그런 점에서 네가 대단해 보여. 뭐랄까, 도리를 다한다는 느낌?"

"꼭 결혼하고 애 낳는 것만이 효도는 아니잖아."

그런가, 하고 난처한 듯 웃는다. 그런 대화를 주고받으며, 나무통과 국자를 절에 돌려주러 갔다가 차로 향한다.

"그럼, 효도랍시고 어깨라도 주무르러 가볼까? 기사님, 잘 부탁드려요."

기꺼이 그럽죠, 하고 공손하게 머리를 숙인다.

미즈무라는 언제나 속 깊은 얘긴 하지 않는다. 그래서 미즈무라가 무얼 어떻게 생각하는지 나는 거의 알지 못한다. 자신의 삶에 의문을 품고 있을지도 모르고, 우리 아빠에게 손자를 보여주지 못한 걸 후회하고 있을지도 모른다. 결혼하지 않는 데에도 무슨 이유가 있을지 모른다. 하지만 그건 내가 미즈무라의 이런저런 언행으로 미루어 그렇게 추측하고 있을 뿐, 그런 생각은 사실 눈곱만큼도 없을지 모른다.

그 무엇도 입 밖에 내지 않는 건, 미즈무라 나름의 배려일 것이다. 하지만 뭔가 치사하다는 생각이 든다. 나는 미즈무라 없이는 이 몸으로 15년을 살아올 수 없었을 것이다. 그런데 미즈무라는 다르다. 내가 없더라도 사카히라 리쿠란 남자로 너끈히 살아갔을 게 틀림없다.

미즈무라 마나미란 여자는 그런 사람이다. 강하고, 치사한 사람이다.

내가 나고 자란 집은 이제 없다. 중학생 때 이사 와 네 식구가 몸을 부대끼며 지낸 좁은 공영 주택이었지만, 그런대로 애착은 갖고 있었다. 그런데 누 아들 모두 도쿄로 나가고 남편을 떠내 보낸 엄마는, 그 집에 혼자 살기 싫다며 빌라를 빌려 살게 됐다. 예전부터 일해온 메밀국숫집에서 지금도 근근이 일하고 있는 모양인데, 지금의 엄마가 남들과 가지는 교류는 오직 그뿐이다. 덩그러니 낡은 빌라 방에서 홀로 먹고 자는 엄마의 모습을 상상하면 정말이지 마음이 무겁다.

미즈무라도 같은 생각을 해주고 있는지, 명절이나 긴 휴가 때면 이곳에 자주 들르는 모양이다. 미즈무라도 바쁠 텐데 고마운 일이다.

빌라 앞에 도착한다. 다 왔어, 하자 조수석에 앉은 미즈무라가 내 옆얼굴을 지그시 쳐다본다.

"왜?"

"너도 같이 갈래?"

"바보 같은 소리 마." 무심결에 코웃음을 치며 대꾸한다. 스스로 생각해도 짜증스러운 태도다. "내가 왜 가."

그런가, 하고 미즈무라가 작게 대답한다. 그럼 다녀올게, 고마워, 하고는 조수석에서 내려 뒷좌석 짐을 어깨에 메고 빌라로 향한다.

차에선 엄마가 사는 집의 현관문이 보였다. 2층 맨 끄트머리. 계단을 올라간 미즈무라가 그 집 앞에 서 있는 모습이 눈에 들어온다. 그리고 얼마 후, 문이 열린다. 미즈무라의 그늘에 가려 문 너머는 보이지 않는다. 미즈무라가 집 안으로 들어가는 순간, 언뜻 실루엣이 보였다. 멀리서 봐서 잘 모르겠지만 어쩐지 키가 또 작아진 느낌이다.

어쩌면 엄마를 만나는 일은 두 번 다시 없을지 모른다.

아빠가 죽은 후로 그런 생각을 하게 됐다. 늙어가는 엄마의 얼굴도 목소리도, 나는 아마 모르는 채로 끝날 것이다.

도쿄로 나갈 때 각오하긴 했었다. 이대로 영영 못 보게 될지도 모른다고. 하지만 현실은 그런 무른 각오를 유유히 뛰어넘는다. 그도 그럴 것이 지금에 이르러서도 나는 바라고야 마는 것이다. 그 공영 주택에서, 엄마와 아빠와 동생과 식탁에 둘러앉아 함께 웃을 수 있기를. 얼토당토않은 몽상이다. 그 꿈속에선 모두가 15년 전 얼굴을 하고 있다. 그리고 나는, 사카히라 리쿠로서의 시간은 15년 전에 멈춰 있단 사실을 하염없이 통감할 뿐이다.

18

여름이 끝나면 원래대로 돌아가겠지, 라는 우리의 예상은 보란 듯이 빗나갔다. 여름 방학이 끝나고도 우리 몸은 뒤바뀐 채였고, 나는 절망적인 기분에 젖어 있었다.

두려웠다. 이제 두 번 다시 나는 남자로, 사카히라 리쿠란 사람으로 살아갈 수 없을지도 모른다. 여자를 사귀고,

입을 맞추고, 육체적 관계를 맺는 그런 경험도 못 해본 채 생을 마감할 것이다. 자포자기하고 싶은 심정이었다. 실제로 미즈무라에게 몇 번이나 큰소리친 기억이 있다. 장난하냐? 어쩔 건데. 내 인생 돌려놔. 같은 처지인 미즈부라에게 화풀이라니 꼴불견도 그런 꼴불견이 없지만, 미즈무라 말곤 그 심정을 토로할 수 있는 사람이 달리 없기도 했다.

그럼에도 미즈무라는 웃고 있었다. 뭐, 어떻게든 되겠지. 눈 떠보면 뚝딱 돌아와 있기도 한대. 그 태평함이 짜증스러웠다. 하지만 그 태평함에 위안을 받는 부분도 있었다.

이제는 안다. 그 긴장감 없는 언행은 나를 안심시키기 위함이었다는 걸. 패닉에 빠져 악을 쓰고 싶은 건 미즈무라 역시 마찬가지였을 터다. 그럼에도 그녀는 그 마음을 한사코 숨긴 채 헤실헤실 웃고 있었다. 전부 나를 위해서. 가슴 속에 회오리치고 있었을 불안도, 공포도 입 밖에 내려 하지 않았다. 사실 그 덕에 나는 평온을 되찾을 수 있었다. 이 삶을 언제 미즈무라에게 반납해도 상관없게끔 행동할 수 있었다.

그런데 지금 돌이켜보면, 미즈무라는 이때부터 이미 미즈무라 마나미로서의 삶을 내게 맡기고 사카히라 리쿠로 살아갈 결심을 굳혔는지도 모른다. 실제로 미즈무라는 나와는 달리 처신에 거리낌이 없었다. 내 몸으로 여자친구를 사귀었고, 놀랍게도 총각 딱지마저 시원스레 떼버렸다. 거절하기가 뭐해서, 라며 웃는 미즈무라를 보고 장난치나, 그렇담 나도 멋대로 굴어주마, 생각했지만 그렇다고 첫 경험을 치를 수도 없는 노릇이었다.

고등학교 2학년 2학기, 기말시험을 앞두고 있었던 일이다. 상의할 일이 좀 있는데, 하고 미즈무라가 날 불러냈다. 옥상 문 앞으로 가려 했더니 이방인으로 가잔다. 그 말과 온순한 표정에 나도 모르게 경계심이 든다. 어느 누구에게도 들키고 싶지 않은 이야기는 이방인에서 한다는 암묵적인 규칙이 언제부턴가 생겨나 있었다. 미즈무라가 뭔갈 상의하고 싶다고 말한 건, 이전에도 이후에도 없이 이때뿐이었다.

"너는 진로 같은 건 어떻게 할 생각이야?"

빨대로 콜라를 휘저으며 미즈무라가 물어 온다.

"아아 맞네, 그 부분을 상의해야지. 몸이 언제 돌아오든 상관없으려면, 무난하게 여기 있는 대학으로 가는 게 제일 좋으려나."

아무래도 그렇겠지, 그게 좋겠지, 하고 중얼중얼 혼잣말하며 딸그락딸그락 얼음 소리를 내고 있다. 미즈무라답지 않게 반응이 모호하다. 왼손으론 뒷머리 끝을 배배 꼬고 있다.

"왜, 무슨 할 말 있어?"

"할 말이라기보단, 음, 뭐 그렇긴 하지. 굳이 말하자면 부탁에 가까운데."

"답답하게 굴기는. 뭔데?"

"나, 대학을 도쿄로 가고 싶어서."

도쿄. 생각지도 못한 단어가 미즈무라의 입에서 튀어나와, 순간 사고가 정지된다.

그때의 내가 갖고 있던 도쿄의 이미지는 TV나 잡지에서 얻은 지식뿐으로, 좌우간 번쩍번쩍하고 멋스럽고 위험한 곳이라는 인상이었다. 그런 곳에 가겠다는, 하물며 살겠다는 생각은 요만큼도 없었다. 신칸센을 타면 한 시간도 안 걸리는 곳인데도 바다를 사이에 둔 딴 나라처럼 느껴졌고, 그곳에 가고 싶다는 미즈무라의 마음이 조금도 이해되지 않았다.

"왜 도쿄인데?"

"이것저것 공부하고 싶은 게 있어서."

"이것저것이 뭔데."

"이것저것이 이것저것이지 뭐."

말끝을 흐리는 미즈무라를 쏘아본다. 나를 흘끗 쳐다보고는 이내 다시 빨대로 시선을 옮긴다. 몸에 나빠 보이는 검은색이 꽤나 연해져 밍밍해 보인다.

"이런 이유론 납득이 안 가겠지. 미안."

"그런 줄 알면 제대로 얘기해봐."

"미안, 나도 설명하기 어려운데, 계속 여기에만 있기는 싫거든. 여기가 싫은 건 아니고, 인생을 여기서 완결시키고 싶지 않다고나 할까. 어리석은 생각일 수도 있지만, 도쿄로 가서 견문을 넓히고 싶어. 그런 의미에서의 공부랄까."

눈을 내리깐 채 주저리주저리 변명을 한다. 얇은 입술을 꾹 다물고, 속쌍꺼풀 진 눈을 가늘게 뜨고 있다. 나는 곤란할 때 이런 얼굴을 하는구나, 생각했다. 그러고 보면 어느새 내 얼굴을 한 남자가 부드럽고 둥근 말씨를 쓰는 데 익숙해져 있었다.

"그럼, 나도 도쿄로 갈게."

시럽을 두 개 넣은 아이스커피로 혀를 축인 뒤 그렇게 말한다. 미즈무라가 내리깔고 있던 시선을 끌어 올린다.

"나도 같은 대학에 갈게."

"어, 왜? 어째서?"

"왜긴, 그러는 편이 좋잖아. 만약 몸이 돌아왔을 때 그래야 더 수월할 거고, 정보 공유도 하기 쉽고."

미즈무라가 다시 한번 눈을 내리깐다. 얼음이 절반쯤 녹은 콜라를 빨아들이곤 작게 숨을 내뱉는다.

"그런 거, 이제 상관없지 않나."

"뭐? 무슨 소리야?"

"돌아왔을 때 그래야 더 수월하다든가, 정보를 공유하기 쉬워서라든가, 그런 이유로 장래를 결정해선 안 될 것 같아. 미안하지만, 나는 그런 거 생각하지 않고 하고 싶은 일을 할게. 그러니까, 부탁이니까 너도 그렇게 해줘. 나를 핑계로 앞날에 대한 고민을 포기하지 말아줘."

미즈무라답지 않은 폐부를 찌르는 말투에 그만 할 말을 잃는다. 미즈무라가 천천히 고개를 들어 부드럽게 미소 지었다.

"너도, 마음 가는 대로 하고 싶은 일을 해."

주먹에 콧대를 정통으로 얻어맞은 기분이었다. 나는 앞으로도 쭉 서로가 서로를 도우며 살아가리라 생각했다. 언제 되돌아갈진 모르겠지만, 그날이 언제 찾아오든 상관없도록. 그런데 미즈무라는 아니었다. 자기가 하고 싶은 일을 찾고, 그 길을 선택하려 하고 있다. 내가 옆에 없더라도. 도리어 내가 있으면 본인이 생각하는 대로 움직일 수 없다는 듯한 투로.

배신당한 느낌도 들었다. 나는 항상 미즈무라 마나미로서의 삶을 최우선으로 여기며 살아왔는데. 이제 와서 하고 싶은 일을 하란들 난감할 뿐이다. 아무것도 떠오르지 않는다. 내가 하고 싶은 일이 뭐였을까. 문득 발밑도 보이지 않는 짙은 안개 속에 홀로 내팽개쳐진 기분이 든다.

"알겠어. 생각 좀 해볼게."

그렇게 말하며 어정쩡한 미소를 짓는 것만이 내가 간신히 할 수 있는 일이었다. 안심한 표정으로 웃는 미즈무라를 보고, 나는 더욱더 세게 얻어터진 기분을 느꼈다.

그렇게 고등학교 생활이 끝을 맞이했다. 몸이 뒤바뀐 지 2년 반도 더 지나 있었다. 고등학교를 다니면서 남자 교복을 입었던 건 고작 3개월 정도로, 여자 교복을 입고 있던 기간이 훨씬 길었다. 치마에도, 스카프 매는 법에도 완전히 익숙해져 있었다.

체육관에서 진행된 졸업식이 끝나자, 학생들은 졸업장이 담긴 통을 들고 뿔뿔이 흩어졌다. 나는 휴대전화를 한 손에 쥔 채 학교 뒤편 쓰레기장으로 향했다. 이토록 좋은 날, 그런 곳에 있는 학생은 나뿐이었다.

부재중 전화가 두 통. 수신 내역에서 다시 전화를 건다. 곧바로 "여보세요" 하는 쓰키노의 목소리가 들려왔다.

"여보세요. 미안, 전화했었지?"

"아아, 응. 아직 학교였구나, 미안."

"아냐, 괜찮아. 지금 막 끝났어."

"아, 그렇구나. 다행이다."

이내 침묵이 흐른다. 어색함에 할 말을 찾아보지만 좀처럼 떠오르지 않는다. 최근 들어 쓰키노와의 데이트는 항상 이런 느낌이었다. 대화가 끊어지고, 얘기가 잘 안 통하고. 원인은 안다. 내가 키스를 거절했기 때문이다.

그날 전까지는 평소와 같았다. 여느 때처럼 이해가 잘 안 가는 영화를 보고, 여느 때처럼 이해가 잘 안 가는 쓰키노의 해박한 설명을 듣고. 나는 그런 나날로도 나름대로 즐거웠지만, 쓰키노는 좀 더 깊은 관계로 발전하길 원했나 보다. 쓰키노가 대학생이 되고 바빠지면서, 좀체 만날 시간을 내지 못했다는 것도 하나의 요인일 것이다. 그날 밤 그럼 다음에 봐, 하고 언제나처럼 손을 흔든 나를 쓰키노가 느닷없이 부둥켜안았다. 갑작스러운 나머지 얼떨떨해하며 경직돼 있는데, 그대로 키스를 해 왔다. 쓰키노의 바싹 마른 입술이 다가오기에 나는 그만 밀쳐 내고 말았다. 그리고 소리쳤다. 진짜 더러워, 못 하겠어.

반사적으로 튀어 나간 말이었다. 큰일 났구나, 생각했다. 그때 본 쓰키노의 얼굴은 잊을 수가 없다. 울음이 터질 것 같은 표정으로 미간을 찡그린 채, 이 세상 절망을 몽땅 다 짊어진 듯한 얼굴을 하고 있었다. 내가 사과하기도 전에 미안, 잘 자, 하고 빠르게 말하곤 그길로 돌아가 버렸다.

그 후로는 내내 어색했다. 아무 일도 없었다는 듯 쓰키노는 나를 영화관에 데려갔고 나도 시치미 뗀 얼굴로 옆자리에 앉아 있었지만, 누구도 입 밖에 내지 않는 찜찜한 무언가가 우리 사이에 줄곧 가로놓여 있었다.

만나는 횟수가 부쩍 줄고, 메시지를 주고받는 일도 줄어갔다. 내가 도쿄로 가는 즉시 이 관계는 없던 것이 되겠지, 생각했다. 그랬는데 오늘 갑자기 전화가 걸려온 것이다.

"왜? 무슨 일 있어?"

아무리 그래도 아직은 남자친구인 상대에게, 꼭 무슨 일이 있어서 전화한 건 아닌 줄 알면서도 질문한다. 무슨 일까진 아닌데, 하고 쓰키노는 모호하게 우물거린다.

"졸업 축하한다는 말, 해주고 싶어서."

"그렇구나. 챙겨줘서 고마워."

"아니야. 그리고 여러모로 미안해."

쥐어 짜낸 듯한 목소리에 짐짓 가슴이 아파 온다. 사귀는 상대에게 "더러워, 못 하겠어" 같은 소릴 들었다면, 나였음 헤어날 수 없었을 것이다.

"나야말로 정말 미안해."

"괜찮아. 근데 저기, 나 말이야."

그대로 말이 끊긴다. 숨을 삼키는 기척이 전화 너머로 전해져 온다. 적절한 말을 필사적으로 찾고 있는 듯한 시간이었다. 이내 또렷한 목소리로 "도쿄 가서도 열심히 해" 라는 말만 해 왔다.

고마워, 잘 지내, 하고 전화를 끊는다. 몹쓸 짓을 하고 있는 느낌이다. 쓰키노에게도, 미즈무라에게도. 두 사람이 소중히 쌓아온 것을 나는 어이없게 무너뜨리고 말았다.

휴대전화를 도로 주머니에 집어넣고 교정으로 향한다. 졸업장을 든 학생들로 바글바글했다. 서로의 사진을 찍어주거나, 뒤풀이로 노래방에 가자며 의논하고 있다. 어디선가 훌쩍이는 소리도 들려온다. 그런 떠들썩한 무리들을 쳐다보지 않으려고 고개를 숙인 채 빠져나간다. 시야 끝에 사사가키와 다카미의 모습이 보인다. 순간 눈이 마주친 듯했지만, 서로 말을 붙이지 않고 곧장 시선을 피한다.

얼른 집에 가자. 수선거림을 뒤로한 채 빠른 걸음으로

교문을 향한다. 학교 이름이 적힌 현판 앞에 사진을 찍기 위한 줄이 늘어서 있었다.

"야, 미즈무라!"

난데없이 누군가 말을 걸어오는 바람에 깜짝 놀라 발을 멈춘다. 다자키였다. 여느 때의 무리와 함께 줄을 서 있다. 거기엔 미즈무라의 모습도 있었다. 시선이 마주치자 미즈무라가 난처한 웃음을 지어 보인다.

"왜, 벌써 가게?"

"아, 어어, 그러려고."

"진짜? 그럼, 우리도 이참에 셋이 같이 사진 찍자."

미안한데 얘 좀 끼워주라, 하고 뒤에 있는 학생에게 말하더니 나를 불러들인다. 겸연쩍은 기분으로 사람들 사이에 섞여 들었다.

"이 뒤에 무슨 일정 있어?"

다자키가 졸업장 통 뚜껑을 만지작대 여닫는 소리를 내고 있다.

"밤엔 가족들하고 외식하러 갈 것 같아."

"오오, 그래? 그때까지 할 거 없으면 이조 가자."

어때? 하고 미즈무라 쪽을 돌아본다. 좋지, 하고 미즈무라가 활짝 웃는다. 근데, 하고 말끝을 흐리며 두 사람 안쪽을 쳐다본다. 이다를 포함한 다른 애들이 담소를 나누고 있다. 마치 여기 없는 사람이라는 양 날 거들떠보지도 않는다.

“애넨 상관없어, 어차피 내일도 같이 놀 거라. 아, 너도 올래? 후지큐(일본 야마나시 현에 있는 놀이공원으로, 정식 명칭은 ‘후지큐 하이랜드’—옮긴이) 갈 것 같은데.”

“아, 아냐, 나는 괜찮아. 내일 볼일이 있어서.”

“진짜? 뭐, 다음에 시간 되면 또 가자.”

“응. 고마워.”

이런 식으로 유들유들하게 권해 오곤 하는 게 다자키의 대단한 점이다. 누구에게든 허물이 없고 시원스럽다. 1학년 땐 앳되던 얼굴이 어느새 몰라보게 어른스러워졌다. 비슷하던 키도 나를 넘어섰다. 그건 예전의 나인 사카히라 리쿠도 마찬가지로, 키순으로 섰을 때 뒤에서 두 번째일 정도로 키가 자랐다. 자신을 올려다보며 이야기하기란 묘한 감각이었다. 통통하던 볼살이 빠지고 골격은 장대해져서, 어린 티가 가시는 중이었다. 점차 예전의 내가 아닌 내가 되어가고 있다.

미즈무라 마나미는 더 이상 키가 자라지 않는다. 머리카락이 자라도 1학년 때처럼 짧게 다듬는다. 되도록, 되도록이면 그때의 모습을 유지하기 위해서. 그런데 어째선지 나만 홀로 남겨져 있는 기분이다. 내가 막다른 곳이라고 생각해온 길을, 미즈무라를 비롯한 다른 애들은 거침없이 나아가고 있었다.

미즈무라와 다자키가 이다 무리의 애들과 사진을 찍었고, 뒤이어 나와 함께 찍는다. 페로의 사진으로만 가득한 내 휴대전화 사진첩에 드디어 인물 사진이 담긴다.

다자키가 그럼 내일 봐, 늦지 마라, 하고 애들에게 손을 흔든 뒤, 우리는 이조로 향한다. 아는 데라곤 여기밖에 없는 것처럼 지겹도록 드나든 라멘집이다. 저렴한 가격에 양이 푸짐해서 학생들에겐 달가운 가게였다.

가는 길에 실없는 대화를 나눈다. 그때 사카히라가 좀 심했지. 무슨, 네가 더 난리였거든. 앨범을 넘겨 보듯 지난날을 되돌아본다. 위화감 없는 미즈무라의 웃는 얼굴. 나는 이야길 주고받는 두 사람을 바라보며 그저 말없이 미소 짓는다. 그 추억 속, 자신도 함께 있다는 사실에 안도한다.

이조에 도착해 내가 된장 라멘, 미즈무라와 다자키가 차슈(돼지고기를 양념장에 재운 뒤 익힌 중국 요리—옮긴이) 라멘에 교자, 중국식 볶음밥 세트를 주문한다.

"뭐야 미즈무라, 그걸로 되겠어?"

"충분해. 너희가 지나치게 많이 먹는 거지."

"우린 한창 클 때잖냐."

"뭐야, 더 클 작정이야?"

다자키를 상대론 아무 거리낌 없이 너스레를 떨 수 있어 마음이 편하다. 내가 사카히라 리쿠일 때부터 친구였기 때문도 있겠지만, 다자키의 성격에 의한 부분도 클 것이다.

사사가키와 다카미 앞에서, 나는 결국 마지막까지 얘길 잘 못 했다. 미즈무라처럼 행동하려 할수록 정답을 알 수 없는 느낌이었고, 미움받아선 안 된다고 생각할 때마다 영혼 없는 맞장구만 치게 됐다. 말수가 줄어, 명랑하던 그녀는 점점 과묵해져 갔다. 나는 조바심이 났다. 미즈무라의 안식처가 사라지고 말리란 생각에. 순정 만화를 섭렵하는가 하면 TV 드라마도 매주 챙겨 보면서, 그녀들의 대화에 끼어들고자 안간힘을 썼다. 죽기 살기로 할 말을 생각해내고, 광대를 끌어 올려가며 작위적인 쾌활함을 만들어냈다. 그런데 어느 날, 이런 말을 들었다. 밋짱은 참 줏대가 없네.

그리고 그날 이후로 방과 후 쇼핑에 끼지 못하게 됐다. 점심 도시락도 혼자 먹게 됐다. 미즈무라 마나미는 안식처를 잃었다.

고등학교 생활이 결코 좋았다고는 할 수 없다. 말할 것도 없이 마음속에 그렸던 것과는 딴판이었고, 생기 없고 메마른 일상을 보내며 청춘을 낭비해버렸다. 즐겁게 웃어대는 반 아이들 옆에서, 즐겁지 않아도 만족스럽지 않아도 좋으니 그냥 지금 이 순간이 조용히 끝나기만을 바라며 졸리지도 않으면서 책상 위에 엎드려 있었다.

라멘을 기세 좋게 빨아들이는 미즈무라와 다자키를 멍하니 바라본다. 그런 나날 속에서도 이 두 사람과 함께 있을 때만은 즐거웠다. 사정을 아는 미즈무라는 그렇다 쳐도, 다자키 역시 나를 살갑게 대해주었다. 예전에 함께 장난치며 놀던 그때와 조금도 다르지 않은 서글서글한 미소. 수많은 것들을 줄줄이 놓쳐가는 듯한 나날 속에서, 다자키는 마지막까지 내 친구로 있어주었다.

"너희 덕분에 즐거웠어."

무심결에 중얼거리고 있었다. 뭐야 갑자기, 하고 미즈무라가 웃는다.

"아니, 문득 그런 생각이 들어서. 너흰 내 인생에서 엄청나게 중요한 인물들이야."

"말은 잘해요. 둘 다 나만 떼놓고 도쿄로 가는 주제에."

입안 가득 교자를 집어넣은 다자키가 샐쭉거린다. 다자키는 부모님이 하시는 주류점을 이어받기 위해, 졸업하자마자 가업에 전념하겠다고 했었다.

"뭘 삐지고 그래. 명절마다 올게."

"응. 그때 또 셋이서 같이 놀자."

미즈무라와 내가 그렇게 달래자 해죽 웃으며 "도시 사람들은 어떻게 노는지 알려줘야 된다?" 하고 까불거린다.

하지만 그때 이미 예감하고 있었던 것 같다. 고등학교라는 울타리를 넘어 밖으로 나와버리면, 더 이상 지금까지 함께해온 것과 똑같을 순 없으리란 걸. 아무도 입 밖에 내지 않을 뿐, 세 사람 다 그런 생각을 하고 있었을 것이다.

어리다는 점을 평생의 무기로 삼을 순 없다. 어른이 되길 강요받는 순간이 이윽고 찾아온다. 더는 교복 차림으로 라멘을 먹을 수 없게 된다. 그런 생각이 들자 미처 못다 한 일투성이인 것만 같다. 미즈무라도, 그리고 다자키도 똑같은 불안을 품고 있었으면 싶다. 앞으로의 미래가 어떻게 될진 몰라도 오늘까지의 과거를 언제까지나 아름답게 간직하고 싶다고, 라멘 안에 든 옥수수를 건져내며 생각하고 있었다.

그릇 안이 텅 비고 나서도 우리는 주저리주저리 수다를 이어갔고, 이조를 나올 무렵엔 하늘이 어둑해져 가고 있었다. 잘 가, 하고 손을 흔들고 제각기 귀로에 오른다. 교복 차림으로 만나는 건 이게 마지막일 것이다.

집 가는 길을 따라가며, 다음번에 이 길을 걷는 건 언제가 될까 생각해본다. 결국 나는 이 동네를 떠나기로 결심했다.

마음 가는 대로 하라고 미즈무라가 말했을 때부터 나는 줄곧 생각해왔다. 나는 어떻게 하고 싶은지. 어떤 길을 가고 싶은지. 놀라울 만큼 앞날이 내다보이지 않았다. 하나도 없는 것이다. 하고 싶은 일이. 남자로 돌아간다면 하고픈 일은 얼마든지 있었다. 여자친구를 사귀고 싶고, 축구를 다시 시작하고 싶다. 가족들과 친구들을 남자로서 만나고 싶다.

하지만 미즈무라는 말한다. 나는 그런 거 생각하지 않고 하고 싶은 일을 할게. 흡사 되돌아가길 포기해버린 듯한 발언이었다. 그땐 어안이 벙벙해서 아무 말도 못 했는데, 지나고 나니 서서히 화가 치밀었다. 장난하는 것도 아니고. 혼자 멋대로 포기하려 들다니. 언젠가 원래대로 돌아가는 날이 오면, 그때 미즈무라가 절망할 필요 없도록 미즈무라 마나미를 부단히 연기해왔는데. 자기 혼자서만 멋대로 굴다니.

그러나 어느 정도 시간이 흐른 지금, 나는 생각해본다. 진짜 가족을 남겨두고 도쿄로 떠나려는 미즈무라의 본심을. 도쿄에 가서 공부를 하고 싶다는 말도 거짓은 아닐 것이다. 미즈무라는 성적도 우수하고, 나로선 이해할 수 없지만 공부를 좋아한다. 그래도 그 이유 때문만은 아닐 것이다. 이곳에 머무르면 미즈무라는 계속 사카히라 리쿠란 남자를 연기해야만 한다. 그게 얼마나 괴로운 일인지, 물론 나 역시 잘 알고 있다. 그리운 사람들에게 마음을 표현하는 일조차 허락되지 않는 것이다. 그토록 가까이 있으면서도.

미즈무라는 말했다. 하고 싶은 일을 하라고. 어떤 마음으로 그 말을 내뱉은 걸까.

그렇다면, 하고 나는 생각했다. 그렇다면 이제 미즈무라 마나미를 그만 연기하자고. 어둡고 과묵한 나는 고향에 내버려 둔 채 떠나자고. 나를 아는 사람이 아무도 없는 곳에서, 새로운 미즈무라 마나미로 처음부터 다시 시작하자고. 도쿄라는 곳은 그러기에 적합한 장소로 여겨졌다. 그 생각을 미즈무라에게 전하자 얄미울 만큼 싱그러운 미소를 띠며 말했다. 응, 좋은 생각이다.

그렇다지만 오롯이 한 명의 여자로 살아갈 각오는 아직 되어 있지 않았다. 끝내 단념하지 못한 내면의 목소리가 언젠가 되돌아갈지도 모르는데, 하고 속삭여 온다. 그러자 불현듯 미련이 남는다.

이제 와서 무를 수는 없다. 도쿄의 대학에 합격했고, 정든 이곳을 떠날 날이 다가오고 있다. 그런데도 이렇게 혼자가 되면 또다시 망설여지곤 한다.

"저기, 실례합니다."

갑자기 누군가 말을 걸어와 나도 모르게 몸을 움찔하고 떤다. 뒤를 돌아보니 마스크를 쓴 남자가 서 있었다.

"죄송해요, 놀라셨죠. 길을 좀 여쭤보고 싶어서요."

아, 하고 얼빠진 대답을 한다. 남자는 말이 끝나기가 무섭게 이쪽으로 얼굴을 들이밀었고, 나는 얼떨결에 몸을 뒤로 뺐다.

"아아, 역시 미즈무라 맞구나."

"네? 누구세요?"

"너무한걸. 선생님 얼굴, 까먹은 거니?"

그렇게 말한 남자가 마스크를 벗는다. 둥근 코와 오므린 듯한 입술이 드러난다. 이소야다. 성추행범 교사 이소야. 학교를 관둔 이소야는 다른 지역으로 갔다고 들었는데. 살이 쪘는지 볼 언저리가 불룩하고, 입 주위엔 다박수염이 돋아나 있었다. 하지만 살짝 벌어진, 개구리처럼 작은 두 눈은 예전과 변함이 없었다.

“오랜만에 왔는데, 설마 미즈무라를 만날 줄이야. 이런 운명이 다 있네.”

변함없는 느끼한 목소리로 서서히 거리를 좁혀 온다. 나도 조금씩 뒷걸음질 친다. 좌우간 자극해선 안 된다는 생각으로, 도망치고 싶은 마음을 억누른 채 미소를 지어 보인다.

“오랜만에 뵙네요, 선생님.”

“아직 테니스 하니? 가르쳐준 자세대로 잘하고 있어?”

느닷없이 양어깨를 붙잡힌다. 코트와 교복 너머로도 손바닥 모양의 열이 전해져 오싹 소름이 끼친다. 그럼에도 애써 일그러진 미소를 띤 채 어깨를 흔들어 저항해 보인다.

“아뇨, 테니스는 이제 안 해요.”

“그럼 선생님이 가르쳐줄까? 예전처럼 말이야, 이렇게.”

떨쳐내려 해도 어깨를 단단히 움켜쥔 손은 떨어지지 않는다. 손가락을 꾸물대며 손을 점점 아래로 움직이더니 내 맨손을 붙잡았다. 접촉된 부분부터 팔뚝까지 죽죽 닭

살이 돋는 게 느껴진다. 나도 모르게 그 손을 뿌리친다. 끈적하게 점성을 지닌 시선이 느껴졌지만, 눈이 마주치지 않도록 발길을 돌려 내달린다. 아니, 내달릴 셈이었다. 두어 걸음 나아갔을 즘 몸이 뒤로 잔뜩 젖혀지고 말았다. 이소야가 코트의 모자를 붙잡아 끌어당기고 있었기 때문이다. 그대로 길가의 정원수 쪽으로 질질 끌려간다. 저항하고자 발버둥을 쳐봐도 힘이 잘 들어가지 않는다. 목도 바짝 졸려 있다. 팔다리를 있는 힘껏 버둥거려보지만, 이소야는 아랑곳 않고 정원수 그늘로 향한다. 로퍼 밑창이 땅바닥에 끌려 직직 소리를 낸다.

"하지 마, 하지 말라고. 야, 죽고 싶어?"

고함을 지르려 했지만 목구멍이 들러붙은 것처럼 소리가 잘 나오지 않는다. 손에 쥐고 있던 가방을 놓친다. 가방 손잡이에 끼워둔 졸업장이 땅바닥으로 떨어졌고, 밤길에 드높은 소리가 울린다.

남들 눈에 띄지 않는 나무 그늘로 데려가더니, 모자를 아래로 있는 힘껏 잡아끈다. 그대로 균형을 잃고 땅바닥에 쓰러진다. 팔꿈치를 세게 부딪는다.

쓰러진 몸 위에 이소야가 올라탄다. 무표정으로 내려다보는 두 눈이 안쪽까지 새까매, 몸서리가 쳐진다. 팔다리를 휘저으며 이소야의 몸을 때리고 걷어차 보지만 아무 소용이 없다.

"싫어, 이거 놔!"

나도 모르게 악을 쓴다. 죽을힘을 다해 저항하면서도 어딘가 냉정한 자아도 있어 아아, 나 지금 너무 꼴사납다, 하는 생각 따윌 하고 있다. 나는 남자인데. 그런데도 지금 여자로서, 여자라는 성을 유린당할 위기에 처해 있다.

아니, 그럴 순 없다. 새삼스레 떠올린다. 이 몸은 내 게 아니다.

"안 돼, 하지 마. 놔, 놓으라고!"

팔다리를 한층 더 격렬히, 마구잡이로 내젓는다. 주먹이 이소야의 복부에 꽂히는 감촉이 느껴졌다. 윽, 하고 짜부라지는 듯한 신음이 들려온다. 나는 이때다 싶어 더욱 세게 힘을 싣는다.

난데없이 파열음 비슷한 커다란 소리가 울려 퍼졌다. 동시에 왼쪽 뺨이 화끈화끈 달아오른다. 따귀를 맞았다. 그렇게 인식한 순간 뺨이 서서히 아려 왔다. 숨 돌릴 새 없이 이번엔 오른쪽 뺨을 손등으로 얻어맞는다. 관절이 불거진 뼈가 볼살 너머의 어금니에 닿자, 입안에 차츰 쓴맛이 퍼진다. 아무래도 입안이 터진 모양이다. 양 볼이 쓰라리

듯 아프다. 그리고 뒤이어 엄습해 온 감정은 공포였다. 날 죽이려나 보다. 그때의 나는 분명 그런 생각을 했다.

“동아리 시간엔 조용히 하랬지?”

동굴 같은 눈동자로 나를 내려다보며, 한 음절 한 음절 천천히 끊어 말한다. 몸에서 힘이 단숨에 빠져나간다.

“착하지. 얌전히 굴렴.”

아무 저항도 할 수 없는 나를 내려다보며 능글맞게 웃는다. 거친 숨을 몰아쉬며 머리카락에 코끝을 처박더니 코트 지퍼를 내린다. 침으로 흥건한 혀가 귓속을 기어 다녔고, 교복 위로 가슴을 세게 주물러댄다. 입안에 넘쳐흐르는, 피와 침이 뒤섞인 액체를 목구멍으로 삼켰다.

무서웠다. 이렇게 몸을 만지작대는 것보다도, 저항하면 무슨 짓을 당할지 모른다는 공포 쪽이 컸다. 그러면서도 몸이 더듬어질 때마다 살갗이 화끈거리는 듯한 거부 반응을 일으킨다. 그저 꼼짝 않고 견디고 있는 수밖에 없었다. 눈을 감고 아무것도 보지 않으려 하며, 필사적으로 다른 생각을 하며, 언제 그칠지 모를 그것을 견뎌내는 수밖에 없었다.

이소야의 양팔이 교복 밑을 파고든다. 그대로 옷자락을 걷어 올려 브래지어를 끌어 내리곤, 양쪽 맨가슴을 꽉 움켜쥔다. 오싹하고 몇 번째인지 모를 오한이 엄습했다. 혀는 귀, 목덜미, 쇄골 언저리를 민달팽이처럼 기어 다니고 있다. 허벅지 부근에 이소야의 하체가 닿는다. 딱딱하게 열을 띤 바지 너머의 그것은, 예전의 내가 익히 알던 것이었다.

내가 지식으로 알고 있는 것보다도 훨씬 더 고통스럽고 참혹한 짓을 당하겠지. 미안, 미즈무라. 설마 이런 일이 벌어질 줄이야. 죄스러움과 비참함으로 울음이 터질 것만 같다. 정말 미안. 미안해, 미즈무라.

"경찰 아저씨, 여기예요!"

갑자기 길 쪽에서 목소리가 들려왔다. 이소야가 상체를 벌떡 일으킨다. 나도 눈을 뜨고 소리가 난 쪽을 쳐다본다. 어느새 캄캄해진 길 끝에서 깜빡깜빡하는 불빛이 보인다.

이소야는 이런, 하고 작게 외치더니, 튀어 오르듯 일어나 목소리와는 반대편으로 달아난다. 나는 그 뒷모습을 멍하니 지켜보다 가까워지는 불빛과 발소리에 정신을 차린다. 황급히 브래지어를 끌어 올려 드러나 있던 가슴을 가린다. 어째선지 도망쳐야겠다는 생각이 들었다. 가벼운 패닉 상태에 빠져 있었던 것 같다. 하지만 허릿심을 잃은 듯 힘이 잘 들어가지 않는다.

"괜찮으세요?"

자전거 전조등 불빛과 함께 목소리가 내려앉는다. 올려다보니 눈이 부셔서 실루엣밖에 보이지 않는다. 그 그림자가 어쩌면 좋을지 모르겠다는 양, 머뭇머뭇 오른손을 내밀려다 도로 뒤로 빼고 있다. 괜찮아요, 하고 땅바닥에 손을 짚으며 겨우겨우 일어선다.

"저기, 다친 덴 없으세요?"

남자 목소리였다. 혀가 좀 짧은 남자 목소리. 빛에 적응한 시야에 검정 교복이 들어온다. 우리 학교 학생인 듯했다. 그 사실에 왠지 모를 안도감이 들어, 어느 정도 평정을 되찾는다.

"괜찮아요. 감사합니다."

말하면서 남자의 얼굴을 보았다가 깜짝 놀라고 말았다. 동생 로쿠였다. 내 머릿속 모습보다 약간 어른스러워져 있었지만, 틀림없이 로쿠였다. 변성기가 온 모양인지 내가 아는 목소리보다 훨씬 낮아서 알아차리지 못했다. 아직 애티가 남은 얼굴에 나직이 울리는 목소리가 언밸런스했다. 그래도 오른쪽 눈썹 위에 난 점은 그대로였다.

무심코 이럴 수가, 하고 입 밖에 낼 뻔했다. 얼굴을 너무 뚫어지게 쳐다본 탓인지 로쿠가 얼굴을 돌린다.

“등이랑 머리카락에 흙 묻었어요.”

“어. 아아, 고마워.”

그 말에 손으로 뒤통수와 엉덩이를 털어낸다. 됐나? 하고 묻자 말없이 등 언저리의 흙을 털어준다.

“이거요.”

가방과 졸업장이 든 자전거 바구니를 내 쪽으로 돌린다. 고마워, 하고 답하며 바구니에서 꺼내려다 그만 주저하고 만다. 로쿠를 만난 건 약 3년 전, 미즈무라가 이소야를 때리고 근신 처분을 받아 우리 집을 찾아갔을 때 이후로 처음이다. 그 후로 그 집엔 발을 들이지 않았다. 여기서 만난 것도 우연인데, 내가 이 동네를 떠나버리면 다음번엔 언제 만날 수 있을지 모른다. 이대로 헤어지기는 싫었다.

내가 주저하는 게 다른 이유 때문이라고 생각했는지, 로쿠가 어렵사리 말을 걸어온다.

“저기, 집까지 바래다드릴까요?”

“어?”

“아니, 아무래도 혼자 가기 무서우실 것 같아서.”

그 말에 로쿠의 얼굴을 쳐다보자, 어디론가 내쫓겨 있던 공포심이 되살아난다. 아무 말도 못 하고 경직돼 있는 나를 로쿠는 힐끔 쳐다보더니, 집이 어느 쪽이세요? 하고 무뚝뚝한 목소릴 낸다.

"아, 그게, 버스 정류장까지만 가면 돼."

"그래요? 그럼 갈까요."

자전거 바구니에 내 짐을 실은 채, 우리는 나란히 걸어간다. 어슴푸레 가로등 불빛만 비치는 어두운 길을 자전거 전조등이 가른다. 오가는 차량도 거의 없는 길가를 둘이서 묵묵히 걷는다. 로쿠가 미는 자전거의 바퀴가 달그락달그락 돌아가는 소리만이 유난히 크게 울려 퍼지고 있었다. 로쿠가 부산스레 핸들을 쥐었다 놨다 하는 게 보인다.

나는 옆에 선 로쿠의 얼굴을 훔쳐본다. 빡빡 깎았던 머리는 자라서 앞머리가 이마를 덮고 있다. 야구는 이제 관둔 걸까. 동아리 활동 때마다 들고 다니던 야구 방망이와 글러브가 없다. 어깨에 동아리용 가방을 멘 걸 보면 무슨 운동부에 들어가 있긴 한 모양이다. 조금 둥그스름하던 체형은 홀쭉해졌고, 키도 많이 컸다. 이상하게도 다자키를 비롯한 남자애들이 어른이 되어가는 모습을 보았을 때처럼 혼자 남겨진 기분은 들지 않았다. 어렸던 동생이 하루하루를 번듯이 살아나가고 있음을 깨닫고 왠지 흐뭇할 뿐이었다.

내 시선을 눈치챘는지 로쿠가 이쪽을 돌아봤다. 시선을

부랴부랴 앞으로 돌리곤 무마하듯 입을 뗀다.

"아까는 구해줘서 고마웠어."

아니 뭐, 구해줬다기보다 그냥 소리만 지른 건데요, 하고 코끝을 자꾸만 문지른다. 로쿠가 옛날부터 해오던 버릇이다.

"어떤 상황인지 파악하자마자 도와야겠단 생각은 했는데요, 사실 겁이 났거든요. 그래서 일단 소리치고 보자는 생각에."

"그 자식, 네 덕분에 달아났는걸. 고마워."

"아, 아뇨, 뭘요."

쑥스러운지 일부러 퉁명스럽게 말하려는 것처럼 들렸다.

"근데 이제 와서 말이지만, 신고 같은 거 안 해도 괜찮나요?"

"아냐, 됐어. 괜찮아."

가능하면 누구에게도 알리고 싶지 않았다. 특히 미즈무라에게는. 아무리 미수로 그쳤다 한들 자기 몸이 무슨 짓을 당했는지 알면 충격을 받을 것이다.

"이 일, 형한테 비밀로 해줄 수 있어?"

"어, 우리 형하고 아는 사이예요?"

"같은 반이거든. 그리고 나, 전에 한 번 너희 집에서 너

본 적 있는데."

"진짜요?"

내 옆얼굴을 물끄러미 쳐다본다. 어쩐지 눈을 마주치기도 어색해 나는 시선을 피한 채로 걸어간다.

"죄송해요, 제가 여자 얼굴이랑 이름을 잘 못 외워요."

"좀 지난 일이니 그럴 만도 하지. 난 미즈무라라고 해, 잘 부탁해."

"예, 잘 부탁드려요."

"근데 어머니께서 아무 말씀 없으셨어? 그 왜, 형이 선생님을 때려서 근신 처분 받았던 일."

눈을 휘둥그레 뜨고는 아아, 그때 그거, 하고 큰 소리를 낸다. 역시 로쿠도 알고 있었구나, 생각한다. 미즈무라 마나미를 쏘아보던 엄마의 시선이 떠오른다. 이름을 말해야 할지 망설였지만 결국 신원을 밝히고 말았다. 로쿠가 미즈무라 마나미란 존재를 알았으면 했기 때문인지도 모른다.

"미즈무라 선배한텐 죄송하지만, 사실 전 형이 바보 같은 짓을 했다고 생각했어요."

그 말엔 미즈무라 마나미에 대한 반감은 없는 듯해 안도한다.

"근데 뭐, 나로선 도움을 받은 입장이라. 그러고 보면 난 두 형제 모두한테 도움을 받았네."

그렇게 말하며 웃어 보이는 나를 힐끔 쳐다보더니 입술을 삐죽거린다. 작게 한숨을 내쉬는 소리가 들려왔다.

"근데, 그때쯤부터 형이 좀 이상해졌어요."

"이상하다니?"

"미즈무라 선배를 도왔을 때뿐 아니라, 뭐랄까, 사람이 바뀐 것 같달까."

가슴속에 얼음을 들이댄 것처럼 선득한 감각이 엄습했다. 그렇구나, 하고 간신히 맞장구를 친다.

"엄마나 누구한테 말해봐도 뭔 소리냐며 비웃더라고요. 성격이 좀 바뀌는 것쯤은 사춘기 때 흔히 있는 일이란 식으로요. 근데 그런 게 아니에요. 구체적으로 뭐가 달라졌는지 설명하긴 어려운데, 아예 딴사람이 돼버렸다니까요. 그때, 형이 1학년이던 여름쯤부터 전 형을 형으로 생각할 수 없게 됐어요. 그 전까진 사이가 되게 좋았는데, 지금은 같이 잘 안 놀게 된 느낌이에요."

어딘가 멋쩍은 듯 코끝을 문지르며 로쿠가 말을 잇는다.

"저희 집 근처에 허름한 공원이 있는데요, 거기서 맨날 캐치볼 같은 걸 했었거든요. 그러면서 학교에서 있었던 짜증 나는 일을 얘기하거나 엄마 욕을 하곤 했어요. 전 꽤 즐거웠는데, 바로 그해 여름쯤부터 형이 그러길 싫어하더라고요. 지금 와선 그러고 놀 나이가 지나서겠거니 싶은데, 그땐 엄청 서운했죠."

방금까지의 과묵함이 거짓말인 양 수다스레 늘어놓는 로쿠의 얘길 들으며, 방망이질 치는 심장을 어떻게든 진정시키고자 조용히 깊은숨을 들이마셨다.

눈치채고 있던 것이다. 아무도 눈치채지 못한, 미즈무라가 연기하는 사카히라 리쿠란 남자의 위화감을 동생 로쿠만이 눈치채고 있었다. 명확히는 아닐지라도 그 어렴풋한 차이를 분명히 눈치채고 있었다.

기뻤다. 미즈무라에겐 미안하지만 너무나도 기뻤다. 이전의 나를 정확히 기억해주고, 지금의 나를 진짜 내가 아니라고 말해주는 사람이 있다. 더구나 그게 내 동생이다. 왠지 모르게 눈시울이 뜨거워진다. 나를 알아주는 사람이 있다는 게 이토록 기쁜 일인 줄은 꿈에도 몰랐다.

"뭔가 죄송해요, 이상한 얘길 해서. 마침 버스도 왔네요."

어느새 버스 정류장에 다다라 있었다. 돌아보니 찻길 저편에서 버스의 희미한 불빛이 다가오는 게 보였다.

"그럼 전 이만."

바구니에 있던 가방과 졸업장을 건네 온다. 내가 받아

들자, 자전거에 올라타 페달 위에 발을 얹는다.

"자, 잠깐만!"

엉겁결에 붙잡고 만다. 로쿠가 의아한 얼굴로 이쪽을 돌아봤다.

로쿠에게는 말해도 될지 모른다. 문득 그런 생각이 들었다. 미즈무라에게 몇 번이고 의논했다. 누군가에게 상담해보자. 지금 상황을 누군가에게 이야기해보자. 그럴 때마다 내 제안은 기각됐다. 이런 황당무계한 얘길 대체 누가 믿겠느냐며.

하지만 로쿠라면. 지금의 형에게 위화감을 품고 있는 로쿠라면? 의심쩍어할지 모른다. 그래도 나밖에 모르는 로쿠의 일, 나밖에 모르는 가족 일을 말한다면. 어쩌면 믿어줄지 모른다. 나를 형으로 받아들여 줄 수도 있다.

커다란 불빛이 로쿠의 모습을 휘황히 비춘다. 버스가 다가왔다.

다음번에 만나는 건 언제가 될지 모른다. 형으로는커녕 미즈무라 마나미로 만나는 일조차 없을지 모른다. 내가 나로 있을 수 없다는 게 이토록 고독한 일인 줄은 몰랐다. 더 이상, 그 누구도 진짜 나를 모르는 채 혼자 있기는 싫었다.

버스가 정차했다. 여전히 의아한 얼굴을 한 로쿠에게 굳어진 뺨으로 미소를 지어 보인다.

"오늘 정말 고마웠어. 덕분에 살았어."

그 말만 남긴 뒤 로쿠의 대답을 듣지 않고 올라탄다. 자리에 앉아 창밖을 엿본다. 로쿠가 자전거를 몰며 사라져 가는 뒷모습이 보였다. 자세를 깊숙이 고쳐 앉곤 길게 숨을 내쉰다. 손에 든 졸업장을 더욱 세게 움켜쥐고, 다시 한 번 긴 숨을 내뱉었다.

초인종을 누른다. 네, 하는 격식 차린 목소리가 들려온다. 저기, 미즈무라인데요, 리쿠 있나요? 대답이 없다. 순식간에 싸늘해진 분위기가 기계 너머로도 전해져 온다.

"리쿠는 지금 외출하고 없는데."

방금보다 훨씬 낮은 톤. 강한 거부감에 주눅이 들었지만, 고인 침을 삼키고 바싹 마른 입술을 뗀다.

"댁에서 기다려도 될까요?"

또다시 침묵. 거절당하리란 생각에 마음의 준비를 하고 있는데, 철커덕 문이 열리며 엄마가 얼굴을 내밀었다. 불쾌감을 숨기지 않는 목소리로 "들어와" 하고 안으로 들인다. 안도감이 드는 것도, 긴장감이 한층 더해진 것도 같은 묘한 감각으로 "실례하겠습니다" 하며 집으로 들어간다.

미즈무라가 집에 없다는 건 알고 있었다. 나는 이 두 사람을 만나러 온 것이다. 그리고 미즈무라는 지금 예전 자기 집으로 가 있다. 도쿄에 가면 진짜 부모를 만날 기회가 크게 줄어든다. 그 전에 마지막으로 만나두자. 우리는 그렇게 마음먹고 각자의 집으로 향했다.

여전히 너저분한 현관을 지나 부엌으로 향한다. 거실에선 소파에 앉은 아빠가 TV를 보고 있었다. 내 기척을 알아차리고 고개를 든다. 완두콩처럼 작고 동그란 두 눈이 끔뻑끔뻑 두 번 깜빡이더니, "왔니" 하며 가볍게 고개인사를 한다.

예전의 우리 집을 슬그머니 둘러본다. 식탁엔 늘 잡지며 봉투가 쌓여 있고, 밥 먹을 땐 그것들을 가장자리로 치우고 그릇을 늘어놓곤 했다. 수납장 위나 틈새에도 물건들이 빽빽이 틀어박혀 있어, 이제는 뭐가 어디에 있는지 정확히 아는 사람이 없을 것이다.

엄마는 예전부터 집안일에 서툴렀다. 물건 정리에 소질이 없어 집은 항상 어수선했고, 빨래가 창가에 종일 쌓여 있는 경우도 비일비재했다. 쓰레기 내놓기와 설거지는 꼬박꼬박 했으므로 청결하지 않은 건 아니었지만, 그럼에도 지금 다시 보니 누추한 집이란 인상은 지울 수 없다.

"방에 함부로 들어가긴 뭣하니 여기서 기다리렴."

은근히 무례한 투로 그 말만 전하고는, 보리차를 따른 컵을 식탁 위에 무성의하게 내려놓는다. 몸이 뒤바뀌기 전부터도 가족들을 대할 때 살벌한 분위기를 풍기던 사람인데, 지금의 날 대하는 태도엔 그것과는 사뭇 다른 매서움이 있었다. 악의마저 느껴진다.

감사합니다, 하고 기어들어 가는 목소리로 인사하고 자리에 앉는다. 엄마는 더 이상 상대할 가치가 없다는 양 등을 홱 돌리곤, 하던 요리를 이어가기 시작했다. 저녁 준비라기엔 아직 이르고 재료 손질을 해두려는 것이리라. 아빠도 나 몰라라 하는 태도로 TV를 시큰둥하게 쳐다보고 있다. 명백히 환영받지 못하는 분위기에 짐짓 위축이 된다. 로쿠는 오늘도 없나 보다. 미닫이문이 열린 나와 로쿠의 방에, 아직 새것으로 보이는 축구공이 나뒹굴고 있다. 내 게 아니다. 그렇다는 건 로쿠 거란 뜻이다. 아마도 축구를 시작한 모양이다.

묵묵히 요리를 하는 엄마의 등을 바라보며 보리차를 입으로 가져간다. 우리 집에선 여름이나 겨울이나 보리차만 마신다. 페트병에 든, 티백이 잠긴 보리차가 언제나 냉장고 한 칸을 차지하고 있다. 미즈무라의 집에선 매일같이 홍차를 마시기에 깜짝 놀랐다. 더욱이 티백 따위가 아니고 매번 찻잎으로 제대로 우려내곤 한다.

무료한 어색함을, 보리차를 홀짝홀짝 들이켜는 것으로 달랜다. 경쾌하게 채소를 다지는 소리가 들려온다. 집안일엔 통 소질이 없는 엄마라지만 요리 솜씨만은 좋아 음식 맛이 훌륭했다. 그러고 보면 내가 초등학교에 들어갈 무렵, 곧잘 엄마와 함께 디저트를 만들곤 했다. 언제부턴가 아예 만들질 않게 됐는데, 그때는 쿠키며 애플파이 등을 만들어줬던 것이다. 그래 봐야 나는 반죽을 섞거나 오븐 스위치를 켜기만 할 뿐이었지만, 당시의 엄마는 잘 웃었고 나도 몹시 즐거웠던 기억이다.

문득 소리가 멈췄다. 엄마가 부엌칼을 내려놓고 화장실로 향했다. 등을 돌리고 있는데도 감시를 당하는 듯한 답답함에서 해방돼, 아주 조금 긴장이 완화된다. 그런데 갑자기 소파에 앉아 있던 아빠가 일어서서 내 쪽을 향해 온다. 힘을 빼고 있던 어깨에 또다시 힘이 실린다.

"저기, 미즈무라 맞지?"

오랜만에 듣는, 느릿하고 나직한 아빠의 목소리였다. 네, 맞아요, 하고 대답한다.

"그땐 미안했다. 아들이 폐를 끼쳐서."

느닷없는 말에 순간 무슨 얘기인지 몰라 당황한다. 이내 미즈무라가 이소야를 때린 일이란 걸 깨닫고, 황급히 손을 휘휘 내젓는다.

"아, 아뇨, 뭘요. 제가 도움받은 건데, 오히려 감사한 일이죠."

"암만 그래도 놀랐을 거야. 남을 때리라고 가르친 적은 없는데."

갑자기 말수가 많아진 아빠에게 어떻게 답해야 할지 몰라, 시선을 내리깐 채 애매하게 호응한다. 이렇게 수다스러운 사람이었나.

"그래도 네가 나쁘게 생각하지 않는다니 참 다행이구나. 이렇게 또 놀러도 와주고. 리쿠도 분명 기뻐할 거야."

그 말에 무심코 얼굴을 든다. 생긋생긋 온유한 미소를 띠고 있다.

또 불현듯 예전 일이 떠오른다. 엄마에게 혼나 내 방에서 울고 있으면 아빠는 어김없이 내게 다가왔다. 왜 혼났는지 알겠느냐고 차근차근 묻고, 내가 그에 답하면 옳지, 하고 웃으며 머리를 쓰다듬어주었다. 잘됐네, 이렇게 또 하나 배웠어, 하고 다독여주었다.

아빠는 나와 로쿠의 머리를 쓰다듬길 좋아했다. 아빠는 항상 다음 날로 넘어갈 즘 퇴근해 왔고, 그 시간에 나와 로쿠는 우리 방에 있었다. 자고 있을 때도 있었고, 불을 끄고 이불을 뒤집어쓴 채 스탠드 아래서 만화책을 읽거나 게임을 할 때도 있었다.

열쇠가 짤가닥 돌아가는 소리로 아빠가 왔다는 걸 알았다. 우리는 스탠드를 끄고 들고 있던 만화책 혹은 게임기를 이불 밑에 숨긴 뒤, 담요를 뒤집어쓰고 눈을 감았다. 망했다, 망했다, 하고 작게 웃으면서.

다녀오셨어요, 하는 엄마의 목소리가 들려오고 나면, 얼마 후 아빠가 미닫이문을 여는 기척이 난다. 그 틈새로 빛이 들이비쳐, 캄캄했던 눈꺼풀 안쪽이 불그스름하게 빛난다. 솔솔 윤활유 냄새가 난다. 일을 마치고 돌아온 아빠의 냄새다. 결코 좋은 냄새는 아니지만 싫지 않았다. 그리고 아빠는 자고 있는 우리의 머리를 차례로 쓰다듬는다.

정말로 잠이 든 때도 있었지만, 자는 척을 하고 있을 때면 실실 웃음이 날 것 같은 입가에 힘을 주느라 안간힘을 썼다. 아빠는 분명 우리의 꾀잠을 눈치채고 있었을 것이다. 그런데도 모르는 체하며 우리의 머리를 쓰다듬어주었다. 차갑고, 큼지막한 손이었다.

지금의 미소는 미즈무라 마나미란 소녀를 향한 것이다. 그런데 어째선지 그 옛날처럼, 내 머릴 쓰다듬어주는 듯한 기분에 젖어 있었다.

화장실에서 물 내리는 소리가 들려온다. 아빠는 당황한 기색으로 목소리를 낮춘다.

"정말 고마워. 앞으로도 리쿠를 잘 부탁한다."

그 말만 남기고 다급히 소파로 돌아간다.

나는 컵에 남은 보리차를 비우고 일어나, 화장실에서 돌아온 엄마의 눈앞으로 걸어간다.

"죄송해요, 오늘은 이만 가보겠습니다."

"어머, 그럴래?"

담백하게 그렇게만 대꾸하고는, 곧장 발길을 돌려 현관으로 향한다. 나도 그 뒤를 따른다. 엄마가 아빠의 구두를 왼발로 짓밟으며 문을 열었다. 어서 나가라고 재촉하는 듯해, 서둘러 신발을 신고 현관으로 나온다.

여전히 언짢아 보이는 엄마의 얼굴을 무심코 바라본다. 이대로 도쿄에 가면 더 이상 만날 일이 없을 것이다. 동네가 좁다 보니 우연히 마주칠 순 있어도, 이렇게 대화를 주고받는 일은 없을 것이다. 나와 미즈무라가 원래대로 돌아가지 않는 한.

목구멍 안쪽에서 뜨거운 무언가가 넘쳐흐를 것만 같아 부랴부랴 침을 삼킨다. 무슨 말을 하고 싶어도 아무 말도 할 수 없다. 이제 이 사람을 엄마로 생각해선 안 된다. 아빠도 그렇고, 로쿠 역시 그렇다. 이제 나와는 아무 관련이 없는, 다른 이의 가족. 내가 할 수 있는 말은 아무것도 없었다.

현관에 꼼짝 않고 서 있는 나를 엄마가 의아하게 바라본다. 그 새까만 눈동자로부터 눈을 피하듯 머리를 숙인다.

"실례했습니다."

그렇게만 말하고 집을 나온다. 닫힌 문 너머에서 철커덕 자물쇠를 잠그는, 거절을 빼닮은 소리가 들려온다.

단지의 계단을 내려와 세워둔 자전거에 올라탄다. 페달에 힘을 실어 낯익은 길을 나아간다. 곧잘 캐치볼을 하고 놀던 공원. 당장에라도 무너져 내릴 것만 같은 폐가. 의사 선생님이 친절한 병원. 이제는 이곳에 올 수도, 추억담을 나눌 수도 없다. 핸들을 쥔 손에 힘을 싣는다. 머리카락 사이로 맞바람이 스쳐 귀가 차갑다. 울면 안 된다고, 나 자신을 타일렀다. 미즈무라 역시 울지 않을 테니까. 그 녀석의 얼굴을 하고 눈물을 흘릴 수는 없다. 그것이 미즈무라에게 가장 괴로운 일임을 잘 알고 있으니까. 내가 내 얼굴로 괴로워하는 미즈무라를 보고 싶지 않아 하는 것처럼.

이방인에 도착한다. 평소와 같이 손님은 드물고, 평소와 같이 안쪽 창가 자리에 앉는다. 평소와 같이 아줌마가 물을 들고 오고, 나는 평소엔 시키지 않는 메론소다를 주문해본다.

이 가게도 2년 반이 넘도록 부지런히 드나들었으니 이제 거의 단골이나 다름없다. 그런데도 아줌마의 응대는 여전히 적당한 정도로 거칠며, 괜한 잡담을 걸어오지 않아 좋다.

메론소다의 아이스크림이 사라져갈 즘 미즈무라가 도착했다. 상기되어 불그스름해진 뺨으로 살짝 난처한 듯 웃고는, 가슴 앞에서 작게 손을 흔든다. 나도 작게 손을 흔들어준다.

"자전거 타고 왔더니 엄청 더워."

웃으며 말하곤 머플리를 풀고 코트를 벗는다. 아줌마가 물을 가지고 왔고, 미즈무라가 콜라를 주문한다.

"이 추운 날에 땀 흘리는 사람은 처음 보네."

"이 몸, 땀이 너무 많단 말야. 어떻게 좀 해봐."

"내가 뭘 어떻게 해. 반대로 나는 손발이 얼어붙는 것 같아."

“아아, 나 수족냉증이거든. 어, 오늘은 웬일로 다른 거 시켰네?”

“그냥. 가끔은 다른 것도 마셔볼까 싶어서.”

파닥파닥 손부채질을 하며 테이블 위에 놓인 물을 들이켠다. 후우, 숨을 내쉬더니 어렵사리 입을 뗀다.

“어땠어?”

“음, 뭐 이제 괜찮아. 너는?”

“나도 괜찮아. 고마워.”

“그래. 다행이네.”

둘이 동시에 짧은 한숨을 내뱉어 웃음이 터진다. 콜라가 나왔고, 미즈무라가 봉지에 든 빨대를 꺼낸다.

“언제든 또 놀러 오라고 해줬어.”

미즈무라는 테이블로 시선을 떨어뜨리고, 빨대 봉지를 아코디언처럼 접으며 손장난을 치고 있다. 그 앙상한 손가락을 멍하니 바라본다.

“잘됐네. 언제든 놀러 와. 뭐, 우리 집은 아니지만.”

“응, 고마워. 실례 좀 할게.”

그 목소리에 여느 때와 같은 쾌활함은 없었고, 눈을 줄곧 내리깐 채 이쪽을 보려 하지 않는다. “오늘 뭔가 좀 어두운데?” 하고 일부러 농담처럼 물어본다.

"아니, 뭐랄까. 굳이 이런 말 하기도 뭐한데, 너한테 미안해서."

"어? 뭐가?"

"그게, 집에 갔을 때 불편하지 않았어? 너희 어머니, 대놓고 얘기하는 건 아니지만 그 사건 이후로 널 그리 좋게 생각하지 않거든."

그 사건이란 물론 미즈무라가 이소야를 때린 일을 말한다. 다만 솔직히 말해서 그 일이 없었더라도 엄마의 냉대엔 변함이 없었을 것 같다. 가족들이 보고 싶어 우리 집에 처음 갔을 때부터, 엄마의 태도는 완고함을 넘어 무언의 거절이라고 봐도 무방했다. 지금까지도 친구를 데려오는 일을 그리 달가워하지 않았지만, 그럼에도 그토록 적개심을 품은 건 미즈무라 마나미가 여자인 탓도 있었을지 모른다. 그게 두드러진 계기가 그 사건이었을 뿐이다.

"딱히 사과할 거 없어. 그렇게 따지면 나도 너한테 미안하지."

"그래? 왜?"

"쓰키노하고도 헤어졌고, 사사가키랑 다카미하고도 절교했고. 뭐랄까, 진심으로 미안해. 아무래도 나, 잘 해내질 못한 것 같아."

"그런 건 신경 안 써도 돼. 인간관계란 게 어떻게 될지 모르는 거고, 계속 나였더라도 결과는 같았을지 모르는걸."

미즈무라가 그제야 얼굴을 든다. 방금까지 이마와 인중에 흐르던 땀은 겨우 멎은 모양이다. 고마워, 하고 감사 인사를 한다.

"아, 그래도 네가 내 동정 딱지 뗀 건 아직 용서 안 했다."

"그건 어쩔 수 없었다니까. 여자의 유혹에 응하지 않는 건 남자의 수치라잖아."

"수치든 뭐든 간에, 어떻게 몸 바뀌자마자 인기를 끄냐. 어이가 없어서."

"역시 여자의 공략 포인트는 여자가 제일 잘 안다는 뜻이죠."

우스갯소릴 주고받으면서도, 이렇게 부담 없이 만나서 대화를 나누고 찻집에 마주 앉아 있는 일도 더는 없겠구나 싶다.

만나지 않는 편이 좋겠다고, 나는 남몰래 생각하고 있었다. 분명 미즈무라도 그걸 눈치채고 있었을 것이다. 내가 미즈무라 마나미로 새 인생을 살겠다고 전한 그날부터. 둘 다 일기도 꼬박꼬박 쓰고 있고, 우리 집에도 드디어 휴대전화가 도입됐다. 이렇게 얼굴을 맞대지 않고서도 정보를 교환할 수 있다. 더 이상 만날 필요가 없는 것이다. 엄마도 아빠도 로쿠도, 다자키도 미즈무라도. 그들을 만나면 나는 또 무너져 내릴 게 틀림없다. 그래서 미즈무라에게 오늘, 마지막으로 서로의 가족을 만나러 가자고 제안한 것이다.

"그건 그렇고, 그거 가져왔어?"

미즈무라가 손가락 끝으로 빨대를 뱅글뱅글 만지작대며 물어 온다.

"어, 갖고 오긴 했는데 이건 뭐에 쓰게?"

그렇게 말하고 코트 주머니를 뒤적거려 상자에 든 만년필을 꺼낸다. 학교에서 받은 졸업 기념품으로, 표면엔 학생들 저마다의 이니셜이 새겨져 있다. 내가 받은 것에는 가로로 나열된 알파벳 M 두 개가 투명 필름 너머로 엿보인다.

"자, 그거 이리 줘봐."

미즈무라가 왼쪽 손바닥을 쫙 펴고 이쪽으로 내민다. 그러기 전까진 딱히 아끼는 물건도 아니었는데, 막상 달라고 조르니 순순히 건네주고 싶지 않아 황급히 손안에 감춘다.

"뭐? 왜, 싫어."

"줘봐. 대신 내 거 줄 테니까."

"응? 뭐라고?"

당황하는 나를 아랑곳하지 않고, 미즈무라도 똑같이 코트 주머니에서 상자에 든 만년필을 꺼낸다. 이쪽엔 R과 S란 글자가 나열돼 있다.

"이거, 너 줄게. 원래는 이게 네 거니까."

테이블 위에 놓인 만년필과 미즈무라의 얼굴을 번갈아 쳐다본다. 의도를 모르겠다.

"이 만년필을 네가 가지고 있고, 지금 네가 가진 만년필을 내가 가지고 있는 거야. 어때?"

"자기 건 자기가 갖고 있자는 거야?"

"응. 그런 뜻이기도 하고, 진짜 주인을 찾아가길 기원하는 의미도 있고. 만약 원래대로 돌아가면, 각자 상대의 만년필을 갖고 있는 게 되잖아? 그때 다시 만년필을 교환하기로 하자. 그런 약속을 해두면, 왠지 언젠간 꼭 되돌아갈 것 같지 않아?"

듣고 보니 그렇군, 하고 중얼거리곤 손안의 만년필을 테이블 위에 둔다. 다른 두 개의 이니셜이 나란히 놓인다.

"괜찮네. 교환하자."

"야호. 고마워."

내가 RS 만년필을, 미즈무라가 MM 만년필을 테이블에서 집어 든다. 내 게 아닌 것들에 둘러싸인 일상 속에서, 이것만큼은 나만을 위해 만들어진 물건이라 생각하니 어딘가 신기한 기분이었다.

"너한테 돌려줄 때까지, 안 잃어버리고 잘 보관해둘게."

"나도 잘 간직할게. 그래도 네 거니까 마구마구 써도 괜찮아."

"그래. 이왕이면 뭔가 특별한 날에 쓰고 싶다."

"사카히라, 의외로 로맨티스트라니까."

"뭐래. 놀리는 거지?"

"놀리는 거 아냐. 근데 뭔가 귀엽긴 해, 하나하나."

"야, 놀리는 거 맞잖아."

모조리 끊어내기로 결심한 게 불과 얼마 전인데. 입술을 깨물고 고뇌한 끝에 굳힌 결심이, 이렇게 좀 특별한 경험을 하는 것만으로도 기우뚱기우뚱 흔들리고 만다. 심사가 꼬여 입 밖에 내진 않았지만, 기뻤다. 소중히 간직해야겠다고 생각했다. 고작 이 만년필 한 자루만으로, 내 메말랐던 고교 시절도 그리 나쁘지만은 않았던 것 같다. 그런 생각이 들 정도로 몹시 기뻤다.

무엇보다도 미즈무라가 원래대로 돌아가길 포기하지 않

았다는 사실을 안 게 기뻤다. 더 이상 방도가 없다 한들 우리가 희망을 놓아버리는 일은 없다. 나는 앞으로도 미즈무라 마나미로서 미즈무라 마나미를 지켜나갈 것이다.

"도쿄 가서도 서로 잘해보자."

그렇게 말한 미즈무라는 오른손을 든다. 쑥스러운 듯 헤죽헤죽 웃고 있다.

"뭐야, 남자처럼 굴긴."

그에 대고 나는 하이파이브를 한다. 조용히 맞닿은 건조한 소리가 가게 안에 작게 울려 퍼졌다.

그렇게 몸이 뒤바뀌고 처음으로, 미즈무라가 없는 나날이 시작되려 하고 있었다.

30

15년이 지나면 거리뿐 아니라 사람도 변해간다. 나는 결혼해서 아이까지 생겼고, 미즈무라는 얼마 전 대리로 승진했다고 한다. 1년마다 재회하므로 대단한 변화가 있는 건 아니지만, 그런대로 서로 보고할 만한 일이 없지는 않다. 딸이 말을 하기 시작했다든지, 사귀던 연인과 헤어졌다든지. 우리뿐만 아니라 주위 사람들도 조금씩 바뀌어 가고 있다.

"그나저나, 다자키는 아직 독신이야?"

"요새는 웬 단체 미팅 같은 데도 적극적으로 참가하고 있는데, 성과는 영 꽝인가 봐. 그리고 살이 더 쪘어, 다자키."

"진짜로? 그보다 더?"

"응, 배 같은 데 보면 진짜 장난 아냐. 옛날엔 그렇게나 말랐었는데."

"애인이 왜 안 생기는지 알겠네. 다이어트 좀 하지."

"거봐, 네가 결혼해주면 좋았잖아."

"진짜 왜 그러냐. 주류점 며느리는 나한테 좀 부담스럽지."

"그래? 그럼 쓰키노?"

"추억의 이름 또 하나 나왔네. 그러고 보니 쓰키노, 재혼했다던데 진짜야?"

"그렇다나 봐. 무슨 열 살 정도 연하라던데."

"진짜? 제법인데, 쓰키노."

"아무래도 여기 남아 있는 사람들은 결혼하기가 더 수월한가 봐. 다자키는 좀 예외지만 쓰키노만 해도 벌써 두 번째고, 다카미이도 사쿠짱도 다들 일찌감치 결혼해서 애들도 몇 명 있고."

"그러네. 오히려 다른 지역으로 간 애들 중 결혼한 사람은 나밖에 없는 것 같기도 하다. 이다도 아직 독신이지?"

"응, 아직 독신. 로쿠도 지금 느낌으론 당분간 결혼 안 할 것 같고."

"엄마는 아무 소리 안 해? 얼른 손자 보고 싶다든가."

"적어도 나한텐 그런 적 없어. 나한테 안 하는 거 보면 로쿠한테도 안 하지 않을까?"

"흐음, 뭔가 의외네. 엄마, 그런 잔소리 심할 것 같은데."

"최근 들어선 잔소리하는 일이 잘 없는 느낌이야. 어쩌면 아버지 돌아가시고부턴지도 모르겠다."

겸연쩍은 듯 미즈무라가 조수석 시트에서 자세를 고쳐 앉곤, 뱅그르 말린 머리카락 끝을 손가락으로 만지작거리는 게 곁눈으로 보였다. 좀체 꺼내기 곤란한 말이 있을 때 나오는 미즈무라의 버릇이다.

"뭐야, 하고 싶은 말 있음 해."

"아니, 응. 아마 이 얘기 하면 네가 싫어하긴 할 텐데."

"그러니까 뭔데."

"있잖아, 다시 만나봐도 괜찮을 것 같아. 어머니 말야."

미즈무라가 말하는 어머니는 물론 우리 엄마를 말하는 것이다. 나도 모르게 입을 다문다. 엄마의 모습이 뇌리에 떠오른다. 항상 신경이 날카롭고 엄격한 사람이었지만, 다정했을 때도 있었다. 나는 정성껏 우려낸 홍차보다도 밍밍하고 연한 보리차가 더 좋았다. 유명한 양과자점의 멋스러운 케이크보다도 함께 만든 투박한 애플파이가 더 좋았던 것이다. 그런 엄마가 적의에 찬 태도로 대해 온다는 게 괴로운 일이 아닐 수 없었다.

내 침묵을 그리 좋지 않은 의미로 받아들인 것이리라. 미안, 하고 작게 사과하곤 또다시 변명 비슷한 말을 이어간다.

"그래도 어머니가 엄청 부드러워졌어. 내 생각엔 계속 긴장한 상태로 사셨던 것 같아. 가정을 지키고, 가계를 꾸려나가기 위해 파트타임 일을 하고, 두 아들을 길러내고. 내내 마음을 놓을 수가 없었던 거 아닐까? 엄마 노릇을 제대로 해내야만 한다는 생각으로. 근데 아버지가 돌아가시고, 실이 툭 끊어진 느낌이야. 지금은 있지, 가끔 쓸쓸한 얼굴을 하긴 해도 성격이 되게 살가워졌어. 아마 지금이라면 만나봐도 괜찮을 듯싶어."

앞 유리창을 지그시 바라보며, 회유하듯 차근차근 미즈무라가 말한다. 미즈무라의 말마따나, 지금 돌이켜보면 엄마는 가족에겐 털어놓을 수 없는 무언갈 줄곧 끌어안고 살아왔는지도 모른다. 일찍이 상냥하고 온화했던 엄마는 우리가 성장하면서 예민함을 드러내기 시작했다. 그건 분명 가정 환경의 변화나, 제 좋을 대로 커가는 아들들을 대하는 법 따윌 고민하고 있었기 때문이리라. 그 완고함은 엄마 나름의 자기방어였던 것이다.

하지만. 나는 작게 웃으며 고개를 슬슬 가로저었다.

"됐어. 난 안 만나도 괜찮아. 고맙다."

내 대답에 그래? 하고 작게 대꾸하더니, 미즈무라는 그대로 입을 다물고 창밖으로 눈을 돌렸다.

미즈무라는 여전히 찜찜한 마음을 끌어안고 있다. 자신이 지금도 진짜 가족들과 교류하고 있는 만큼 더욱 그럴 것이다.

물론 엄마와 아무렇지 않게 이야기할 수 있었으면 싶을 때도 있다. 아빠를 생각하면 더욱 그렇다. 이대로 아무런 접촉도 없이 엄마가 죽는다고 생각하면, 아빠와 마찬가지로 그렇게 되리라 생각하면 심장 안쪽을 꽉 움켜쥐어 으스러뜨리는 듯한 감각이 인다.

그렇지만 역시나 만날 수는 없다. 나는 분명 기대하고 말 것이다. 엄마가 나를 향해 웃음 지어주기를. 그리고 또 다시 만신창이가 될 뿐이다. 기대하지 않으면 배반당하지 않는다. 원하고 또 바라도 무엇 하나 보답받지 못한다면, 애초부터 기대하지 않으면 된다. 그렇게 몇 번이고 나 자신을 타일러도, 그런데도 늘 기대하고야 만다.

더구나 행여 미즈무라 마나미로서 받아들여진다 한들 진심으로 기뻐하지 못할 것이다. 내가 바라는 건 아들로서의 애정인 것이다. 예전처럼 머리를 쓰다듬어주고, 야단을 쳐주고, 함께 디저트를 만들고. 그게 내 바람이다. 그걸 손에 넣을 수 없을 바에야 차라리 아무것도 없는 편이 낫다.

그나저나 나, 지독한 마마보이잖아? 퍼뜩 깨닫고, 무심결에 자조 섞인 미소를 짓는다. 미즈무라가 의아한 듯 내 쪽을 흘끗 쳐다보았다.

집에 도착할 즈음엔 이미 날이 제법 저물어 있었다. 그래도 해가 완전히 떨어지려면 아직 멀었고, 추운 계절처럼 왠지 모를 초조함을 느낄 필요가 없어 마음이 놓인다. 겨울은 해가 빨리 져서 싫다.

"그러고 보면, 언제부턴가 저녁 종소리가 안 울리네."

한낮보다는 푸르름이 옅어진 공기 아래서 미즈무라가 불쑥 말했다.

"저녁 종소리?"

"왜, 다섯 시쯤 되면 무슨 소리가 났었잖아. 아이들은 집으로 돌아갑시다, 하는 안내 방송이 나오고 말야. 언제부터 사라졌지?"

미즈무라의 말에 기억이 되살아난다. 어릴 적엔 그 종소리에 등 떠밀려 집으로 돌아가곤 했다. 어느덧 그건 내가 신경 쓸 거리가 아니게 됐고, 울리지 않는다는 사실조차 알아채지 못하고 있었다.

"이게 뭐지? 이런 게 있었나."

차고를 나와 현관문 앞으로 향한다. 옆에 서 있는 개 장식물의 머리를 미즈무라가 찰싹찰싹 때린다.

"역시 작년엔 없었지 그거?"

말하면서 잠긴 문을 열고 집으로 들어간다. 현관에서 "나 왔어" 하고 소리치자, 슬리퍼가 바닥에 부딪는 탁탁 소리를 내며 엄마가 반달음질해 왔다. 미즈무라의 얼굴을 보자마자 얼굴이 확 밝아진다.

"어머, 리쿠! 어서 와!"

"아주머니! 오랜만이에요. 죄송해요, 올해도 또 초대받았네요."

"무슨 그런 말을, 전혀 신경 쓰지 마. 근데 어떡하지, 실은 아직 밥이 좀 덜 됐거든."

"그럼 제가 도와드릴게요."

"어머 정말? 고마워라. 저 인간은 아무것도 할 줄을 몰라서."

여태 내가 없는 것처럼 대화하고 있었으면서, 갑자기 비아냥 잔뜩 섞인 말이 날아온다. 예예, 하고 대충 맞받아

친 뒤 신발을 벗고 안으로 들어간다.

"오, 리쿠 군. 올해도 왔구나."

거실에선 아빠가 소파에 앉아 신문을 읽고 있었다. 발치엔 페로가 몸을 둥글게 웅크린 채 잠들어 있다. 미즈무라의 모습을 보자마자 쓰고 있던 안경과 신문을 무릎 위에 내려놓곤, 인심 좋은 할아버지같이 활짝 웃는다. 손녀딸을 볼 때와 똑같은 얼굴을 하고 있다.

"아저씨, 올해도 실례하겠습니다."

"편히 쉬다 가렴. 그래, 이따 또 장기 같이 둬주겠니?"

"오, 당연하죠. 실력 좀 느셨나요?"

"물론이지. 오늘은 아저씨가 이길걸? 요즘 장기 모임에서 워낙 맹훈련 중이거든."

"과자 먹고 차 마시고 수다나 떤다고 엄마가 그러던데."

내가 뒤에서 훼방을 놓자, 아빠는 금세 평소의 무뚝뚝한 얼굴로 되돌아온다.

"뭐야 마나미, 있었냐?"

"있었냐는 무슨, 있지 그럼. 사카히라, 먼저 손 씻고 와."

알았어, 하고 대답한 뒤 미즈무라가 세면대로 향한다. 아빠와 단둘이 있는 공간이 어색해 페로, 하고 이름을 불러본다. 페로는 아무런 반응 없이 눈을 감은 채 아빠의 발에 몸을 기대고 있다.

"마나미, 요즘 일은 잘돼가?"

어느 틈엔가 또다시 안경을 쓰고 신문을 펼치고 있던 아빠가, 시선을 떨어뜨린 채 물어 온다. 부쩍 흰머리가 늘고 숱이 줄어든 정수리를 쳐다본다.

"뭐, 나름대로."

"그렇군."

그렇게만 말하고, 몰두하는 시늉을 하며 신문을 넘긴다.

알게 모르게 몸이 작아졌다. 고향에 올 때마다 그런 생각이 든다. 본가에 있었을 무렵 아빠는 두려움의 대상이었고, 제대로 대화를 나눠본 기억이 없다. 아버지란 존재는 가뜩이나 무서운 법이다. 과묵한 데다 늘 험악한 얼굴을 하고 있고, 미간에 항상 주름을 잡고 있었다. 이러쿵저러쿵 야단치는 일은 없었지만 여하튼 왠지 모르게 무서워서, 엄마가 말하는 "아빠한테 이를 거야"는 나에게 있어 더없이 효과적인 말이었다.

그런 아빠의 모습은 미즈무라에게도 마찬가지였던 모양이라, 되레 지금이 더 대화하기 편하고 즐겁다며 웃음을 터뜨리곤 했었다. 의외로 그는 남들 대할 때만큼은 사교성이 좋아, 밖에선 마당발로 통했다.

그런데 그 위압감도 지금은 완전히 시들해졌다. 목소리엔 기운이 없어졌고, 안경을 올려 눈을 가늘게 뜬 채 글자를 읽는 모습은 그야말로 노인이나 다름없어서, 아닌 게 아니라 조금 서글퍼진다. 엄마도 동년배에 비하면 젊어 보이고 발랄하긴 하지만, 목둘레나 손등엔 깊은 주름이 패어 있다. 머리숱도 줄었는지 가발을 살까 망설이는 중이다.

내 진짜 부모가 아니어도 그런 모습을 보면 감상적인 기분이 들고 만다. 그렇게 주위 사람들은 변해간다. 평소엔 아무 생각이 없다가도 갑작스레 들이밀리는 그 변화에 주춤하게 된다.

문득 눈을 뜬 페로가 이쪽으로 느릿느릿 걸어왔다. 그러곤 내 발치에 엎드려 또다시 눈을 감는다. 보드라움이 많이 사라진 몸털을 쓰다듬는다. 너도 얼른 손 씻고 와, 하는 엄마의 목소리가 부엌에서 들려왔다. 15년이 지나도록 변하지 않는 잔소리도 있다. 그렇게 생각하니 어쩐지 좀 유쾌한 기분이 들었다.

21

미즈무라 마나미는 예뻐졌다. 흡사 나르시시스트처럼 들릴 수 있는데, 원래는 내 몸이 아니므로 그런 의미에선 자랑이 아닐 것이다. 그래도 자랑스러운 기분이 드는 건 틀림없다. 좌우간 나는 죽기 살기로 노력한 것이다. 고교 시절보다 몸무게가 10킬로그램은 빠졌고, 옷은 어떤 스타일이 좋을지 어떤 화장이 내게 어울릴지 잡지며 모델 블로그 등을 섭렵해 공부했다. 그 덕인지, 예전에 흐르던 촌티가 거짓말처럼 벗어졌다. 자신이 지방에서 올라온 시골 사람이라는 콤플렉스도 마음속에 있었던 것 같다. 막 상경했을 무렵엔 주변 사람 모두가 연예인처럼 예쁘고 멋지고 세련돼 보였고, 고향과의 격차에 어질어질했다. 물론 꼭 그렇지만도 않다는 걸 지금은 잘 알고 있다.

다만 여자가 되어보고 나서 뼈저리게 느낀 점도 있다. 세상 모든 여자들은 귀엽거나 예뻐야 한다고 사회로부터 강요받으며, 그러기 위해 갖은 노력을 다하고 있다. 샴푸 린스에 신경을 쓰고, 머리를 정성껏 드라이하고, 씻을 땐 털을 정리하고, 씻고 나와선 스킨이며 팩에 시간과 돈을 쏟는다. 그런 일들이 매일같이 반복된다. 넌더리가 나지 않나 싶다.

그렇지만 나도 여자로 살기로 마음먹은 것이다. 가장 큰 계기는 이소야에게 습격을 당한 일이다. 지켜야 할 것이 한둘이 아니기에, 여자로 번듯이 살아가기 위해 나는 남자여선 안 된다. 각고의 노력 덕분인지 현재로선 여자로서의 삶을 잘 살아내고 있다고 생각한다.

대학에 들어가 당당히 이미지 변신에 성공한 나는, 고교 시절과는 정반대로 알찬 하루하루를 보내고 있었다. 동아리는 영화연구회에 들어갔다. 고등학교 때, 틈만 나면 자전거를 타고 대여점으로 가서 영화를 빌려 보곤 했었다. 분명 쓰키노의 영향이었으리라. 지금은 곁에 없더라도 깊이 어울렸던 이와의 경험은 어떤 형태로든지 피와 살이 되는구나, 생각했다. 동아리엔 괴짜들이 많았으나, 공통의 화제로 흥이 오를 수 있다는 점은 즐거웠다. 나 같은 비전문가도 무시하지 않고 여러 해박한 지식을 기꺼이 풀어놔 주는 사람들뿐이라, 그때 역시도 쓰키노가 떠올랐다.

아르바이트 자리는 집 근처 패밀리 레스토랑으로 골랐다. 고향의 패밀리 레스토랑과는 비교도 안 될 만큼 손님이 많아 처음엔 진절머리가 났지만, 이제는 제법 적응이 됐다.

알차고 바쁜 나날이었다. 학교, 동아리, 아르바이트. 친구들과 술자리를 갖거나 여행을 가거나. 너무너무 즐거운 나머지 예전 일을 떠올릴 여유조차 없었다.

라는 건 거짓말이다. 떠올리지 않으려 하고 있었다. 그런데도 이따금 옛날 일이 떠올라 감상적인 기분이 되곤 했다. 혼자 사는 집은 텅 빈 동굴 같았다. 처음엔 가구도 생활용품도 거의 없어, 살풍경한 방 안이 나를 쏙 빼닮아 있었다. 그래도 차츰 방바닥이 메워질수록 혼자 있는 일에 익숙해져 갔다. 향수에 젖고 싶어지는 빈도도 서서히 줄어갔다.

고향은 1년에 한 번, 정월에 슬쩍 얼굴을 비추는 정도일 뿐 거의 내려가지 않았다. 성인식에도 참석하지 않았다. 미즈무라도 다자키도, 고향에서 또 보자며 헤어진 이후로 한 번도 만나지 않았다. 미즈무라와는 종종 메시지를 주고받았는데, 어느 쪽도 만나자는 이야긴 꺼내지 않았다. 그거면 됐다고 생각했다. 아무도 만나지 않고, 추억을 과거에 묻어둔 채 잊어가는 것이 최선이라고 생각했다.

그래서 동창회를 알리는 엽서가 본가로부터 전달돼 왔을 때도, 불참에 동그라미를 쳐서 반송할 생각이었다. 어머니는 모처럼인데 가면 좋잖아, 성인식도 안 갔으니까,

하고 구시렁댔지만 적당히 받아넘겼다.

그런데 미즈무라에게서 메시지가 온 것이다. 사카히라, 동창회 안 갈 거야?

아르바이트를 마치고 돌아오는 길에 그 메시지를 확인하고, 딱 한마디로 답장한다. 안 가.

그러자 곧바로 전화가 걸려왔다. 화면에 뜬 '사카히라 리쿠'라는 글자에 그만 가슴이 철렁한다. 문득 이대로 무시해버릴까, 라는 생각이 머리를 스친다. 하지만 전화벨은 집요하게 울려댔고, 큰맘 먹고 통화 버튼을 누른다.

"여보세요."

바싹 마른 입에서, 내 목소리가 아닌 것 같은 목소리가 나왔다.

"아, 여보세요? 사카히라? 오랜만이야."

목소리를 들은 순간, 목구멍보다 더 아래 부근에서 뜨거운 무언가가 서서히 퍼져 나가는 듯한 감각이 일었다. 기계를 통해서긴 해도, 그 옛날 매일같이 듣던 목소리가 귓속에 흘러들어 온다.

"오랜만이다. 잘 지내나 본데?"

애써 남자다움을 감추고 있던 말투가, 허무하게 원상태로 되돌아갔다.

"응, 잘 지내. 근데 사카히라, 왜 안 가? 동창회."

"왜긴, 딱히 갈 이유도 없고, 얘기할 애도 없고."

"내가 있잖아. 다자키도 보고 싶댔어."

다자키란 이름이 나오자, 고교 시절 옥상 문 앞에서 바보처럼 떠들던 기억이 생생히 되살아난다. 매일 떠들어도 이야깃거리가 끊이지 않았고, 내일 또 만나는데도 날이 저물어가는 게 얄궂을 만큼 마냥 즐거웠다. 멀어져 있던 향수가 단숨에 덮쳐든다.

"나도 보고 싶고. 응? 같이 가자."

다그치듯 말해 오기에 나는 수긍하지 않을 수 없었다. 나라고 만나고 싶지 않은 건 아니었다. 그러나 만나면 도쿄에서 안간힘을 다해 쌓아온, 미즈무라 마나미란 여자의 형상이 무너져 내릴 것만 같았다. 결국 나는 미즈무라의 핑계를 대고 싶을 뿐인지도 모른다. 어쩌겠어, 얘가 보고 싶다는데. 자기 스스로에게 변명을 하고 있다. 누가 정해 놓은 것도 아닌, 자신이 정한 규칙을 깨기 위해서.

여름 방학이 시작되는 7월 무렵, 동창회에 참석하기 위해 본가로 내려갔다. 정월 때를 빼면 처음인 귀성에 어머니는 무척 기뻐했다. 식탁엔 내가 좋아하는 음식들이 차려졌고, 이불도 방금 막 세탁된 좋은 냄새가 났다. 아버지는 변함없이 무뚝뚝한 얼굴이었지만, "더 자주 내려와라" 하고 전에 없이 온화한 목소리로 말했다.

마음이 아팠다. 지금껏 고향에 내려오길 꺼려왔기 때문이 아니다. 이만한 환대를 받아도 마음이 털끝만큼도 동하지 않기 때문이다. 다정하며 딸을 사랑하는 부모님은, 날 고향에 오게끔 만드는 요인이 될 수 없는 것이다.

동창회 당일, 저녁 여덟 시 집합 전에 미즈무라와 미리 만나기로 약속했다. 장소는 물론 이방인이다.

몹시도 긴장됐다. 어떤 얼굴로 어떤 이야길 해야 할지, 만나기도 전부터 난처해하고 있었다. 문에 달린 종을 딸랑딸랑 울리며 이방인으로 들어가자, 안쪽에서 어서 오세요, 하는 잠긴 목소리가 들려온다. 가게 안을 둘러본다. 여전히 장사가 썩 잘되진 않는 모양이다. 제일 안쪽 창가 자리에 남자 하나가 앉아 있다. 흰 셔츠에 치노 팬츠, 마른 몸에 훤칠한 키, 어두운 갈색으로 염색한 머리는 파마를 했는지 부드럽게 물결치고 있다. 고개를 숙이고 책을 읽고 있어서 표정은 읽을 수 없다.

나도 모르게 가까이 다가가기가 망설여졌다. 내가 아는 사카히라 리쿠가 아닌 것만 같았다. 하지만 테이블 위에 마시다 만 콜라가 놓여 있다. 꼼짝 않고 서 있자, 아줌마가 메뉴판과 물을 손에 들고 "편한 자리에 앉아요" 하고 부추긴다.

그 목소리에 남자가 얼굴을 들었다. 나와 눈이 마주치고 잠시 당황한 표정을 지었지만, 이내 활짝 웃으며 가슴 앞에서 작게 손을 흔들었다. 그 몸짓이, 과거에 미즈무라가 곧잘 하던 몸짓과 정확히 겹쳐진다. 그제야 가슴에 안도감이 퍼졌다. 일행 있어요, 하고 아줌마에게 말한 뒤 미즈무라의 맞은편에 앉았다. 아줌마가 물을 내려놓았고, 나는 아이스커피를 시킨다.

"웬 파마야, 멋 부리기는."

어렴풋이 남아 있는 동요를 농담으로 얼버무린다. 미즈무라가 어색하게 웃는다.

"자기야말로 서머 니트 같은 거 입어놓고선. 스타일 좋네."

"난 지금 멋 내느라 무진장 노력 중이거든."

그럴듯하게 차려입은 남녀가 이러고 마주 앉아 있으니, 당시와는 달리 뭔가 간지러운 기분이었다. 나는 이런 남자가 되는구나 하는 신기한 감각으로 맞은편에 앉은 남자의 얼굴을 훔쳐본다. 애티는 완전히 벗어졌고, 동그랗던 눈매는 갸름해져 있다. 반소매 밖으로 뻗은 근육질 팔과 불거진 울대뼈에서 유달리 남자다움이 느껴져 간질간질했다. 긴 손가락의 마디 사이에 자라난 털도 괜스레 두드러져, 그러고 보면 아빠도 털이 많았지, 하는 생각이 난다.

"뭘 그리 빤히 쳐다보십니까?"

내 시선을 눈치챈 미즈무라가 얇은 입술을 일그러뜨리며 씩 웃는다. 그 과장된 몸짓마저 그럴싸해 보인다.

"아니, 내가 생각보다 잘생겼었구나 싶어서."

"고마운 말씀이네요. 그러는 나도 이렇게 보니 꽤 미인이잖아?"

"본판에 가망이 없어서 고생깨나 했습니다."

"뭐래, 무례하긴."

그렇게 둘이 한바탕 웃고 나자, 문득 불쾌한 느낌의 침묵이 내려앉는다. 미즈무라도 나도, 예전엔 어떤 이야길 했었는지 궁리하고 있었다. 이런 식으로 이야깃거릴 찾지 않아도 됐었는데 그때의 감각이 잘 떠오르지 않는다.

아줌마가 들고 온 아이스커피가 테이블 위에 놓이는 소리를 신호로 미즈무라가 침묵을 깼다.

"그래도 잘 지내는 것 같아 다행이야."

부드럽게 미소 짓는 표정을 보며, 예전엔 그런 얼굴 안

했었는데, 생각한다. 나는 절대로 할 수 없는 얼굴이다. 사카히라 리쿠는 점점 내가 모르는 사람이 되어간다.

"성인식도 안 오고, 아예 만나질 못해서 좀 걱정했었어."

"걱정할 게 뭐 있어. 문자도 주고받았는데."

"그래도 걱정되지."

"괜찮아. 네 몸은 잘 간수하고 있으니 안심해."

"아니, 그런 말이 아니라."

미즈무라의 어조에 살짝 초조함이 섞인다. 일부러 모질게 내뱉은 말이면서도, 미즈무라가 막상 불쾌감을 드러내니 위축된다.

"나도 알아, 미안. 근데 아무래도 좀 불안하더라고."

"뭐가 불안해?"

"뭐랄까, 설명하기 어려운데, 여기 오면 잘 해내지 못했던 그때가 생각나서 싫어."

그렇다. 지금은 기껏 제대로 살고 있는데. 대학을 다니며 아르바이트도 하고 있고, 친구도 있고, 말쑥이 화장도 하고 몸치장도 하고. 나름대로 즐겁고 알찬 나날을 보내고 있는데. 이제야 겨우 제대로 된 인간이 됐는데.

"그런 건 신경 쓸 필요 없어. 넌 그때랑 많이 달라졌고, 더군다나 여기 있는 사람들이라고 평생 그대로지만은 않아."

"그건 알아. 그래도 달라졌냐 아니냐를 떠나서 내 마음의 문제인걸."

"문제인걸, 이래. 너무 여성스러워진 거 아냐?"

"시끄러워."

미즈무라의 말이 맞다. 과거에 얽매여 있는 건 과거를 증오하는 사람뿐이다. 모두들 그 기억을 양분 삼아 변해 가고 있다. 다자키는 주류점을 열심히 꾸려나가고 있고, 로쿠도 고등학교를 졸업하고 고향에 있는 대학을 다니기 시작했다고 한다. 놀라웠던 건 쓰키노인데, 결혼해서 애까지 있단다. 듣자 하니 속도위반으로 결혼한 모양이다. 그렇게 미즈무라가 들려주는 사람들의 변화는, 점점 더 내 발길을 고향으로부터 멀어지게 만든다.

이곳에 돌아오고 싶지 않다는 마음과 돌아오고 싶다는 마음이 맞부딪쳐, 진심은 어쩌길 바라는 건지 스스로도 잘 모르겠다. 보고 싶은 사람은 많다. 보고 싶지 않은 사람도 비슷한 정도로 많다. 하지만 결국 이렇게 돌아오고야 말았다. 결국은 그 정도 수준의 치졸한 각오였단 뜻이다.

"가끔 불안해지는 정도는 괜찮잖아. 대학 생활은 재밌을 거 아냐."

"응, 덕분에."

"그럼 됐지. 애인 생겼어?"

"넌 문자로도 맨날 그거 물어보더라. 없다니까."

"만들면 좋은데."

"됐어. 지금은 그런 데 흥미 없거든."

미즈무라에겐 말하지 않았으나 남녀 간의 일화랄 게 없지만은 않았다. 실제로 고백을 받은 적도 두 번 있었다. 다만 정중히 거절했다. 두 사람 다 나쁜 애는 아니었지만, 아닌 게 아니라 남자와 함께 선을 넘을 용기가 도저히 나지 않았다.

친구로 지낼 땐 아무렇지 않다가도, 내가 이성으로 인식된다는 사실을 깨닫는 순간 단숨에 거부 반응이 일었다. 나직한 목소리도 푸른 수염도, 근육을 과시하는 듯한 옷도 팔뚝에 튀어나온 혈관도 모조리 다 역겨워졌다. 단순히 친절로만 받아들이던 호의마저 속셈이 들여다보이는 것만 같아 불쾌해지곤 했다.

전철을 타면 열차 안 소설책 광고로 '궁극의 순애!' 따위가 대문짝만하게 적혀 있다. TV를 켜면 아침 방송 운세 코너에서 '오늘의 연애운' 따윌 떠들어대고 있다. 책이든 영화든 길거리든, 그것들은 주야장천 사랑이라느니 연애라느니 하는 걸 목청껏 외치고 있다. 이런 연애를 하며 청춘을 보내는 게 정상이라는, 괴상한 레일이 깔려 있는 기분이다.

예전엔 나도 가지고 있던 것들인데. 남자의 성기며 성욕이며 연심(戀心). 일찍이 가져봤던 것들이라 그런지도 모르겠다. 아무리 해도 거부감이 들고야 마는 건.

그렇다고 여자를 사귄다고 해결되는 것도 아닌 모양이었다. 몸이 뒤바뀌기 전 분명히 지니고 있던 여성에 대한 욕정은, 희한하게도 이 몸이 되고부터 서서히 사라져갔다. 그러고 보면 미즈무라가 이런 말을 한 적이 있다. 이 몸은 성욕이 주체가 안 돼서 힘들어, 라고. 성별에 따른 차이인 걸까. 한번은 혼자서 해보려던 적도 있었는데, 손가락을 넣었다가 그 이상은 왠지 모르게 무서워 아무것도 하지 못했다.

이소야에게 습격을 당한 영향도 클 것이다. 가슴을 만지작거리던 감각이나, 밀어붙여 오던 딱딱한 성기의 감촉을 떠올리면 금방이라도 구토가 날 것만 같다. 여자로서 남자의 성욕을 받아준다는 게 그런 거구나, 생각하면 도무지 감당해낼 자신이 없었다.

더욱이 내겐 이 몸을 지켜나가야 할 의무가 있다. 미즈무라의 생각이 어떻든 간에, 그녀가 내 몸을 어떻게 쓰든

간에 나는 지금의 내 몸을 소중히 여기기로 다짐한 것이다.

"나는 슬슬 집에 다시 가 있으려고."

"나도 일단 집으로 가게. 약속까지 아직 시간 있으니까."

말은 그렇게 해도 의자에 들러붙은 엉덩이가 무겁다. 스스로도 상당히 긴장하고 있음을 깨닫는다. 그때보다는 잘 해낼 수 있을 것 같다. 하지만 그게 정말 정답이 맞는지는 모르겠다. 그저 내 거처가 여기 없다는 사실을 새삼 실감하게 될 뿐일 수도 있다.

빨대를 손에 든 채 허공을 바라보는 내게 "사카히라" 하고 미즈무라가 말을 건넨다.

"동창회, 잘해보자."

그렇게 말하곤 미즈무라가 오른손을 든다. 나도 모르게 피식 웃음이 샌다.

"그거 되게 좋아하네."

말하면서 가볍게 하이파이브를 한다. 그런가, 하며 미즈무라도 웃는다.

미즈무라를 미리 만나두길 잘했다는 생각이 들었다. 신칸센이 고향 역에 가까워질수록 팽팽해져 가던 실이, 미즈무라를 만나 조금 느슨해진 기분이었다. 나는 이 나이를 먹고도 또 미즈무라에게 기대고 있다. 그 사실을 자각하고 싶지 않아 얼굴을 보길 주저했는지도 모른다. 결국 또다시, 뭐 하나 제대로 할 줄 모르는 나를 마주하게 될까봐 두려웠는지도 모른다.

그렇게 밤이 됐다. 미즈무라와는 따로 가기로 했으므로, 나는 술집 앞에서 혼자 들어갈 타이밍을 엿보고 있었다. 면식 있는 몇몇 사람들이 즐겁게 떠들며 가게 안으로 사라진다. 초조한 나머지 마음이 점점 무거워진다. 고교 시절의 기억이 되살아난다. 역시 오는 게 아니었다며 후회가 되기 시작한다. 그렇다고 그늘에 숨어 우두커니 가게만 쳐다보고 서 있을 수도 없는 노릇이다. 큰맘 먹고 한 발짝 앞으로 내디뎠을 때, 갑자기 누군가 어깨를 두드렸다. 놀라서 뒤를 돌아보자 여자 두 명이 서 있었다.

"앗, 역시 밋짱 맞네!"

사사가키와 다카미였다. 사사가키는 길었던 머리를 귀밑까지 짧게 잘랐고, 다카미는 살이 좀 붙은 느낌이다. 화장법을 완벽하게 터득했는지 두 사람 모두 그때보다 어른스러워 보인다. 다만, 두 사람이 장착한 미소는 예전과 변함이 없다. 그 웃는 얼굴이 간혹 무섭게 느껴질 때도 있었다.

"와, 대박, 너무 예뻐져서 순간 누군가 했네."

그치? 하고 사사가키가 다카미에게 동의를 구했고, 다카미가 응응, 하며 끄덕인다.

당황하지 마, 하고 스스로를 다독인다. 여기서 당황하고, 주뼛주뼛하고, 우물거리고, 어색하게 웃으면 결국 옛날의 실패를 되풀이하는 꼴이다. 지금의 난 그때의 나와는 다르다. 최대한 자연스러워 보이도록 입꼬리를 올린다.

"깜짝이야, 나야말로 누군가 했어! 오랜만이야!"

조금은 얼떨떨해하는 둘의 얼굴을 기대했다. 어떤 마음으로 말을 걸어왔는진 몰라도 당시와는 다른 사교성을 과시해 많이 달라졌네, 하고 살짝 당황해하는 모습을 보고 싶었다. 그런데 기대완 달리, 두 사람은 표정 하나 흐트러뜨리지 않고 웃고 있다.

"내 말이! 진짜 오랜만이다! 밋짱 성인식 때도 안 왔지?"

"이래저래 정신이 좀 없어서 못 갔어."

"그랬구나. 근데 안 들어가? 누구 기다리는 중이야?"

"아니, 뭔가 들어가기 좀 떨려서."

"에이 뭘, 그럼 같이 들어가자! 가자, 가자!"

두 사람에게 잡아끌리다시피 가게 안으로 들어간다. 얼떨떨한 건 내 쪽이었다. 어쩜 이리도 해맑게 대해 올 수 있는지 모르겠다. 고교 시절 막바지엔 대화다운 대화를 해본 기억이 거의 없다. 졸업식 날, 서로 아무런 말 없이 스쳐 지나가던 장면은 지금도 또렷이 기억난다. 사사가키와 다카미는, 내가 오늘 가장 만나고 싶지 않은 두 사람이었다.

그런데 두 사람 다 아무 일도 없었다는 양 웃고 있다. 뭔가 벼르고 있는 게 아닌가 하는 생각마저 든다. 물론 그 말을 면전에 대고 할 수는 없으므로, 두 사람과 꼭 붙어 가게 안쪽으로 들어갔다.

가게엔 이미 몇몇 사람이 앉아 있었고, 개중엔 미즈무라와 다자키의 모습도 보였다. 나를 발견한 미즈무라가 팔꿈치로 다자키를 쿡 찌른다. 다자키가 돌아보자 미즈무라가 나를 가리킨다. 어리둥절한 표정으로 날 시야에 포착하더니, 이내 함박웃음을 지었다. 커다란 입을 더 커다랗게 씩 늘리곤, 바보 같은 미소로 크게 손을 흔든다. 무심코 입가에 번지려던 미소를 참아낸 뒤, 작게 손을 흔들어 주었다.

사사가키와 다카미가 이끄는 대로 둘 사이에 끼어 자리에 앉는다. 눈앞에 앉은 낯선 남자가 엇, 너 설마 미즈무라야? 하고 쓸데없이 큰 소리로 외친다. 다카미가 어쩐지 자랑스러운 듯 맞아, 엄청 예뻐졌지? 하며 내 어깨를 흔든다. 어정쩡하게 웃음으로 되받으며, 남자의 이름을 떠올리고자 안간힘을 쓴다.

“너흰 진짜 사이좋구나.”

남자 옆에 앉은 파란 머리의 여자가 어딘가 빈정대는 투로 담배 연기를 내뿜는다. 교실 한구석에서 손거울을 쳐다보며 부지런히 화장을 하던 녀석이다. 얘도 존재 자체는 기억에 있지만 이름이 생각나지 않는다. 자신의 기억력, 이라기보다 무관심함에 스스로도 놀랍다.

“그치 뭐, 우린 절친이니까.”

그렇게 말하며 사사가키가 어깨를 다가붙인다. 다카미도 맞아, 하고 웃으며 동조한다. 다카미의 눈꺼풀 위, 나방의 인분(鱗粉)을 연상케 하는 짙은 아이섀도가 한결 요란하게 빛난다. 나도 그에 맞춰 맞아, 하며 고개를 갸웃해 보였지만 마음속은 꽁꽁 얼어붙어 있었다. 웃는 두 사람의 눈이며 말투엔 그 어떤 꿍꿍이도 없이 보였고, 그저 순수하게, 진심으로 미소 짓고 있는 듯 보였다.

이게 뭐지. 황당하기 짝이 없다. 나를 무리에서 제외시키고, 속닥속닥 뒷말을 주고받고, 대화하기조차 거부하던 그 사실은 두 사람 안에서 감쪽같이 도색돼 있었다. 언제까지나 사이좋은 삼총사. 그녀들의 시간은 거기서 멈춰 있다. 집착하고 있는 건 나뿐이었다.

두 사람이 밉다든지 짜증스럽다는 감정은 눈곱만큼도 없었고, 그저 허탈하기만 했다. 지금 이 자리에선 절친이라는 둥 허물없이 굴면서, 헤어질 땐 연락처도 물어 오지 않을 것이다. 그런 생각을 하니 정말이지 어처구니가 없었다.

그렇게 동창회가 시작됐다. 간부 말로는 우리 반의 80퍼센트가 참석했다는데, 확실히 반가운 얼굴들이 모여 있었다. 아니나 다를까 결국 당시와 똑같은 무리들끼리 뭉쳐 떠들어대고 있다. 처음엔 셋이서 이야길 나누다 사사가키가 내 반대편 자리의 그룹과 대화를 시작했고, 화장실을 갔던 다카미는 어느새 좀 떨어진 자리의 남자 옆에 깍쟁이처럼 붙어 앉아 있다. 초반엔 같은 그룹이 하는 별 재미도 없는 얘기에 웃어주고 맞장구를 치곤 했는데, 그것도 슬슬 피곤해지기 시작한다. 얼른 취해버리고 싶었지만 아무리 마셔도 의식은 말짱하고 흥이 오르지도 않는다. 배 속이 뜨거워지는 감각은 있으나 그뿐이다. 주위에선 내가 모르는 옛 추억담이 펼쳐지고 있다. 내가 그 일을 왜 모르는지조차 모르겠다. 아는 체하며 고개를 끄덕이고 있기도 지겨워 화장실로 갔다.

화장실을 갔다 돌아오니 어디선가 본 적 있는 얼굴의 남자가 내 자리를 차지하고 있었고, 분위기도 한창 무르익어 있었다. 이제 갈까 하는 마음이 든다. 역시 오는 게 아니었다. 괜히 마음을 썩이고 피로감을 얻었을 뿐이다. 얼른 계산하고 나가야겠다. 이제 여긴 되도록이면 오지 않기로 하자. 그런 생각으로 한 걸음을 내디뎠을 때, "미즈무라!" 하고 누군가 말을 걸어왔다.

"이쪽으로 와!"

다자키였다. 취했는지 비정상적으로 들떠 있다. 왼쪽 자리엔 여전히 미즈무라가 앉아 있다. 다자키는 비어 있는 오른쪽 자리를 툭툭 치고는, 벙긋벙긋 웃으며 왼손으로 손짓해 부른다. 대형견이 꼬리를 붕붕 흔들어대는 모습이 퍼뜩 떠올라, 무심코 쓴웃음이 지어진다. 페로 같다. 신기하게도 방금까지 감돌던 피폐함이 엷어지고 있었다.

"껴도 될까?"

손짓에 이끌려 다자키 옆에 앉는다. 순간 눈이 마주친 미즈무라가 배시시 웃었다.

"무슨 소리야! 당연히 되지! 그치!"

"그럼, 그럼."

"그래? 그럼 사양 안 할게."

"아, 미즈무라 잔 저기 있구나! 됐어, 그냥 새로 주문하자. 뭐 마실래?"

"으음, 그럼 우롱하이(우롱차에 소주 등의 술을 섞은 칵테일—옮긴이)로."

"오케이! 사카히라도 비었네! 뭐 마실래?"

"흐음, 그럼 카시스 오렌지(카시스 리큐어에 오렌지주스를 섞은 칵테일—옮긴이)로 할까."

"너 여전히 단 거 좋아하는구나? 여기요! 여기도 주문 좀 받아주세요!"

다가온 점원에게 주문을 하는 다자키 너머로, 나와 미즈무라는 소곤소곤 말한다. 얜 하나도 안 변했구나. 맞아, 하나도 안 변했어. 얼마 지나자 주문한 술이 날라져 온다.

"그럼 건배하자, 건배."

건배, 하는 다자키의 목소리를 신호로 우린 유리잔과 맥주잔을 맞부딪친다. 다카미가 이쪽을 뚫어지게 쳐다보고 있는 시선을 눈치챘지만, 못 본 체하고 술을 들이켰다.

"그건 그렇고 미즈무라! 진짜 오랜만이다!"

그렇게 말하며 다자키는 또다시 맥주가 든 잔을 내 유리잔에 쨍하고 부딪는다. 미즈무라도 "그러게, 오랜만이야" 하고 유리잔을 들기에 나도 따라 든다.

"성인식 때도 안 왔잖아! 연락해볼까 싶었는데 바쁜 것 같길래."

"그랬어? 그냥 연락하지. 성인식은 타이밍이 좀 안 맞아서."

"그럴 수도 있지 뭐. 암튼 좋다, 오늘 와줘서!"

"그나저나, 미즈무라 되게 예뻐지지 않았어? 나 순간 누군지 못 알아봤잖아."

히죽히죽 웃으며 미즈무라가 다자키의 어깨에 손을 얹는다. 저 자식이 놀리기는.

"바보 아냐? 아무리 나라도 못 알아보진 않는다. 근데 확실히 분위기가 달라지긴 했어. 머리는 기르는 거야?"

"응, 기르는 중이야. 여름엔 더워서 좀 성가시긴 하지만."

"좋네, 잘 어울린다."

"고마워. 근데 그러는 사카히라도 많이 달라졌지?"

히죽거리며 화살을 돌려본다. 미즈무라가 힐끗 쏘아본다.

"맞아! 맞는 말이야! 염색을 하질 않나 파마를 하질 않나. 뭔가 애, 여기 올 때마다 점점 껄렁해지고 있어. 도시에 물들어가고 있달지."

"그러는 다자키는 진짜 하나도 안 변했네."

"아니야! 매일 술병 나르느라 근육도 많이 생겼다고,

잘 봐."

기세등등하게 반소매를 걷어붙이곤, 양팔을 들어 올려 알통을 만들어 보인다. 확실히 팔뚝 부근이 다소 두드러져 보이긴 했으나, 아무리 좋게 봐줘도 근육이 많이 붙은 느낌은 아니다.

"야, 이 정도면 내가 더 많겠다."

"그러게, 이 정도면 내 팔뚝이 더 두껍지."

나와 미즈무라가 다자키의 양팔을 주물럭주물럭 만져 대자, 빨개진 얼굴로 "그만해!" 하며 소매를 내리곤 자기 몸을 양팔로 껴안는다. 그 몸짓이 앙증맞은 소녀 같아서 그만 웃음이 터진다.

"뭐야, 웃지 마."

"미안, 미안. 근데 여전히 둘이 잘 지내는 것 같아서 안심이네."

뭐, 사이가 나쁘진 않지, 하고 우물거리는 미즈무라의 말을 "그렇지!" 하고 다자키가 가로막는다.

"졸업하고서도 둘이 같이 논 적 있어?"

"단둘이는 아니고." 미즈무라가 유리잔에 입을 대며 대답한다.

"그치. 보통 이다 같은 애들도 같이 있었지."

"그렇구나, 뭔가 의외다. 단둘이도 술 마시러 가고 그러는 줄 알았는데."

"으음, 그렇진 않아. 게다가 둘이 놀 바에야 역시 미즈무라도 있는 게 더 재밌거든."

그렇게 말하고 다자키가 웃는다. 아무런 악의도 느껴지지 않는 꾸밈없는 미소. 그 말에 무슨 대답을 했는지 기억나지 않는다. 그저 어색한 웃음만 짓고 있었을 수도 있다.

기뻤다. 어쩌면 나는 그 말이 듣고 싶어 이곳에 온 건지도 몰랐다. 다자키는 누군가에게 기쁨을 주는 말을 할 줄 안다. 나는 도무지 하려야 할 수 없는 일이므로 그것이 부럽기도 했다. 이래서 나는 다자키를 만나기가 두려웠던 것이다. 다시 떠나가기 힘들어지니까.

다자키가 다음에 셋이서 어디 놀러 가자는 말을 했고, 미즈무라가 좋아, 하고 동조한다. 나도 두 사람에게 맞춰 가자, 가자, 하며 웃어 보인다. 어디 갈까? 내가 운전할게, 그러고 보니 가보고 싶은 데가 있는데, 하고 두 남자가 신나 하기 시작한다. 겉치레나 다름없는 약속인데도 두 사람 다 의외로 본격적이다. 그 사실이 조금 기쁘다. 그날을 상상하는 것만으로도 가슴이 두근거린다. 이런 느낌은 왠지 오랜만이었다.

결국 마지막까지 셋이서 대화를 이어가다 동창회는 끝이 났다. 2차는 노래방입니다, 갈 사람은 따라오세요, 하고 간부가 소리친다. 사사가키와 다카미는 이제 내게 흥미를 잃었는지 다른 무리로 섞여 들어간다. 과연 2차까지 갈 기력은 없어 이만 돌아가려는데, 누군가 어깨를 두드렸다. 다자키였다.

"미즈무라, 2차 갈 거야?"

"아니, 안 가려고. 넌 가게?"

"아니, 안 가. 근데 말이야." 우물거리면서 반소매 밖으로 나온 팔을 자꾸만 쓰다듬는다. "괜찮으면 다른 데 가서 한잔 더 할래?"

"아, 그래. 근데 사카히라 지금 노래방 줄에 가 있는데? 불러올까?"

"아, 아니 그게 아니고."

큼지막한 손을 내 쪽으로 향한 채 휘휘 내두른다. 아까부터 계속 고개를 숙이고 있어서, 술집에서 새어 나오는 희미한 불빛만으론 표정이 잘 읽히지 않는다.

"괜찮으면 두, 둘이서 어때? 사카히라는 뭔가 노래방 가고 싶나 본데."

아무리 둔한 나라도 그 대목에서 알아차린다. 그렇구나.

맙소사. 조금 놀랐지만, 이상하게도 싫은 기분은 아니다. 다만 일이 골치 아파졌네, 하는 생각이었다. 고백을 해 왔던 이들과는 거절한 이후 그 전까지와 똑같은 관계를 이어갈 수 없었다. 내가 그러길 원해도 상대 입장에선 역시 좀 껄끄러운 모양이었다. 행여 다자키와도 그렇게 되면 어쩌나 싶었다. 오늘은 모처럼 즐거웠는데. 그들처럼 대화도 나누지 못하게 되는 건 싫었다.

"아니, 그게 다른 뜻은 없고, 사카히라는 아마 언제든 볼 수 있을 텐데, 너는 담에 언제 또 올지 모르잖아. 그래서, 좀 더 얘길 나누고 싶어서."

내가 아무 대답이 없자, 다자키가 당황한 기색으로 더듬더듬 변명을 늘어놓는다. 아닌 게 아니라 왠지 좀 안쓰러워져서, "응, 좋지. 가자" 하고 필요 이상으로 밝게 대답한다.

"어, 진짜로? 괜찮아?"

방금까지 우물쭈물하던 게 거짓말인 양 활짝 웃는 얼굴로 이쪽을 쳐다본다. 술기운 때문인지 아니면 다른 이유에선지, 불빛에 비친 오른쪽 뺨이 상당히 붉다.

"아아 다행이다, 진짜 다행이야. 저기, 분위기 좋은 바 같은 델 찾았는데, 괜찮으면 거기 어때?"

“오, 좋다. 이 주변에 바가 있구나.”

“응, 여기서 걸어갈 수 있는 거리야.”

걸음을 떼는 다자키를 뒤따라간다. 흘끗 미즈무라 쪽을 쳐다봤다가 시선이 딱 마주쳤다. 그러나 곧바로 눈을 돌리곤, 신나게 대화하는 척을 하고 있다.

다자키가 너무 허둥대는 통에 얼떨결에 수락했지만, 자신이 놓인 상황을 다시 한번 헤아려본다. 그제야 조금 초조해지기 시작한다. 확실히 지금까지처럼 이야길 나누지 못하게 되는 건 싫지만, 그렇다고 해서 사귈 수 있느냐 없느냐는 또 다른 문제다. 남자에 대한 혐오감은 여전히 뿌리 깊게 박혀 있으며, 다자키는 애당초 남자였던 시절부터의 친구다. 아닌 말로 쓰키노나 그 밖의 다른 남자들보다도 더 이성으로 의식할 수 없다.

수줍어하며 걸어가는 다자키의 옆얼굴을 바라본다. 역시나, 변함없이 그대로일 수만은 없는 모양이다.

다자키가 데려간 바는, 큰길에서 좀 떨어진 뒷골목에 호젓이 자리 잡은 작은 가게였다. 찾기 힘든 곳인 데다 간판조차 나와 있지 않았다. 단골들만 드나들 법한 분위기가 물씬 풍겨 와 선뜻 들어가기가 어려웠는데, 다자키는 한 치의 망설임도 없이 안으로 들어간다.

분위기 좋은 바라던 다자키의 말마따나 제법 분위기 있는 가게였다. 카운터 자리에 테이블 자리는 둘뿐인 작은 가게로, 조명은 어스름한 불빛이 군데군데 흩어져 있을 뿐이라 전체적으로 어둑어둑했다. 안쪽 소파 자리엔 정장 차림의 남녀 네 사람이 앉아 있고, 그들 외에 다른 손님은 없었다. 안경을 쓰고 올백 머리를 한 쉰 안팎의 점원이 이쪽으로 앉으시죠, 하고 카운터 자리로 안내한다. 아마도 이 가게의 사장이리라. 마스터라 불리길 좋아할 것 같은 인상이다.

지나치게 멋스러운 나머지 앉기도 영 민망한 의자에 걸터앉아, 슬그머니 주위를 둘러본다. 카운터 안쪽엔 여러 종류의 술이 죽 진열돼 있고, 카운터 위엔 양초와 조그만 꽃 한 송이가 꽂혀 있다. 그런 가운데 영어가 대문짝만하게 적힌 검정 브이넥 셔츠에 청바지를 받쳐 입은 다자키의 행색은 상당히 겉도는 듯 보였지만, 정작 본인은 크게 신경 쓰이지 않는 모양이었다.

“굉장하다, 이런 가게가 있었구나.”

“그치! 나도 누가 데리고 와줬는데, 그때 진짜 멋지다고 생각했거든.”

"오오, 뭐야 데이트로 왔었어?"

"바, 바보야, 아니거든."

너무 티 나게 당황하는 다자키에게 "뭐로 하시겠어요?" 하고 마스터가 메뉴판 두 개를 내민다. 다자키가 하나를 내 쪽으로 건넸고, 나는 팔락팔락 페이지를 넘긴다. 오른손을 왔다 갔다 하며 한참을 못 고르는 다자키를 본체만체하고, "솔티 도그(보드카에 자몽주스를 섞은 칵테일—옮긴이)로 주세요" 하고 주문한다.

"아, 그럼 나도 같은 걸로."

알겠습니다, 하고 대답한 뒤 마스터가 안쪽으로 물러난다.

"근데 이런 가게는 너무 멋스러워서 좀 긴장된다."

마스터가 등을 돌리는 타이밍에 작은 목소리로 중얼거리자, 다자키가 어리둥절한 얼굴을 한다.

"뭐야, 도쿄에서 이런 데 자주 가지 않아?"

"무슨, 전혀 안 그래. 술 마시러 가도 아까 갔던 술집 같은 데만 가지."

"그래? 나는 이런 데 실컷 다니는 줄 알았는데."

"아하하, 그럴 리가. 덕분에 귀중한 경험을 하네요."

오래 기다리셨습니다, 하고 카운터에 솔티 도그 두 잔

이 놓인다.

“그럼, 건배.”

다자키가 글라스를 들어 올렸고, 나도 건배, 하고 화답하며 글라스를 겹친다. 한 모금 마셔 혀를 축인다. 다자키가 의아한 듯 글라스 테두리에 묻은 소금을 물끄러미 응시하고 있었다. 마스터를 힐끔 쳐다보며 주저하는 기색을 보이더니, 소금이 묻지 않은 부분으로 술을 입에 댔다. 그거 소금하고 같이 마시는 거야. 입을 떼려다 말을 삼킨다.

“진짜 오랜만이야, 미즈무라.”

“그거 아까도 한 말이잖아.”

“아, 아아 맞다. 아니 너무 오랜만인 것 같아서. 아, 머리도 많이 자랐네. 기르는 거야?”

“왜 그래, 그 말도 아까 했잖아.”

“앗, 아아 그렇지. 나, 나는 긴 머리가 더 좋아.”

“정말? 고마워.”

“으, 응. 예, 예, 예, 예, 예쁜 것 같아.”

말을 비현실적으로 더듬기에 그만 소리 내 웃고 만다. 잠깐 얼이 빠져 있던 다자키도 계속 웃어대는 나를 따라 덩달아 웃는다.

“뭐, 뭐야. 너무 웃지 마.”

"아니, 그 정도로 더듬는 게 말이 돼? 아, 너무 웃겨, 배 아프다."

"너무 심하게 웃잖아!"

이 일련의 흐름으로 묘한 긴장감이 풀렸는지, 평상시와 다름없는 다자키와 실없는 이야기를 되풀이했다. 내가 대학에서 영화 동아리에 들어가 있다는 것, 패밀리 레스토랑에서 아르바이트를 하고 있다는 걸 이야기하고, 다자키는 가게에서 하루가 멀다고 아버지에게 야단을 맞는다는 것, 술 이름이 좀체 외워지질 않는다는 걸 이야기한다. 근황 보고 같은 대화가 얼추 마무리되자, 화제는 여기 없는 사카히라 리쿠란 남자로 자연스럽게 넘어간다.

"사카히라 걘 뭐야? 아주 도쿄 사람 다 됐던데."

"그러게. 나도 걔가 그렇게 세련된 앤 줄 몰랐어."

"세련됐다기보다 싼티 나. 겉멋만 들어가지고."

"걔, 그래 보여도 옛날부터 인기쟁이였잖아. 고등학교 때도 고백 많이 받았어."

"그랬다더라. 흐음, 난 잘 모르겠는데."

"진짜? 나, 나는 당연히 너도 사카히라를 좋아하는 줄 알았어."

"에이, 그럴 리가. 예나 지금이나 그냥 좋은 친구랍니다."

"그, 그렇구나."

노골적으로 안심하는 얼굴을 보고 또다시 웃음이 터질 뻔한다. 떠보는 방법이 이리도 엉망일 수가.

"근데 걔가 달라진 거, 대학 들어가서라기보다 고1 여름 때부터 갑자기 그렇게 된 느낌이야."

"뭐? 무슨 말이야?"

나도 모르게 목소리가 높아진다. 기시감이 드는 대화다. 몇 년 전, 로쿠도 같은 말을 했었다. 거세진 심장 박동은 취기 탓이 아닐 것이다.

"여름 방학 때 확 달라지는 애도 있다잖아. 근데 그런 앤 내 주변에 한 명도 없었고, 나도 그냥 햇볕에 타서 새까매지기만 했었거든? 근데 사카히라는 뭔가 엄청 어른스러워졌어. 웃는 모습도 아예 딴사람 같더라니까. 그전까진 배를 부여잡고, 아아 그야말로 좀 전의 너처럼 깔깔대면서 웃었는데, 왠지 모르게 갑자기 점잔을 빼면서 웃더라고. 우후후, 이렇게. 웬 똥폼인가 싶었지. 뭐 그건 그것대로 재밌었으니까, 지금까지도 이렇게 잘 지내고 있지만 말야. 개인적으로 좀 충격이었어. 그에 비하면 대학 가서 달라진 것 정돈 충분히 예상할 만했는지도 몰라."

넋이 나가 입을 떡 벌린 채 듣고 있는 나를 보고, 다자키가 벅벅 머리를 긁는다.

"아, 미안, 너는 사카히라랑 얘기하기 시작한 게 그때쯤이라 잘 모르겠구나."

"아, 아냐, 아무렇지도 않아. 근데 그렇게나 달라졌는데도 용케 받아들였네?"

"으음, 그래도 뭔가 다르다 싶을 때는 있었어. 나는 바보같이 웃고 떠들던, 머리 빈 사카히라랑 놀고 싶어서 친구가 된 거거든. 근데 그냥 그럴 만한 사정이 있었나 보지 뭐, 하고 넘겼어. 그렇다고 사카히라가 아닌 건 아니었으니까. 게다가 이다나 다른 애들은 전혀 모르는 눈치더라고. 그래서 그냥 내 착각일 수도 있어."

그렇구나, 하고 간신히 맞장구를 친 뒤 남아 있던 솔티도그를 들이켰다.

미즈무라는 내가 생각한 만큼 완벽한 사카히라 리쿠가 되었던 게 아니었다. 로쿠도 다자키도, 확실하진 않지만 위화감을 느끼고 있었다. 그리고 다자키는 그 사실을 알아챘음에도 전과 다름없이 대해주었다. 심지어 조금도 내색하지 않고. 역시 얘는 보통이 아니다. 나나 미즈무라는 도저히 당해낼 수 없다. 나와 다자키가 함께 어울렸던 기간은 7월까지로, 고작 석 달뿐이었는데.

그리고 나는 생각과 달리 많은 사랑을 받았던 모양이다. 지금처럼 머리가 좋지도 않고 어른스럽지도 못하고, 멍청하고 상스럽고 건방지게만 굴던 나인데도 그런 내가 좋다고 말해주는 사람이 있다. 어쩐지 눈물이 날 것만 같았다.

"왜 그래, 미즈무라. 취했어?"

갑자기 입을 굳게 다문 내 앞에 다자키가 손을 휘젓는다. 침을 삼킨다. 취하기는커녕 술이 홀딱 깨어 있었다. 목구멍 안쪽이 욱신거린다.

"괜찮아, 미안. 어떡할까? 한 잔 더 마실래?"

묘한 감각을 가슴속에 남겨둔 채 구석에 놓여 있던 메뉴판을 끌어당긴다. 나열된 술 이름을 눈으로 쫓자, 마스터가 눈앞에 다가와 잠자코 서 있는다.

"저는 모히토로 할게요."

다자키는 주문하는 내 옆에서 메뉴판을 빤히 쳐다본다. 이내 천천히 고개를 들어 "맥주요"라고 마스터에게 전한다. 알겠습니다, 하고 조용히 대답한 마스터는 또다시 가게 안쪽으로 사라진다.

"나, 주류점 아들로서 자격이 없나 봐."

메뉴판으로 시선을 떨군 채 다자키가 불쑥 혼잣말한다.

"응? 갑자기 왜?"

"아까도 말했지만, 가게에 있는 일본 술이나 소주 종류를 하나도 못 외우겠어. 이런 고급스러운 서양 술은 더더욱 모르겠고. 메뉴를 봐도 어떤 맛의, 어떤 느낌의 술인지 도통 알 수가 없다니까. 아까도 일단 네가 마시는 걸로 따라 시켜봤는데, 웬 이상한 맛 나는 주스 같기만 하더라고. 결국엔 또 맥주야."

자조하듯 웃더니, 얼굴을 두 손으로 감싸고 깊은 한숨을 내쉰다. 마스터가 오래 기다리셨습니다, 하며 모히토와 맥주를 들고 온다.

"멋있는 술 좀 척척 능숙하게 시키고 싶은데. 사카히라처럼 말야."

"사카히라 얘기는 왜 나와. 그리고 술 주문 잘하는 게 뭐 그리 대단하다고."

"사카히라 얘기가 안 나올 수 없지. 사실 이 가게도 걔가 가르쳐줬거든."

얼굴을 감싸고 있던 손을 카운터 위에 내려놓고 또 한 번 짧은 한숨을 내쉰다.

"네, 네가 좋아할 만한 가게 열심히 찾아봤는데, 나, 난 잘 모르겠더라고. 그래서 사카히라한테 물어봤거든, 괜찮은 데 있냐고. 그랬더니 여길 찾아줬어. 여, 역시 걘 대단해. 뚝딱 찾아내잖아. 대단해, 진짜."

꼬부라진 혀로, 새빨간 얼굴로 떠듬떠듬 털어놓는다. 금방이라도 울음이 터질 듯한 표정을 짓고 있어서 무슨 말을 해야 할지 몰랐다. 다만 묘한 기분이었다. 지금 다자키의 마음속에서 소용돌이치는 감정은 전부 나를 향해 있는 것이다. 그런 생각이 들자 왠지 모르게 간질간질했다.

"그, 그래도 네가 마음에 들어 해서 다행이야."

다자키가 글썽글썽한 눈으로 웃었다. 볼이 빨갛고, 입꼬리를 한껏 끌어 올린 못난 미소였다. 여느 때의 어린애 같은 미소와는 사뭇 달랐다. 애를 써서, 날 위해 웃으려는 듯한 웃음이었다.

큰일이다. 다자키가 이런 애였나. 좀 더 바보 같고, 실실거리기만 하고, 아무 생각 없이 사는 앤 줄 알았는데.

다자키가 귀엽다는 생각을 하고 말았다. 내가 말이다. 있을 수 없는 일이다. 아니, 다자키인데. 나나 다자키나 제정신이 아니다.

"그, 그렇게까지 생각해줘서 고마워. 그러니까 울지 마, 응?"

두 눈에 눈물이 가득 고인 다자키의 등을 쓰다듬는다.

가냘픈 몸이 뜨거웠다. 안 울어, 하며 맥주를 단숨에 들이켰다.

“물 마셔, 물. 다자키, 많이 취했어.”

“아냐, 멀쩡해. 진짜 안 취했어. 오늘은 안 취하기로 했거든.”

눈 앞머리를 세게 꼬집더니 후우, 하고 숨을 크게 내뱉는다. 자세를 바로 해 내 쪽으로 돌린 얼굴에는, 방금까지 서려 있던 북받친 감정은 없어 보여 안도한다.

“미안, 잠깐 이성을 잃었네.”

“아니야, 괜찮아. 좀 놀라긴 했지만.”

“나도 이 일 저 일 해보면서 자신감을 더 붙여야겠어. 책을 읽든, 너처럼 영화를 보든 하면서. 그 뭐냐, 사카히라 식으로 말하면 견문을 넓혀야겠어.”

“개가 참 그런 말을 했었지? 좋은 생각이네, 내가 영화 추천해줄게.”

“진짜? 추천해줘, 추천해줘. 아, 뭣하면 지금 당장 츠타야(일본에서 가장 큰 DVD 대여점—옮긴이) 가버릴까?”

“오, 그래. 이참에 뭐 좀 빌려봐.”

“아, 그럼 말야.”

갑자기 다자키가 하려던 말을 멈춘다. 눈동자가 너무

티 나게 흔들린다. 무슨 말을 할지 말지 망설이고 있단 걸 쉽게 간파한다. 다음 말을 재촉해선 안 될 것만 같았고, 그대로 침묵이 흘렀다. 다자키가 혀로 입술을 적신 뒤 입을 뗀다.

"우리 집에서, 영화 볼래?"

바보 같기는. 겨우 그 한마디 가지고 뭘 그렇게 망설이는지. 옛날에는 그런 대화를 수도 없이 주고받았다. 다자키가 자기네 집에서 놀자고 말하면, 나와 미즈무라 셋이서 플레이스테이션 3로 게임을 하거나 만화책을 읽곤 했다. 그것과 다를 바 없다. 별것도 아닌 일이다. 그냥 다자키의 집에서 영화를 보기만 할 뿐이다. 단지 그뿐이다.

"응, 좋아."

단지 그뿐임에도, 평소엔 잘 나지 않는 땀이 귀밑을 타고 천천히 흘러내리고 있었다.

이왕이면 둘 다 안 본 걸로 하자며 고른 영화는 영 재미가 없었다. 단순한 설명 부족을 난해함으로 착각하는 듯한 내용이라서, 중간중간 서로 태클을 걸어가며 지루한 기분으로 보고 있었다.

몇 년 만에 발을 들인 다자키의 방은 예전과 조금도 달라진 게 없었다. 2층 제일 안쪽 화장실 옆에 있는 방으로, 크기는 세 평 남짓이다. 책장엔 만화책과 게임팩이 죽 꽂혀 있다. 그때는 평소 다자키가 누워 자는 파란 소파 베드의 등받이를 세우고, 셋이 빽빽이 끼어 앉아 게임을 하거나 수다를 떨곤 했다.

그 소파에 지금은 둘이 나란히 앉아 있다. 공간적 여유는 그때보다 훨씬 더 많을 텐데, 아까부터 간간이 어깨가 맞닿는다. 그렇다고 또 거리를 두었다간 다자키가 상처를 받을지도 모른다. 스스로에게 그런 변명을 하며 그대로 있었다.

"이해가 잘 안 가는 영화네."

일부러 목소리를 높이며 다자키가 팔짱을 낀다. 내 팔에 손끝이 닿는다.

나는 무릎 위에 올려뒀던 손을, 다리 옆에 늘어놓듯 소파 베드 위에 두었다. 영화 내용 따윈 이제 안중에도 없었다. 다자키도 똑같이 팔짱을 풀고는 손을 옆에 둔다.

손가락과 손가락이 닿았다. 면적이 살짝 겹치는 정도의 가벼운 접촉이다. 귓속에서 심장 소리가 울린다. 다자키가 천천히 깍지를 껴 온다. 나는 거부하지 않는다. 휘감긴 손가락에 힘을 실어 가볍게 맞잡는다. 움찔하고 다자키의 손이 떨렸다.

망했다. 미친 게 분명하다. 그러나 별수 없다. 여기서 내가 거부하면, 다자키는 이번에야말로 정말 울음을 터뜨릴 것이다. 다자키가 슬퍼하는 얼굴은 보고 싶지 않다.

그렇게 스스로에 대한 변명을 되풀이하고 있다. 변명을 하는 이유는 인정하고 싶지 않아서다. 이 상황을 적극적으로 받아들이려는 자신을.

다자키가 손가락을 내 손가락 사이로 밀어 넣곤 쓰다듬듯 손을 잡는다. 다자키가 지금 어떤 얼굴을 하고 있는지 보이지 않았고, 자신이 어떤 얼굴을 하고 있는지도 알고 싶지 않았다. 그런데도 문득 내 이름이 불린 듯한 착각에 다자키 쪽을 돌아본다. 눈이 마주쳤다. 날 지그시 바라보는 다자키의 얼굴이 생각보다 가까이에 있었고, 그대로 우리는 입을 맞췄다.

소파 베드 위에 깍짓손을 둔 어정쩡한 자세로, 다자키는 자신의 입술로 내 입술을 몇 번이고 포갰다. 수염이 살갗에 찔려 따끔따끔했다. 조금 아프지만 불쾌하진 않았다. 다만 아아, 내가 남자랑 키스하고 있네, 하는 느낌을 새삼스레 받았다. 불현듯 쓰키노의 슬픈 얼굴이 머릿속에 떠올랐다.

갑자기 잡고 있던 손이 풀어지더니, 어깨에 팔을 둘러 내 몸을 훅 끌어당겼다. 부둥켜안긴 자세로 입맞춤은 이어졌고, 이내 미끄럽고 뾰족한 혀가 입안을 헤집고 들어온다. 부드러운 살의 감촉이 입속을 오간다. 혀가 뒤엉킬 때마다 새어 나오는 다자키의 숨결에서 술 냄새가 난다.

그 자세 그대로 다자키가 소파 베드 등받이를 앞으로 당겼다. 등받이가 덜컹 흔들리긴 하는데 뒤로 넘어가질 않는다. 여러 번 반복해도 마찬가지였고, 그럴 때마다 우리의 몸도 덜커덩 같이 흔들린다. 다자키가 팔과 입을 뗀다.

"잠깐, 미안. 이상하네."

"하하, 뭐야? 잘 안 돼?"

"응, 왜 그런진 모르겠는데. 아, 됐다, 됐다."

양손으로 등받이를 당기니 그제야 침대 형태가 된다. 이쪽으로 와, 하고 가볍게 손을 잡아끌었고, 시키는 대로 침대 중앙에 앉는다. 양어깨에 손을 올리더니 그대로 넘어뜨린다. 방금보다 거칠게 입술을 겹친다. 오른손이 서머니트 밑을 파고든다.

"아, 자, 잠깐. 잠깐만."

나도 모르게 큰 소리를 내자 손이 딱 멈춘다. 스르르 팔을 빼고 천천히 얼굴을 든 다자키의 표정은, 당혹감과 절망감이 뒤섞인 듯한 기묘한 모양새였다. 무심코 터져 나올 뻔한 웃음을 참아낸다.

"그게, 실은 내가 처음이라서."

"응? 뭐가?"

"아니, 그러니까, 이런 거."

"뭐, 뭐라고? 지, 진짜? 처음이야?"

말없이 끄덕인다. 다자키는 그렇구나, 그렇단 말이지, 를 되뇐다. 안절부절못하며 부산스레 뺨을 쓰다듬고 머리를 긁적이더니, 이내 결심한 듯 내 쪽을 돌아보곤 천천히 입을 뗐다.

"아, 알았어. 살살 할게."

그 표정이 너무도 진지한 나머지 이번에야말로 웃음이 터진다.

"뭐, 뭐야, 웃지 마."

"미안, 미안, 나도 모르게 그만."

"너, 오늘 나 갖고 너무 웃는 거 아니야?"

"미안하다니까. 저기 그럼, 부드럽게 잘 좀 부탁드립니다."

"아, 응. 아니 네, 열심히 해보겠습니다."

위에 있는 다자키의 얼굴을 빤히 쳐다본다. 그토록 오랜 시간을 함께해왔는데도 처음 보는 표정이었다. 쑥스러운 듯하면서도 뭔갈 결심한 듯한, 꾹 참고 있는 듯한 신기한 표정이다. 나보다 훨씬 길쭉한 두 손과 두 다리로 내 몸 위에 올라타 있다. 팔다리라는 우리에 날 가둬두려는 느낌이었다. 그 정복욕이 어쩐지 편안했다. 모든 걸 맡길 수 있을 듯했다.

또 한 번 입술을 살며시 포갠다. 혀가 목덜미를 따라 내려가다 귀를 쓸어 올리듯 움직인다. 다시금 옷 속으로 숨어든 오른손이 가슴께로 기어 올라온다. 속옷 위로 가슴을 만지더니, 애가 탄다는 양 브래지어를 끌어 올린다. 가슴이 압박돼, 옷을 걷어 올리고 등을 들어서 브래지어 후크를 푼다. 다자키가 허겁지겁 거든다. 그렇게 니트와 브래지어를 모두 벗는다. 양쪽 가슴이 드러났고, 그걸 내려다본 다자키가 숨을 삼키는 기척이 났다. 아닌 게 아니라 환한 불빛 아래 나체를 드러내놓고 있긴 부끄러워 눈을 피한다. 살이 빠졌다지만 자신 있게 보여줄 만한 몸은 아니다. 다자키가 내 헝클어진 머리칼을 오른손으로 천천히 매만졌다.

다자키도 나를 따라 셔츠를 벗는다. 눈앞에 근육과는 무관한 가녀린 체구가 드러난다. 허리도 무척이나 얇아서, 발로 차면 뚝하고 부러질 것만 같다. 다자키가 다시 한번 내 몸을 덮친다. 귀를 핥으며 양쪽 가슴을 주무른다. 손가락이 이따금 유두에 닿는다. 가슴이 고무공처럼 찌그러지며 스스로도 본 적 없는 움직임을 했다. 흥분한 개처럼 가쁜 다자키의 숨소리가 귓속에서 흐릿하게 울린다.

그 옛날 이소야에게 당했던 짓과 똑같을 것이다. 목덜미를 핥고, 귀 안에 혀를 찔러 넣고, 가슴을 주물러대고. 그때는 고통과 혐오감으로 가득했는데, 지금은 그런 감정이 손톱만큼도 일지 않았다. 그렇다고 쾌감에 지배되는 것도 아니었고, 몸에 열심히 덤벼드는 다자키가 어쩐지 귀엽기만 했다.

다자키에게 잠자코 몸을 맡기는 한편, 머릿속에선 이런저런 걱정들이 어지럽게 회오리치고 있었다. 들어올 때 더럽게 아프면 어떡하지. 그러고 보니 샤워도 안 했잖아. 난 괜찮지만, 얘가 내 땀 냄새 맡는 건 싫은데. 이제 와서 샤워하고 싶다기도 뭣하고. 아아, 그래도 제모는 해서 다행이다. 그나마 여름이니 망정이지. 근데, 오늘 속옷 뭐 입었더라. 꾀죄죄하진 않아도 일이 이렇게 될 줄 몰랐으니 평범한 걸 텐데. 뭐, 어차피 야한 속옷이랄 것도 없지만. 참, 얘는 속옷 같은 거 안 보려나. 브래지어도 옷이랑 같이 둘둘 말아서 그냥 던져놨고.

그런 생각들을 하고 있는데, 가슴에 얼굴을 파묻고 유두를 핥던 다자키가 고개를 든다. 오른손은 여전히 왼쪽 가슴을 움켜쥔 채다.

"괘, 괜찮아? 좋아?"

"으음, 뭔가 느낌이 이상해. 좀 간지러워."

"그, 그래? 미안. 어, 어쩌지."

"진짜 괜찮아, 신경 쓰지 마. 하고 싶은 대로 해도 돼."

"하, 하고 싶은 대로?"

다자키가 또다시 머리를 긁적인다. 얘는 난감하거나 민망할 때 머리 긁는 버릇이 있구나, 생각한다.

"나, 난 사실, 이제 못 참겠어."

무심코 하반신을 쳐다본다. 청바지를 입어선지 확연히 눈에 띄진 않지만, 그래도 정상적인 상태는 아님을 깨닫는다.

"해, 해도 될까?"

응, 하고 작게 대답한다. 아까의 성급함과는 딴판으로 굉장히 신중하게 치마를 벗긴다. 허리를 띄웠고, 이내 속옷 바람이 된다. 평범한 흰 팬티였다. 꾀죄죄한 게 아니길 다행이라며 다소 안도한다.

다자키가 대뜸 팬티를 벗기려 한다. 헉하는 마음에 몸

이 굳어졌지만, 아무 말 않고 그대로 둔다. 역시 앤 속옷 따위에는 관심조차 없구나.

나 혼자만 실오라기 하나 걸치지 않은 모습이었다. 아까와는 비교도 안 될 정도로 수치심이 몰려온다. 그런 와중에 갑자기 두 다리가 딱 벌어졌다. 당황스러운 나머지 힘을 주어 저항한다.

"자, 잠깐. 아무래도 갑자기 그러긴 좀 부끄러워."

"그, 그렇구나, 미안. 불 끌까?"

"부, 부탁해."

다자키가 일어서서 형광등 줄을 두 번 당긴다. 주황색 꼬마전구와 TV 화면의 불빛만이 눈에 어렴풋이 비친다. 영화는 이미 한참 전에 끝나 메뉴 화면으로 돌아가 있었다.

아까보다는 어두워졌다지만 수치심은 아직 가시지 않는다. 그렇다고 이 이상 불평할 수도 없어, 다시 한번 다리를 벌리려는 다자키에게 몸을 맡긴다.

"손가락, 넣을게."

"으, 응."

건조한 점막 사이로 가운뎃손가락이 천천히 꽂혀 온다. 안쪽 주름이 붙당기는 듯한 가벼운 통증이 인다. 나도 모르게 얼굴을 찡그리자 "아파?" 하며 손가락의 움직임이 멈춘다. 아니 괜찮아, 하고 고개를 가로젓는다.

손가락이 더욱 안쪽까지 들어온다. 끝까지 파고드는가 싶더니 손가락을 다시 천천히 뺀다. 그걸 몇 번 반복하는 사이 안쪽이 점점 축축해져 감을 느꼈다. 젖기 시작했어, 하고 다자키가 작게 중얼거렸고, 이번엔 집게손가락을 더해 두 손가락을 넣는다. 내 안은 방금보다 그걸 매끄럽게 집어삼킨다. 두 손가락이 입구를 넓혀가며 육체 안에서 꾸물댄다.

다자키는 뭔갈 찾아내려는 듯 손가락을 갈고리 모양으로 만들거나 더 안쪽으로 밀어 넣곤 했지만, 역시나 쾌감 같은 건 느껴지지 않았다. 그렇다고 아픈 것도 아니었고, 치과의사가 입안에 손가락을 쑤셔 넣는 감각과 비슷하단 생각을 했다. 얇고 축축한 살을 유린당하는 듯한 느낌이었다.

"미즈무라, 이제 넣어도 될까?"

대답하기도 전에 짤그락짤그락 벨트 소리를 내며 청바지를 벗는다. 이내 빨간 사각팬티 한 장만 달랑 걸친 모습이 된다. 옅은 어둠 아래서도 속옷 안의 그것이 크게 부풀어 있음을 알 수 있었다.

다자키는 누가 쫓아오기라도 하는 양 팬티까지 벗어 던

진다. 우뚝 솟은 그것은 하늘을 향한 채 배에 맞닿아 있었다. 상상했던 것보다 커서 멈칫한다. 당연한 말이지만, 몇 년 전 같이 목욕을 할 때 본 그것과는 몰라보게 달라져 있었다. 나도 모르게 물끄러미 바라보게 된다. 이런 게 정말 들어온다고?

"너, 너무 뚫어지게 보지 마. 부끄럽잖아."

"아아 미, 미안, 나도 모르게."

등을 홱 돌리더니 바스락바스락 베갯머리를 뒤지기 시작한다. 보아하니 콘돔을 찾는 모양이었다. 궁상스러운 엉덩이가 흔들리는 모습을 참 어리바리하다, 생각하며 바라본다. 목표한 물건을 찾았는지 봉지 찢는 소리가 났고, 뒤이어 몸을 구부린다.

"아아, 어떡하지. 이것만 꼈는데도 쌀 것 같아."

다자키가 절정에 이를 것만 같은 격앙된 목소릴 낸다.

"뭐? 너무 빠르다."

"조용히 해, 어차피 조루니까."

무사히 장착한 다자키가 이쪽을 돌아본다. 딱딱해진 채로 무릎을 꿇더니, 오므리고 있던 내 다리를 더욱 넓게 벌렸다.

"이미 말랐어?"

"아니, 괜찮아."

"그래? 그럼 너, 넣을게."

"응."

"아프면 말해, 그만할 테니까."

"응."

다자키가 허리를 들이민다. 내 입구에 끝부분이 닿는다. 안이 천천히 벌어진다. 살을 헤치고 들어가듯 딱딱한 물건이 들어온다. 좀 더 열이 느껴질 줄 알았는데 그런 감각은 없었다. 그저 둥그스름한 살덩어리가 서서히 침입해 오는 느낌이었다.

아프지는 않았다. 아프진 않은데, 엄청난 이물감이 들었다. 뱃속이 순식간에 묵직해진 느낌이다. 숨이 절로 거칠어진다.

"괘, 괜찮아? 아파?"

"안 아파. 근데 느낌이 되게 이상해."

"아, 아직 반밖에 안 넣었는데."

"뭐라고? 아, 아냐, 괜찮아. 계속해."

다자키가 천천히 할게, 하고 허리를 살며시 들이댄다. 막대 모양의 이물감이 더욱 안쪽까지 차오른다. 숨이 한층 가빠진다. 들어와선 안 될 곳에 물건이 들어와 있는 듯한 느낌이다.

“지금 다 들어갔어. 괜찮아?”

“으, 응. 괜찮아.”

“그럼, 움직인다.”

말하기가 무섭게 허리를 조심조심 움직이기 시작한다. 내장이 질질 딸려 나가는 듯한 감각과 함께 다자키의 몸이 떨어진다. 허리 부근이 오싹오싹했다. 그리고 또다시 탄력과 단단함을 지닌 성기가 안쪽까지 들이박힌다. 그럴 때마다 목구멍 안쪽까지 찔러 오는 듯한 강한 충격을 느낀다.

“미즈무라, 손, 손.”

다자키가 쓴웃음을 지으며 내 손을 친다. 무의식중에 다자키의 윗가슴에 손을 얹고, 거절하는 모양새로 힘을 주고 있던 모양이다.

“너무 거부하는데. 역시 아파?”

“미, 미안. 안 아파, 괜찮아. 손을 어디다 둬야 할지 모르겠네. 하하.”

“아, 그, 그럼 내 목에 두를래?”

다자키가 수줍어하며 말한다. 나도 덩달아 쑥스러워하며 “이, 이렇게?” 하고 팔을 목에 두른다. 다자키의 얼굴이 부쩍 가까워져, 단숨에 밀착도가 오른다. 방금보다 넓은 면적이 닿은 피부가 뜨겁다.

"이거, 왠지 좀 민망하네."

"나, 난 좋은데. 근데 뭔가 이거 때문에 쌀 것 같아."

"말도 안 돼. 진짜 조루 맞구나."

"시끄러워."

움직일게, 하더니 또다시 허리를 움직이기 시작한다. 아까보다 움직임이 빠르다. 다자키의 거친 숨과 헐떡이는 소리가 귓가에 울리며 묘한 기분이 든다. 좋아해 미즈무라, 하는 작은 목소리가 들렸다. 못 들은 체하고 팔에 잔뜩 힘을 준다. 성기가 내 안을 몇 번이고 오간다.

누가 가슴과 다리를 훔쳐보거나 전철에서 치한을 만나는 등, 자신이 이성에게 성적 대상으로 여겨지는 데 극심한 혐오감을 품어왔다. 그럼에도 다자키가 지금 내 몸을 통해 흥분을 느낀다는 생각을 하면 기뻤다. 다자키라서 기쁜 것이라 생각했다.

"아, 어떡해. 싸, 쌀 것 같아."

허리의 움직임이 조금씩 빨라진다. 통증은 없고 이물감에도 익숙해져서, 눈을 감은 다자키의 흔들거리는 긴 속눈썹만 바라보고 있었다. 싼다, 하고 다자키가 소리쳤고,

움직임이 완만해진다. 몸 안에 부풀어 있던 것이 서서히 오므라드는 감각이 느껴졌다. 다자키가 밭은 숨을 몰아쉬며 어깨를 들썩이고 있다.

"쌌어?"

"으, 응. 쌌어."

"그렇구나. 고생했네."

힘이 빠져 몸을 기대 오는 다자키의 머리를 쓰다듬는다. 머리카락이 조금 젖어 있었고, 땀 냄새가 났다. 미즈무라 고마워, 하고 다자키가 가볍게 입을 맞췄다.

그토록 간절히 지켜오려던 걸 허무하게 잃고 말았다. 하지만 후회되진 않았다. 해냈다는 마음마저 있었다.

옆에 털썩 쓰러진 다자키의 알몸 너머로, 방 안쪽에서 파랗게 빛나는 TV 화면을 바라본다. 영화를 볼 때 제일 해서는 안 될 짓을 하고 말았다. 죽을 만큼 재미없는 영화였지만 분명 죽을 때까지 잊지 못할 영화가 되겠구나, 생각했다.

일어나보니 다자키의 모습은 없었다. 가슴까지 덮여 있던 담요를 걷고 상체를 일으킨다. 좁은 소파 베드에 둘이 누워 잔 탓인지 등이며 어깨가 아프다. 몸을 비틀자 뼈마디에서 소리가 났다. 책상 위에 놓인 아날로그시계를 쳐다본다. 아홉 시 2분. 방은 추우리만큼 냉방이 잘돼 있어, 셔츠 밖으로 나온 팔을 문지른다.

휴대전화를 보니 다자키에게서 메시지가 와 있었다. 아버지가 일을 부탁해서, 잠깐 나갔다 올게. 기다리고 있어. 휴대전화를 닫고 침대를 기어 나온다.

어제의 DVD가 아직 플레이어 안에 들어 있는 모양인지, 화면은 여전히 메뉴 화면을 비추고 있었다. 꺼내서 렌털용 가방 안에 넣는다.

빌려 입은 셔츠와 스웨트 팬츠를 벗어 소파 베드 위에 개어둔다. 구석에 둘둘 말려 있는 옷으로 갈아입는다. 기다리고 있으라지만 마땅히 할 일이 없다. 책장 안에서 만화책 한 권을 꺼내 들어 팔락팔락 넘긴다. 그리운 마음에 당시의 기억이 조금 자극을 받는다.

똑똑 하고 문을 노크하는 소리가 났다. 얼떨결에 만화책을 책장에 황급히 돌려놓는다.

"마나미? 일어났니?"

다자키의 어머니다. 어젯밤 부모님이 잠들었을 즘 몰래 들어온 줄 알았는데, 아무래도 자러 왔단 사실은 알고 있었나 보다. 다자키의 어머니는 수도 없이 봤지만, 과연 어제의 정사 이후 맞이한 아침인지라 겸연쩍지 않을 수 없었다.

“아, 네. 일어났어요.”

“어머, 잘 잤어? 아침밥 했는데 어떡할래? 같이 먹겠니?”

“아아 아뇨, 이제 가보려고요. 감사합니다.”

어머 그러니, 하는 대답만 돌아왔고, 문 너머로 멀어지는 발소리가 들려온다. 후우, 숨을 내뱉고 가방을 움켜쥐었다. 다자키에게 미안, 먼저 갈게, 라고만 메시지를 보내고, 땀 냄새와 어딘지 모르게 쉰 냄새가 나는 방을 뒤로한다.

“죄송해요, 실례가 많았습니다.”

1층으로 내려가 거실에 있을 다자키의 어머니를 향해 말을 건넨다. “응, 언제든 또 놀러 오렴” 하고 얼굴을 내비치지 않고 대답한다. 저쪽도 얼굴을 마주하기는 어색한 모양이다.

밖으로 나온다. 문을 열자마자 후끈한 열기와 따가운 햇볕이 덮쳐 온다. 밤새도록 틀어둔 냉방으로 차가워져 있던 피부가, 열에 서서히 뒤덮여간다. 파닥파닥 목덜미에 손부채질을 하며 가방에서 휴대전화를 꺼낸다. 수신인으로 ‘사카히라 리쿠’를 선택해 메시지를 작성한다.

‘지금 당장 이방인으로 집합.’

그렇게만 보내고 도로 가방 안에 집어넣는다. 이방인을 향해 걸음을 뗀다. 어제 동창회 장소까진 어머니가 데려다줬고, 다자키의 집도 택시를 타고 왔으므로 되돌아갈 수단이 없다. 이방인까지는 그리 멀지 않다. 사타구니에 남은 욱신욱신한 통증은 마음에 걸리지만 걸어서 가야겠다. 그렇게 마음먹고 되도록 그늘을 골라 걸어가고 있는데, 가방 안에서 휴대전화가 진동했다. 다자키에게서 온 전화였다.

"여보세요."

말이 끝나기도 전에, 궁지에 몰린 듯한 다자키의 목소리가 귀에 들어온다.

"아니 미즈무라, 가면 어떡해."

"아, 미안. 아무래도 혼자 있기가 좀 껄끄러워서."

그 기세에 살짝 눌릴 뻔하면서도 그렇게 대답하자, "아, 그, 그렇구나. 미안" 하고 바람 빠진 풍선처럼 급격히 위축된다.

"그, 그게, 너한테 꼭 하고 싶은 말이 있거든."

"응? 뭔데?"

"어, 어젠 갑자기 그렇게 돼서 미안."

"무슨, 사과할 거 없어."

새삼스레 입 밖에 내자 어젯밤 일이 떠올라 낯간지러워진다. 그건 다자키도 마찬가지인지, 우물거리는 듯한 불분명한 말투다.

"아, 아니 순서가 좀 잘못된 것 같아서. 원래는 그런 식으로 하려던 게 아니었는데."

"순서?"

"응. 그러니까 내 말은, 예전부터 너한테 하고 싶은 얘기가 있었거든."

정말이지 속이 훤히 들여다보이는 남자다. 그런 식으로 말하는데 다음에 이어질 말을 눈치 못 챌 사람은 아무도 없을 것이다. 어쩌면 좋지 싶어 망설인다. 사실 그다음 말은 듣지 않는 편이 낫다. 그도 그럴 것이 난 원래 남자고, 다자키도 남자다. 더구나 다자키는 내가 사카히라 리쿠란 사실을 모른다. 결국 나는 다자키를 속이고 있는 셈이다.

"실은 내가, 고등학교 때부터 닐 좋아했어. 처음엔 너에 대해 잘 몰랐는데, 사카히라랑 같이 놀기 시작하고부터 의외로 흥도 많고 좋은 애란 생각이 들었어. 근데 그때 넌 남자친구가 있었으니까, 어쩔 수 없이 포기했거든."

다자키만이 아니다. 이제껏 만나온 모든 사람들을 나는 줄곧 속이며 살아왔다. 미즈무라의 어머니도 아버지도, 사사가키도 다카미도, 쓰키노나 이소야 역시 마찬가지다. 모두들 진짜 미즈무라 마나미가 아닌 미즈무라 마나미를 두고 애정을 쏟거나, 집착을 하거나, 멀어져 가곤 했다. 그런데 그건 전부 미즈무라가 쌓아온 인간관계가 밑바탕으로 존재해서다. 그것들이 향하고 있는 곳은 내가 아님이 분명하다.

"고등학교 졸업하고 한 번도 못 만났는데, 동창회 온단 얘기 듣고 엄청 기뻤어. 그래서 무슨 일이 있어도 고백해야겠다고 결심했거든. 아니 원래는, 이렇게 전화로 말고 얼굴 보고 제대로 말하고 싶었지만."

그러나 다자키만은 다르다. 다자키는 지금껏 내가 만들어낸 미즈무라 마나미만을 보아왔다. 그 사실이 기뻤다. 동시에 극심한 죄책감도 있었다. 결국 지금의 나는 그저 허상에 불과하므로.

"조, 좋아해. 예전부터 쭉 그래왔어. 그, 그러니까, 괜찮으면 나랑 사귈래?"

그럼에도 나는 받아들이고 싶었다. 지금의 내가 누군가로부터 사랑받고 있단 사실을.

"좋아. 나야말로 잘 부탁할게."

마치 오래전부터 준비해온 말인 양 대답이 술술 쏟아져

나왔다. 전화 너머로 헉, 하고 숨을 짧게 들이마시는 소리가 들려왔다.

“뭐? 지, 지, 진짜로?”

“응, 고마워. 그렇게 말해줘서 기뻐.”

“우와, 지, 진짜? 정말이지? 미쳤다, 나도 너무 행복해. 당연히 싫어할 줄 알았는데.”

“대체 왜, 싫어할 이유가 없잖아.”

“아니 그게, 어제 그런 짓을 해버렸으니까. 근데 아니라니 다행이다, 진짜 안심돼. 어떡하지, 너무 보고 싶다. 얼굴 보고 싶어. 지금 어딨어? 바로 달려갈게.”

그 요란한 반응에 쑥스러운 기분이 드는 한편, 마음이 따끔히 아프다. 전화 너머로 “준이치, 일로 좀 와봐!” 하는 굵직한 목소리가 들려왔다.

“으아, 왜 하필 지금. 아버지가 부른다. 타이밍 최악이네.”

천국에서 지옥으로 떨어진 듯한 절망적인 목소리에 그만 웃음이 터진다.

“괜찮아, 아버지께 가봐. 여기 며칠 더 있을 거니까, 또 시간 맞춰서 보자.”

“으, 응. 고마워. 그, 그나저나 부탁이 있는데.”

“부탁?”

"저, 저기. 마, 마, 마, 마나미, 라고 불러도 될까?"

기가 막힌 말더듬은 여전하다. 물론이지, 하고 답한다.

"그럼 나도 준이치라고 부를까."

"어, 엇, 진짜?"

"나만 계속 다자키라고 부르기도 이상하잖아?"

"그, 그러네. 근데 어떡하지, 그거 너무 설레는데. 다시 한번 말해줄래?"

준이치 빨리 와, 하고 노기 어린 목소리가 울려온다. 다자키가 길고 깊은 한숨을 내쉬었다.

"미안, 가봐야겠다. 끊을게."

"그렇게 우울해할 거 없어. 또 연락할게."

"응, 고마워. 아, 안녕, 마, 마, 마나미."

"너무 더듬는다니까. 안녕, 준이치."

그렇게 말하고 전화를 끊는다. 기계를 쥐고 있던 손바닥이 땀으로 흥건했다. 치마에 문질러 닦아낸다.

내가 봐도 지나치게 들떠 있다. 주책맞은 커플의 대화 그 자체다. 남사스럽긴 하지만 즐겁다. 어제 한 섹스 따위보다 훨씬 더 쾌감 있었다. 낯간지러운 말이 아무렇지 않게 나온다는 게 누군갈 좋아하게 되었단 뜻일까.

앞으로 어떻게 되려나, 하고 남의 일인 양 생각해본다.

어차피 아무리 생각해본들 생각대로 된 적은 한 번도 없으면서. 얼른 미즈무라에게 말하고 싶어졌다. 걸음을 재촉해 이방인으로 향했다.

가게에 먼저 와서 기다리고 있던 미즈무라와 합류해, 사건의 전말을 모조리 털어놓았다. 묵묵히 고개를 끄덕이고 있던 미즈무라가 다 듣고 나서 한 첫마디는 “그래서, 첫 경험은 어떤 느낌이었어?”였다.

“넌 맨 처음 묻는 게 그거냐?”

“아니, 원래 여자였던 입장에서 궁금하잖아. 아팠어? 막 피 나고 그랬어?”

“아프진 않은데, 뭐랄까 이물감이 엄청나. 지금도 사타구니가 좀 얼얼해. 그러고 보면 피는 안 났네.”

“아아, 날 때도 있고 안 날 때도 있는 거구나. 흠흠.”

“흠흠은 무슨. 너 괜히 애인 있냐고 물어봤던 거 다자키 때문이었지?”

“사카히라 힘 좀 실어줘, 라면서 그 버림받은 강아지 눈으로 부탁하잖아. 어떻게 거절하겠어.”

미즈무라의 말에 촉촉한 눈으로 애원해 오는 다자키의 모습이 머릿속에 생생히 떠오른다.

"하긴, 그건 거절할 수가 없지."

"거봐. 아무튼, 무사히 잘 마무리돼서 다행이네. 둘이 잘 어울리는 것 같아. 축하해."

"축하한다니, 넌 괜찮냐?"

"괜찮냐고? 뭐가?"

"뭐긴 뭐야, 몸이 원래대로 돌아가면 네가 다자키랑 사귀는 게 되잖아."

미즈무라가 빨대로 콜라 한 모금을 빨아들이곤 하아, 숨을 내뱉으며 등받이 깊숙이 몸을 기댔다. 부자연스럽게 어깨를 으쓱하더니 못 살아, 라는 듯 고개를 내젓는다.

"사카하라 씨, 또 그 얘기세요?"

"그건 무슨 말투야."

"여러 번 말했잖아. 내 생각은 안 해도 되니까 마음대로 하라고. 넌 다자키랑 사귀어도 괜찮겠다고 판단해서 받아준 거 아냐?"

음, 뭐 그렇긴 한데, 하고 말끝을 흐린다. 막상 그렇게 대놓고 얘기하니 과연 쑥스럽다.

"그럼 난 그걸로 됐어. 네가 스스로에게 있어 최선의 선택을 해주면, 난 그걸로 만족해. 돌아갔을 때 일은 돌아간 뒤에 생각하면 된다니까."

"네가 그걸로 됐다면 딱히 상관은 없지만."

"괜찮다니까. 나 신경 쓰지 말고 마음껏 꽁냥꽁냥해."

미즈무라가 그렇게 다독여줬지만, 마음이 영 불편해 오른쪽 눈을 세게 비빈다. 얼마 못 잔 탓인지 졸리진 않아도 눈의 피로감이 상당하다.

"뭐야, 할 말 있어 보이는 얼굴인데."

속마음을 꿰뚫어 보듯 부루퉁한 얼굴로 미즈무라가 말한다. 내가 표정 관리를 너무 못하는 건지, 아니면 미즈무라가 너무 예리한 건지.

"아니 그게, 아무래도 다자키를 속이는 기분이라서. 그야 알맹이는 나인 거잖아. 다자키는 그걸 모르고 있고. 몸은 여자라지만 속이 남자인 녀석이랑 사귀고, 자고. 더군다나 그게 친구였다니, 사실을 알면 당연히 충격받지 않겠어? 근데 그걸 마냥 숨겨가며 사귄다는 것도 뭔가 양심에 찔려서."

"흐음, 뭐 이해가 안 가는 건 아니지만."

꽤나 묽어진 콜라를 빨대로 휘젓는다. 얼음 부딪치는 소리가 안 날 정도로 녹아 있었다. 미즈무라는 항상 음료를 반쯤 남긴다.

"그렇다고 거절하는 게 정답은 아닌 것 같은데? 사귈

수 없어, 근데 사귀지 못하는 이유는 말할 수 없어, 라는 쪽이 다자키한테 실례인 것 같고."

"그런가."

"그렇다니까. 깊게 생각하지 말고, 일단은 사귀어보면 되지."

"그래, 일단 그냥 사귀어볼까."

"응응. 막상 사귀어보면 되게 재밌을걸?"

궤변이다. 자기 합리화나 다름없는 변명이다. 마음속으론 납득하지 못한다. 그럼에도 구원받은 기분이 든다.

결국 나는, 구원받기 위해 미즈무라를 만나고 싶었을 뿐이다. 그 어떤 자기혐오나 양심의 가책에 짓눌리려는 순간에도, 미즈무라는 늘 내가 원하는 말을 해주고 내가 바라는 일을 해준다. 절대로 부정하지도, 언성을 높이지도 않고. 그 달콤한 약물 같은 말이 없으면 나는 더 이상 앞으로 나아가지 못한다.

그 사실이 조금 무섭기도 하다. 미즈무라의 진심은 아예 다른 쪽을 향해 있을지도 모르므로. 미즈무라가 도쿄로 가고 싶다고 했을 때 그런 생각이 든 것이다. 어쩌면 지금껏 진정 하고 싶은 말을 어금니로 짓이겨 왔는지도 모른다고. 그저 나를 위해서만, 내가 원하는 방식을 따라

준 것뿐일 수도 있겠다고. 그런데도 항상 난 미즈무라에게 기대고야 만다. 그저 내가 편해지고 싶다는 이유로, 거듭 미즈무라에게 희망을 거는 것이다.

"여러모로 진전 상황이 있음 알려줘. 연애사라든지."

"그 얘긴 할지 어떨지 모르겠는데, 여기는 간간이 올 생각이야. 어쨌거나 장거리 연애니까."

연애, 라는 말을 입 밖에 내자 달콤하고 멋스러운 디저트를 먹었을 때와 같은 쑥스러움이 밀려온다. 하지만 그 당사자가 나라는 실감은 나지 않는다.

"나도 가끔 만나주고."

"당연하지. 보러 올게."

"이참에, 매년 언제 볼지 날을 정하는 건 어때? 아무리 바빠도 그날은 꼭 만나는 거야. 물론 다른 날에 또 봐도 상관은 없지만, 그날만은 꼭."

괜찮은 생각이네, 하고 수긍한다. 언제가 가장 좋을지 고민해본다. 공연히 7월이려나, 생각했다. 미즈무라와의 기억을 들춰보면, 늘 아직 본격적으로 접어들지 않은 여름의 햇살이 뇌리에 떠오른다.

"7월은 어때?"

내 생각을 읽기라도 한 양 미즈무라가 말했다.

"나도 지금 7월 생각하고 있었어."

"정말? 그럼 딱이네, 7월로 하자. 7월 셋째 주 토요일. 어때?"

"좋아, 그렇게 하자. 그날이 도저히 안 될 것 같으면 상의하기로 하고."

"오케이, 결정! 뭔가 규칙이 점점 늘어나는 느낌이네."

들뜬 미즈무라에게 그러네, 하고 어색하게 웃으며 대답한다. 일기도 만년필도 전부 미즈무라가 생각해낸 것이다. 늘어나는 약속이 싫지만은 않았다. 일기도 매일 꼬박꼬박 쓰고 있고, 만년필도 고이 간직하고 있다.

창밖을 바라본다. 아까보다도 햇볕이 강해져, 바깥 도로에 나무들이 선명한 그림자를 만들어내고 있었다. 어느덧 점심때가 다 됐다. 아닌 게 아니라 살짝 공복감을 느낀다.

"미즈무라, 지금 우리 집으로 갈래?"

미즈무라가 콜라로 떨어뜨리고 있던 시선을 끌어 올린다. 언제나 졸려 보이는 눈을 휘둥그레 뜨고 있다.

"어, 그래도 돼?"

"되고 뭐고 너희 집이잖아. 그리고 너 오면 메뉴도 화려해지거든. 마침 점심때니까 어머니가 초밥 같은 거 시켜주지 않을까."

"고마워, 사카히라."

떨리는 입가로 미소를 지어 보인다. 내가 거리를 둬온 3년 동안, 미즈무라는 분명 부모님이 보고 싶었을 터다. 오랜 시간 외로웠겠지 싶다. 내색하진 않아도. 잠깐이지만 미즈무라가 그 집에서 웃음 짓게끔 하는 것. 내가 할 수 있는 일은 그 정도다. 늘 받기만 해온 내가 해줄 수 있는 유일한 일이다. 정답게 이야기하는 모습을 보면 쓸쓸해질 때도 있다. 하지만 그게 내 역할임이 틀림없다. 조금이나마, 미즈무라의 얼굴에 웃음이 감돌 수 있길 바라는 것이.

30

"리쿠, 일은 잘돼가?"

"잘돼가요. 얼마 전까진 너무 바빴는데요, 지금은 그럭저럭 여유가 좀 생겨서 한숨 돌린 기분이에요."

"에구, 그랬구나. 몸은 정말 잘 챙겨야 해."

"그럼, 그럼. 일은 적당히 하는 게 최고야. 안 그러면 봐 봐, 아저씨처럼 머리 빠진다."

"어우, 겁주지 마세요. 이래 봬도 신경 쓰고 있단 말이에요."

"그러는 것치곤 서른씩이나 돼서 파마에다 염색까지 하잖아. 그거 두피에 직방이야."

"얘는, 뭐가 어때서 그래, 잘 어울리고 멋있기만 한데. 그치, 리쿠?"

"아하하. 감사합니다."

실없는 대화와 함께 집에서의 식사는 오붓하게 흘러간다. 빼곡히 차려진 요리는 대부분이 빈 접시였다. 만족스러워진 배를 끌어안고, 나를 제외한 세 사람은 와인을 마시기 시작했다. 운전을 해야 한단 이유로 내게는 오렌지 주스만 따라주었다.

오늘의 저녁 식탁은 여느 때보다 정성이 들어가 있고, 엄마는 여느 때보다 상냥하고, 아빠도 여느 때보다 수다스럽다. 1년에 한 번 얼굴을 비추는 이 남자를 둘은 무척 마음에 들어 하고 있으며, 가만 보면 남편 료를 대할 때보다도 우호적인 느낌이다. 아내 된 입장으로선 뭐라 설명할 수 없는 기분이지만, 생각해보면 당연한 일인지도 모른다. 어찌 됐든 진짜 딸이니까. 본능적인 것일까. 하지만 그렇다기엔, 하고 엄마를 떠올린다. 조금 서글픈 기분이 든다.

"리쿠 군은, 그 정도로 미남이면 인기도 많겠지?"

히죽히죽 웃으며, 벌건 얼굴의 아빠가 미즈무라를 스푼으로 가리킨다. 평소에는 감정을 겉으로 드러내지 않지만,

술에 취하면 얼굴 근육이 서슴없이 움직인다. 이런 식으로 회사에서 성희롱이나 하고 다니는 건 아닌가 싶어 딸로서는 걱정이 든다.

"에이, 전혀 안 그래요. 사귀더라도 금방 차이고요. 왜 그런지 모르겠네."

"어머, 정말? 딱하지. 지금은 괜찮은 사람 없어?"

"아, 없진 않아요."

"그래? 결혼 생각은 아직 없고?"

"으음, 결혼은 아직 이른 듯해서요."

"서른이잖아. 아직 이르지 일러."

"그래, 남자면 아직 여유 있지. 마나미가 후딱 시집가서 얼마나 다행인지 몰라."

"사람을 애물단지 취급하지 말아줄래?"

"그나저나 아빠는, 마나미가 당연히 리쿠 군하고 결혼할 줄 알았는데 말이야."

아빠의 발언에 순간 내 안의 시간이 멈춘다. 그러나 두 사람이 이런 노골적인 말을 내뱉는 건 하루 이틀 일이 아니었다. 얘, 너 리쿠하고 사귀는 거 아니었니? 결혼할 사람 데려온다고 했을 때, 아빤 으레 리쿠 군이겠거니 생각했는데. 그래도 요새는 빈도가 많이 줄긴 했다. 흘끗 미즈무라 쪽으로 시선을 돌린다. 난감한 듯 으음, 글쎄요, 하며 웃고 있다.

“말도 안 되는 소리. 결혼은커녕 연애조차 불가능해.”

과장될 만큼 손을 크게 내저어 부정한다. 그러냐, 아쉽군, 하고 아빠가 웃는다.

“리쿠 군 같은 남자가 우리 아들이면 참 자랑스러울 텐데 말이야.”

와하하, 하고 부자연스럽게 큰 소리로 웃는다. 처질 대로 처진 눈썹과 눈꼬리가 원통함을 숨긴 웃음의 상징으로 보여, 솔직히 썩 유쾌한 기분은 아니다.

“어머, 난 리쿠를 진짜 아들로 생각하는데?”

엄마가 싱글벙글 웃으며 미즈무라의 어깨를 두드린다. 섬뜩한 무언가가 등줄기를 스쳤다. 미즈무라의 얼굴을 쳐다보면 안 될 것만 같아 황급히 시선을 테이블로 옮겼다. 감사합니다, 하고 대꾸하는 미즈무라의 익살스러운 목소리가 들려온다. 여느 때와 다를 바 없는 평상시의 목소리다.

“그건 그렇고 사카히라, 또 만화책 빌려 갈 거지?”

바늘방석에 앉은 기분이라 자리에서 일어난다. 미즈무라는 순간 어리둥절한 얼굴을 했다가, 이내 의도를 알아채곤 “아, 맞다. 빌려도 될까?” 하며 일어선다.

“얘, 아직 식사 중인데 이따 하지 그래.”

“나중 되면 까먹어. 금방 올게.”

잔소리하는 엄마에게 등을 돌리고 계단을 오른다. 안쪽에 있는 내 방 문을 열고 불을 켰다. 미즈무라를 이 방에 데려오는 건 무척 오랜만이다. 조금 긴장이 됐다.

“우와, 예전 그대로네.”

빙그르 목을 크게 돌려가며 방을 둘러보는 미즈무라의 표정은 내겐 보이지 않는다. 어딘지 모르게 먼지내는 나지만 청결하게 유지돼 있다. 읽을 사람이 없는 만화책 책등엔 얼룩 하나 없고, 창틀에도 쌓인 먼지가 없다. 이제는 도통 쓸 일이 없는 공부용 책상과 의자도 버리지 않고 그대로 놓여 있고, 전기스탠드 역시 당시와 똑같은 기울기를 유지한 채 이곳에 남아 있다.

그날과 조금도 다르지 않은 이 방을 볼 때마다 복잡한 기분이 든다. 뇌리에 여지없이 떠오르는 건 당시의 일이다. 집이 그리워서, 이 방에 틀어박혀 숨죽여 울기만 했던 그때. 그리 좋은 추억이 아님은 분명하다.

미즈무라는 이 방을 보며 어떤 생각을 하고 있을까. 여전히 표정은 보이지 않았고, 나는 길쭉한 목덜미만 가만히 쳐다보았다. 차라리 당시의 모습을 잃어버리는 편이 낫겠단 생각을 수도 없이 했다. 그럼에도 역시, 이 방에 손을 대는 일은 내게 불가능했다.

"이런 소녀 같은 방에서 주무시고 하는 건가요?"

침대에 걸터앉아 하늘색 담요를 톡톡 두드린다. 그제야 보인 옆얼굴에선 아무런 감정도 읽어낼 수 없었다.

"네 취향이잖아, 네 취향."

"그야, 그땐 소녀였는걸."

조금 거리를 유지한 채 옆자리에 걸터앉는다. 침대가 두 사람분의 중력을 받아 가볍게 흔들린다. 은은히 섬유 유연제의 단내가 풍겼다.

옆에 앉은 미즈무라의 옆얼굴을 바라본다. 영영 변하지 않는 것 같아도, 가까이서 보면 지난 세월만큼 나이가 들었음을 알 수 있다. 살이 좀 붙은 것도 같다. 그러나 나 또한 그만큼 나이를 먹었고, 마찬가지로 변했다.

"널 진짜 자식으로 생각한대. 어떻게 생각해?"

아까의 말을 되새기며 천천히 질문해 온다. 나는 뭐라 답해야 할지 몰라 입을 다문다. 잔혹한 말이라고 생각한다. 미즈무라의 부모님이 사카히라 리쿠란 남자에게 보이는 호의와 환영은 남이기에 가능한 것이다. 진짜 자식에게만 보이는 막되고 무성의한 태도는 거기 존재하지 않는다. 미즈무라가 진정 바라는 건 그쪽임에도 불구하고. 듣기 좋은 말만 해주는 친절한 애정 따윈 바랄 리가 없다.

털썩 소리와 함께 상체를 넘어뜨려 미즈무라가 침대에 파묻힌다. 푹 엎드린 얼굴에서 불분명한 목소리가 들려온다.

"나 오늘 여기서 자고 갈까."

곱슬곱슬하게 컬한 뒷머리를 물끄러미 바라본다. 부탁이니 울지 말아줘, 하고 바랐다. 얼굴을 든 그 아래, 하얀 이불에 자국이 남아 있다면 나는 어찌할 바를 모를 것이다.

"아마 상관은 없을 텐데, 짐 두고 왔잖아. 가지러 갈까?"

미즈무라가 갑자기 몸을 벌떡 일으킨다. 놀라서 뒤로 젖힌 내 어깨를 오른 주먹으로 콕 쥐어박는다.

"당연히 장난이지. 여기서 왜 자."

긴 앞머리에 가려져 그 표정은 읽을 수 없다. 하아, 하고 커다란 숨을 내뱉더니 머리카락을 쓸어 올린다. 평소와 같은, 경박함을 가장한 듯한 미즈무라의 웃는 얼굴이 보였고, 안도하는 동시에 안도하고 있는 나 자신이 부끄러웠다. 우는 미즈무라를 달래거나 위로하는 말과 행동을 나는 알지 못한다. 괜찮다며 머리를 쓰다듬는 것조차 하지 못한다. 미즈무라가 우는 모습은 더 이상 보고 싶지 않았다.

"이제 괜찮아, 고마워. 집에 가야겠다, 데려다줄 수 있어?"

응, 하고 고개를 끄덕인다. 미즈무라가 침대에서 일어나 기지개를 켠다.

우리는 서로 많은 걸 빼앗으며 살아왔다. 가족도, 친구도, 연인도. 서로의 것을 빼앗고, 또 서로를 용서하고. 비밀이라는 좁디좁은 껍질 속에서 들키지 않게끔, 어깨를 맞대고 웅크린 채 15년을 숨어 살아왔다. 이젠 익숙해졌다고 생각했는데. 그런데도 불현듯 비밀의 대가(代價)가 성난 이빨을 드러내는 순간이 있다.

미즈무라가 얼굴을 파묻었던 이불 쪽을, 슬며시 곁눈으로 확인한다. 희고 깨끗한 이불엔 얼룩 한 점 없었다.

24

우리는 약속대로 7월 셋째 주 토요일마다 밀회를 거듭했다. 만나지 않는 동안도 일기는 매일 빼놓지 않고 썼고, 하루 한 페이지씩 채워가던 노트는 벌써 네 권째가 됐다.

세트로 산 노트는 처음 권뿐이고, 그 후론 마음에 드는 노트를 각자 구입했다. 교환한 만년필은 여전히 어디에 써야 할지 몰라, 한 번도 쓰지 않고 서랍 안에 모셔뒀다.

밀회 장소는 물론 이방인이다. 대화 주제는 대개 근황 보고였다. 둘이 마주 앉아 1년간의 공백을 메우듯 이야기를 나눈다. 좋았던 일도 안 좋았던 일도, 자기 자랑도 불평불만도. 그게 세 번째쯤 되니 서로의 환경도 사뭇 달라져 있었다.

두 사람 다 무사히 대학을 졸업하고 취업을 했다. 동일본 대지진의 영향으로 역대 최악의 취업난이었다. 나는 합격하기까지 꽤나 고생이 많았는데, 미즈무라는 두 군데 세 군데씩 줄줄이 합격을 받아냈다. 역시 재주 좋은 사람은 이런 형편에서도 실력을 유감없이 발휘하는 법이다.

나와 미즈무라는 각각 인쇄 회사의 경리, 잡지 편집 일을 시작했다. 오랜만에 보는 미즈무라의 검은 생머리엔 그만 웃음이 터질 뻔했다. 내 반응이 불만스러운지 입술을 삐죽댔지만, 찰랑찰랑한 앞머리는 퍽 어려 보여서 고교 시절을 방불케 했다.

그러나 세 번째 밀회였던 그날, 미즈무라의 머리에 살짝 웨이브가 져 있었다.

"뭐야, 파마머리로 복귀한 거야?"

"그냥, 가만 놔두기 지루해서. 회사 아저씨들한텐 멋 부린단 소리나 들었지만."

그러는 나도 대학 때부터 줄곧 길러온 머리를 싹둑 잘랐다. 귀밑까지 오는 쇼트 보브라 여름철엔 시원하고, 무엇보다 머리를 감고 말리기가 편해 쾌적하다.

"머리는 왜 잘랐어? 차여서?"

"뭐래, 차인 거 아니라니까."

"어라? 찬 거였나?"

"딱히 그렇지도 않지만. 자연 소멸에 가까우려나."

결국 나와 다자키는 잘되지 않았다. 요인은 많다. 극히 사소한 것들이 쌓이고 쌓였던 것 같다. 먼지가 전자 제품을 서서히 파괴해가듯, 차츰 미세한 금이 생겨나다 이윽고 깨져버렸다. 누구의 잘못도 아니라고 생각하는데 다자키의 속마음은 어떤지 모르겠다. 마지막에 가서는 결국 얼굴도 제대로 못 보고 헤어지고 말았다.

애당초 거리상의 문제가 없지 않아 있었다. 내가 학생일 때 다자키는 일을 했으므로, 다자키의 형편에 맞춰 내가 고향으로 내려가는 일이 많았다. 처음엔 별생각이 안 들었는데, 점점 교통비란 이름의 지출이 부담되기 시작했다. 그렇다고 그걸 다자키에게 말할 수도 없는 노릇이라, 허리띠를 겨우겨우 졸라매며 고향을 오가곤 했다.

내가 직장인이 되고 이전만큼 자유롭지 못해지면서 다자키가 도쿄로 오는 일이 늘었다. 그때마다 다자키는 말했다. 도쿄는 사람 살 데가 못 되네.

다자키는 도시에 대해 엄청난 콤플렉스를 갖고 있는 모양이었다. 가업을 잇느라 고향을 떠날 순 없고 그렇다고 도쿄를 동경하는 자신을 인정하지도 못해서, 오로지 내가 사는 도시를 업신여김으로써 자존심을 지키려는 듯 보였다. 도쿄 물은 맛이 없다. 도쿄는 사람이 많아서 짜증 난다. 도쿄 사람들은 지방과 달리 쌀쌀맞다. 물론 나 역시 기분이 썩 좋지 않았고, 결국 내가 다시 고향으로 가게 됐다.

그런데 도쿄와 달리 고향은 놀거리라 할 만한 게 압도적으로 적었다. 어디 가서 데이트를 하는 것도 아니고 만나면 밥 먹고 섹스를 하기만 할 뿐이라, 나는 점차 그런 날들의 반복에 싫증이 나기 시작했다. 다자키도 그걸 눈치챘는지 미즈무라에게 상담을 하기도 했단다. 그 내용을 자세히 물어도 미즈무라는 얼버무리곤 했지만.

그렇게 친구에게 의지하는 주제에, 그 친구에 대한 질투심 또한 이만저만이 아니었다. 다자키는 걸핏하면 사카히라 리쿠를 운운하곤 했다. 어차피 난 사카히라처럼 도시적이지도 않고, 나 같은 놈보다 사카히라랑 더 잘 어울리잖아. 나 같은 놈 말고 사카히라랑 사귀면 되잖아. 처음엔 귀엽다고 생각했던 시샘도, 점점 그냥 꼴사나운 시기 질투로 보이기 시작했다. 그토록 쾌활하고 명랑하게 웃는 다자키에게도 어두운 면은 있었다. 그 사실도 내겐 충격이었다. 줄곧 친구 사이로 지냈더라면 그런 부분을 마주할 필요가 없었을지 모르는데.

좋았던 점이 싫어지고, 용서되던 일이 용서되지 않고, 신경도 안 쓰이던 부분이 넌덜머리 나기 시작했다. 분명 다자키 역시 마찬가지였으리라. 마지막까지 우리는 속내를 털어놓지 않았다. 심각해지는 게 싫어서 불만을 어금니로 짓이긴 뒤 목구멍으로 삼켰다. 위장에 쌓여간 부정적인 감정은 우리를 진저리 치게 만들기에 충분한 무게였다.

더욱이 다자키를 속이고 있다는 죄책감은 끝내 사라지지 않았으며, 이따금 고개를 쳐들고 날 끊임없이 괴롭혔다. 양심의 가책을 숨긴 채 실실대고 있을 만큼 나는 약아빠진 인간이 아니었다.

바빠서 당분간 못 만날 것 같아. 미안.

실질적으로 그것이 이별의 말이었다. 알겠어, 라는 다자키의 말에 전화를 끊고 나자 메시지가 왔다. 그동안 고마웠어.

아아, 또 하나 잃고 말았다, 하는 생각이었다. 실을 뽑아내기까진 그토록 고심하면서, 툭 끊어질 때는 눈 깜짝할 새다. 그 뒤로 연락은 한 번도 하지 않았다.

다자키는 지금도 좋아한다. 그 말에, 그 행동에 수없이 위안받아 온 사실은 분명하다. 하지만 그 좋아한다는 감정은 친구로 지내던 때의 것과도, 연인으로 함께하던 때의 것과도 다르다. 그러므로 이 선택이 옳았던 것이리라.

그게 작년 늦여름의 일이다. 또다시 여름이 찾아올 무렵이 되니 감상도 제법 옅어졌다.

"그건 새로운 사랑을 하고 있어서겠지."

히죽히죽 웃으며 두 검지로 내 쪽을 가리킨다. 손가락질하지 마, 하고 손을 가볍게 때린다.

"어떤 사람이야, 사카히라의 마음을 차지한 남자는."

"어떻긴 뭘, 그냥 착한 사람이야."

"그런 모범 답안은 질렸어. 일단 외모부터 상세히 설명해보게나."

"그건 또 무슨 말투야."

외모. 그 말에 하스미 료의 모습이 뇌리에 떠오른다.

첫인상은 곰 같은 사람이네, 였다. 곰이라지만 반달가슴곰이나 불곰처럼 사납고 야성미 넘치는 쪽은 아니고, 곰돌이 푸나 패딩턴처럼 캐릭터화된 곰이다.

일단은 키가 무지막지하게 컸다. 190센티미터에 가까운 신장에, 헬스장을 다녀 몸집도 커다랬다. 셔츠 사이로 보이는 목과 팔뚝은 통나무를 연상케 할 정도라, 정장이 너무 꽉 끼는 느낌이었다. 그 거대한 몸을 웅크리고 비좁은 책상에 앉아 작업하는 모습이 어쩐지 우스꽝스럽기도 했다.

커다란 체구와는 달리 생글생글한 웃음을 잃지 않는 온화한 사람으로, 좌우간 대인 관계가 좋았다. 모두들 사람 좋네, 하고 입을 모아 말하는 부류였다. 착하다고밖에 형용할 수 없는 사람이지, 하며 야유 섞인 말을 하는 여자 직원도 있었다. 솔직히 나도 그런 인상만을 품고 있었다. 애초에 부서도 달라 연관될 만한 일이 거의 없었다.

친해지게 된 계기는 있었다. 내가 경리 업무를 맡고 있을 때다. 거래처로부터 받은 어음을 확인하던 중 한 장이 부족하단 사실을 깨달았다. 책상 속이며 금고 안을 샅샅이 뒤져봤지만 찾을 수 없었다. 핏기가 가셨다. 어음은 곧

현금이나 다름없다. 그것도 몇백만 단위의 어음이었다. 잃어버려 죄송합니다, 가지고 끝날 일이 아니었다. 순간 온몸에서 땀이 비 오듯 쏟아졌다. 어쩌면 좋지. 어떡해야 할까.

그때, 료가 말을 붙여 왔다. 아닌 말로 상대해줄 만한 정신이 없는 상태였기에 건성으로 대답했다. 왜 하필 이럴 때 말을 걸고 난리야, 라는 생각마저 했다. 그런데 그가 말했다.

이거, 버리면 안 되는 것 같아서.

왠지 모르게 수줍은 듯 건네 온 그것은 내가 찾던 어음이었다. 안도감에 눈물이 날 뻔했다. 료의 부서에 갔을 때 여분 서류를 버리다 실수로 같이 끼어 있던 어음까지 버려버린 모양이었다. 그리고 그걸 료가 우연히 찾아내 준 것이다.

몇 번이고, 몇 번이고 감사 인사를 했다. 료는 정말 괜찮습니다, 하며 여느 때의 느긋한 웃음을 띠고 있었다. 생각해보면 그 시점에서 이미 마음이 끌렸는지도 모른다.

“그게 다야? 너무 시시한데.”

“시끄러워. 여자는 위기에서 구해준 남자한테 혹하는 법이잖아.”

“마침내 사카히라 씨도 어엿이 여자를 논하게 되었군요.”

“그럴 만도 하지. 여자로 산 지가 몇 년인데.”

그렇게 료와 가까워졌다. 함께 술자리를 갖거나 휴일이면 영화를 보러 가곤 했다. 그럴 때마다 보통의 동료 사이는 아니구나, 하는 생각은 들었지만, 나란 사람이 그의 안에서 어떻게 분류돼 있는지 몰라 속을 끓이고 있었다. 더구나 그땐 아직 다자키와 사귀고 있었고, 료도 그걸 알고 있었다. 다만 다자키에게서 마음이 멀어진 이유 중 하나에 료의 존재가 있었음은 틀림없다.

그래서 남자친구와 헤어졌다고 말했을 때 내심 어렴풋한 기대를 품은 건 부인할 수 없다. 료는 그런가요, 안됐네요, 라는 말만 할 뿐 위로도 격려도 하지 않았다.

그런 애매한 관계를 유지하던 12월 중순, 료가 말했다. 혹시 시간 되면, 크리스마스이브 같이 보내실래요? 동료나 친구 말고 연인으로요.

그때의 나는 날아갈 듯 기뻤지만 곧바로 답을 주진 않았다. 그리고 그날 밤, 미즈무라에게 메시지를 보냈다. 고백을 받았는데, 어떻게 생각해? 료 얘기는 여러 번 했었으므로 미즈무라도 그를 알고 있었다.

잘됐네, 사귀어, 라는 짤막한 답장이 왔다.

그렇게 우리는 사귀게 됐다.

“괜찮으면 너도 다음에 만나봐. 진짜 좋은 애니까.”

아아 응, 그래, 하고 웬일로 모호한 대답을 해 온다. 이방인의 점원이 빈 컵에 물을 따르러 다가온다. 그 아줌마의 아들로, 요즘은 대신 가게를 보는 일이 잦은 모양이다. 어머니와 마찬가지로 손님에게 무관심한 점이 마음에 든다.

“어쨌든 원래대로 돌아가면 네 애인이 될 사람이잖아. 얼굴 봐두면 좋지.”

“그런가. 그럼 내 애인도 만나봐야지.”

“네 애인은 됐어. 어차피 금방 바뀌잖아.”

“너무하네, 아니거든.”

미즈무라는 애인이 또 바뀐 모양이다. 이번엔 남자를 사귀고 있다고 한다. 미즈무라의 애정은 성별을 가리지 않는다. 세상이 두 배로 넓어지니 이득이잖아, 라고 큰소리치곤 한다.

흡사 되바라지고 방탕한 행실처럼 보여도 그게 아니란 걸 나는 잘 알고 있다. 미즈무라는 텅 빈 그릇이다. 누군가 그곳에 들어가길 원하면, 미즈무라는 마다하지 않는다. 내 몸이 되자마자 여자친구를 사귀고, 동정을 단박에 떼버린 것도 그래서일 것이다. 누구든 받아들이고 마는 미즈무라는 나를 묵묵히 인정해주던 그때 그 모습, 진실하고 너그러운 모습 그대로다. 내 몸에 있는 게 나였더라면, 당연하게도 이런 사카히라 리쿠는 되지 못했을 것이다.

과거의 자신이 꿈처럼 느껴질 때가 있다. 지금의 내가 진짜 나이며, 과거의 나는 가짜가 아닐까 하고. 두려워진다. 남자였을 때의 자신을 그리워하는 감정조차 망상의 산물일까 봐.

하지만 이렇게 미즈무라를 만나면 안도감이 든다. 같은 경험을 해온 사람이 눈앞에 있으니까. 내가 겪어온 그 날들은 거짓이 아니었다며 가슴을 쓸어내릴 수 있다. 1년에 한 번씩 만남을 갖자는 미즈무라의 제안이 새삼 고맙게 느껴졌다.

그런데 그 해는 미즈무라를 한 번 더 만나게 된다. 가을 무렵, 미즈무라에게서 연락이 온 것이다. 아빠가 돌아가셨다고. 내 진짜 아빠가.

지금 와서야 드는 생각이겠지만, 미즈무라로부터 전화가 걸려왔을 때 불길한 예감을 느꼈다. 미즈무라가 전화를 하는 일은 좀체 없었으므로 확실히 이상하단 생각을 했다. 동거 중이던 료와 나란히 앉아 TV를 보다가, 미안하다고 양해를 구한 뒤 전화를 받았다.

"여보세요? 지금 통화 괜찮아?"

"응, 무슨 일 있어?"

힐끗 옆에 있는 료를 쳐다본다. TV 소리를 끄고 스마트폰에 몰두하는 척하며, 자기 쪽을 신경 쓰지 않게끔 배려해주고 있다. 소파에서 일어나 다른 데로 갈까도 싶었지만, 뭔가 떳떳지 못함을 드러내는 것만 같아 자세를 깊숙이 고쳐 앉기만 했다.

"있잖아, 놀라지 말고 들어. 침착하고."

"뭔데 그래, 알았으니까 빨리 말해봐."

가능한 한 남자 말씨가 나오지 않도록 신중히 단어를 고른다. 미즈무라가 숨을 크게 들이마시는 소리가 전화 너머로 들려온다.

"아버지가, 죽었어. 돌아가셨다고."

뭐? 스스로도 놀랄 만큼 큰 목소리가 나온다. 순간 료가 이쪽으로 시선을 보냈다가 다시 스마트폰으로 눈을 떨어뜨린다.

"뭐? 잠깐만. 어느 쪽?"

"너희 아버지. 네 친아버지 말야. 방금 전에 돌아가셨어."

미즈무라의 목소리가 울먹임으로 번진다. 침착하라던

장본인이 몹시도 동요하고 있었다. 무리도 아닐 것이다. 나 역시 무척 혼란스러워하고 있었다. 얼떨결에 옆에 앉은 료의 손을 잡는다. 울툭불툭한데도 부드러운, 큼지막한 손이다. 가볍게 내 손을 맞잡아준다. 그 덕에 약간이나마 평정을 되찾고, 머릿속에서 소용돌이치던 의문 하나를 내뱉는다.

"도, 돌아가셨다니, 왜? 이렇게 갑자기?"

"갑자기, 정말 갑자기. 심근경색이래. 밥 먹다 갑자기 벌러덩 넘어져서, 병원으로 실려 갔는데 소용이 없었어. 지금 막 그렇게 됐어."

"자, 잠깐. 어떡하지, 무슨 상황인지 하나도 모르겠어."

"나도 마찬가지야. 근데 돌아가셨단 말야. 조금 전까지 수술 중이었는데, 의사가 오더니 손 쓸 방법이 없었대."

목이 멘 채 토해내는 미즈무라의 목소리 저편에서 형, 하는 맥없는 목소리가 들려왔다. 로쿠임을 금방 알아챘다. 미즈무라가 전화기를 살짝 떨어뜨려 알았어, 하고 대답한다.

"미안, 가봐야겠다. 갑자기 전화해서 미안해. 바로 얘기하는 게 좋을 것 같아서. 미안, 또 연락할게."

미안하다고 거듭 사과하는 목소리 이후 전화가 끊어진다. 뇌 안이 뒤죽박죽된 채로, 스마트폰을 소파 위에 떨어뜨리다시피 내려놓았다. 목구멍 안쪽이 짓뭉개지듯 조여와 숨이 잘 쉬어지지 않는다.

"괜찮아?"

료가 손을 잡은 채 물어 온다. 작게 한 번 끄덕이고 료의 어깨에 머리를 기댔다. 그 머리를 료가 어색하게 쓰다듬는다. 아무 말도 하지 않는 게 고마웠다. 이런저런 질문을 해 온들 해줄 수 있는 대답이 없다. 그래도 누군가 곁에 있어주는 덕에 그럭저럭 이성을 유지할 수 있었다.

"료는 내가 큰일 났을 때마다 옆에 있어줘서 치사해."

"치사하긴 뭘."

"치사해 진짜."

아빠가 죽었다. 내 진짜 아빠가. 동요하곤 있었지만 슬픈 감정은 복받치지 않았다. 그렇다는 사실만 일방적으로 들이밀린 탓에 실감이 안 나서일 수도 있다. 귀에 들어온 문장보다도 미즈무라의 흥분한 목소리 쪽이 그 사실을 역력히 말해주고 있었다.

아빠의 얼굴이 잘 생각나지 않는다. 다만 기억에 남아 있는 건, 자는 척하는 내 머릴 쓰다듬는 커다랗고 차가운 손의 감촉과 기름 냄새다.

마음속에 슬퍼해선 안 된다는, 차디찬 납덩이 같은 결

의가 도사리고 있었다. 나는 그곳에 가족들을 남겨두고 떠나왔으니까. 그러니 이제 나와는 상관없는 사람이다. 언젠가 잠깐 이야길 나눴을 뿐인 그저 남남. 하지만 그렇게 스스로를 마냥 타이르고 있는 것 자체가, 그 무지근한 결의를 족쇄라 느끼고 있다는 증거 같기도 했다.

미즈무라에게서 전화가 걸려온 다음 날, 또다시 메시지가 왔다. 미안, 어젠 정신이 좀 없었어, 로 시작되는 글에는 아빠의 죽음에 대한 자세한 정황과 밤샘 조문, 장례식 일정이 쓰여 있었다. 너무도 사무적이고 무감정해서 역시나 실감이 나지 않았다.

그 담담한 문장 속에 여기로 오라는 얘긴 한마디도 적혀 있지 않았다. 하지만 적어도 장례식 정도는 참석하고 싶단 생각이었다. 지금은 이미 남남이나 다름없을지라도, 그렇대도 작별 인사 정돈 하고 싶었다.

상복을 구입하고 일주일간의 유급 휴가를 받았다. 료에겐 친한 지인이 돌아가셔서 당분간 고향에 가 있겠다는 말만 전했다. 료는 잘 다녀오라고만 했고, 역시나 세세하게 캐물으려 들지 않았다.

내가 사카히라 리쿠네 아버지의 장례식에 간다고 말하

자, 본가의 부모님은 썩 달갑지 않은 얼굴을 했다. 아들과는 사이좋게 지내고 있고, 매년 7월마다 집에까지 초대하니 호감을 갖고 있는 건 분명했다. 그러나 사카히라의 어머니가 나를 거북해한다는 걸 알기에 선뜻 보낼 마음이 들지 않는 모양이었다.

나 또한 그 점이 염려됐다. 상대를 압도하는 엄마의 그 눈이 여지없이 떠올랐다. 그럼에도 괜찮다는 생각을 했다. 그럼에도 나는 아빠가 보고 싶었다.

그런데 막상 장례식장 앞에 도착하니 발이 떨어지지 않았다. 회장 앞 접수대에 조문객들이 줄을 서 있었고, 앞쪽에서 엄마와 미즈무라가 노령의 남성과 이야기하는 모습이 보였다.

두 사람 모두 더없이 초췌해 보였다. 엄마는 남성과 이야기하며, 이따금 오열을 참는 듯한 몸짓으로 자꾸만 눈가를 손수건으로 훔쳤다. 그런 등을 계속해서 어루만지는 미즈무라의 얼굴에도, 멀리서도 알아볼 만큼 선명한 피폐함이 묻어 있었다. 그런 상황에서도 엄마는 얼굴에 화장을 한 상태였다. 여자는 남편의 장례식 날마저 립스틱을 발라야 하는구나, 라는 생각 따윌 하고 있었다.

두 사람의 모습을 보고 나는 제자리에 선 채로 발걸음

을 떼지 못했다. 진득거리는 어두운 감정이 신발 밑창에 달라붙어 땅바닥에서 떨어질 생각을 안 했다.

내가 얼굴을 내비치면 엄마는 어떤 얼굴을 할까. 노려보는 건 상관없다. 침을 뱉은들 좋다. 그런데 행여 울상을 지은 채 바라보기만 한다면 난 어떻게 해야 할까. 내 존재는 엄마의 고통을 쓸데없이 키울 뿐이다.

미즈무라 역시 그렇다. 어쩌면 의무감으로 보낸 메시지일 뿐, 실은 내게 저런 모습을 보이고 싶지 않을 수도 있다. 그도 그럴 것이 저런 미즈무라를 나는 오늘 처음 보았다. 미즈무라는 언제고 날 웃으며 격려해주는 그런 애였는데.

얼른 여길 떠나야겠다. 그렇게 생각하면서도 납덩이처럼 무거운 두 다리는 뒷걸음질조차 치지 못했다. 아빠를 보고 싶은 마음, 그리고 엄마의 모습을 눈에 조금이라도 더 담고 싶은 마음이 있었다. 미즈무라에게 얘기는 들어왔지만, 이렇게 실제로 보는 건 고향을 떠난 후로 처음이었다. 뚜껑을 덮어 없는 셈 치고 있던 감정이 와르르 쏟아져 나올 것만 같았다.

"저기, 미즈무라 씨 맞죠?"

갑자기 누군가 말을 걸어와 놀라서 뒤돌아본다. 상복 차림으로 담배를 문 남자가 서 있었다.

"어, 미즈무라 씨 아니에요? 착각했나."

까맣고 촌스러운 앞머리에, 큼지막하지만 졸려 보이는 눈이 그의 나른한 인상을 부각시키고 있었다. 약간 혀 짧은 발음도 그의 무력감을 나타내고 있는 듯했다. 앤 누구지, 하고 얼굴을 물끄러미 쳐다본다. 흰자위가 많은 새까만 눈동자가 나를 빤히 응시하고 있다. 눈꺼풀 위까지 덮인 빽빽한 앞머리 사이로, 오른쪽 눈썹 위에 난 점이 엿보였다.

"너 혹시 로, 로쿠야?"

"깜짝이야, 미즈무라 씨 맞네. 당황했잖아요."

조금도 놀라지 않은 여유로운 말투다. 담배를 한 모금 빨아들이곤 숨을 내뱉는다. 담배 연기가 맑게 갠 하늘 위로 빨려 들어간다. 반 이상 남은 담배꽁초를 은색의 원통 휴대용 재떨이에 처박는다.

"내가 더 놀랐어. 누군가 했네."

이소야로부터 구해준 이후 첫 재회였다. 6년이란 세월은 무시할 수 없었다. 키는 그때보다 더 커서 나를 내려다보고 있었다. 생김새도 제법 어른스러워졌는데 몸이 너무 말랐다. 얼핏 보이는 손목은 깜짝 놀랄 만큼 가느다랗다. 새까만 정장에 입에 문 담배, 다소 홀쭉해진 뺨. 너무도 퇴

폐적인 분위기를 뿜는 나머지, 이런 장소와는 도무지 걸맞지 않아 보였다.

잘 살고 있구나, 생각했다. 당연한 일이지만 그 사실이 기뻤다. 가슴 언저리가 뜨겁고 먹먹한 느낌이었다. 무심코 "많이 컸네" 하는 혼잣말이 샌다.

"어우, 무슨 그런 친척 아줌마 같은 말을."

겸연쩍은 듯 시선을 피하곤 코끝을 자꾸만 문지른다. 눈에 익은 그 버릇에, 어딘지 모르게 분노를 닮은 그리움이 솟구친다. 그때와 똑같은 몸짓이다. 마지막으로 만난 6년 전과 똑같다. 불과 6년밖에 되지 않았으니 당연할 것이다. 근데, 벌써 6년이나 지났구나.

내가 살아온 6년이란 시간이 로쿠의 안에서도 똑같이 흐르고 있었다. 그걸 알지 못한다는 게 속절없이 분했다. 얼굴을 연신 바꿔대는 감정을 간신히 억누르고, 어색한 미소를 지어 보인다.

"근데 어떻게 알아봤대. 여자 얼굴은 잘 못 외운다고 하지 않았어?"

"제가 그런 말을 했나요? 지금은 여자의 이것저것을 외우는 게 특기예요."

로쿠가 씩 하고 짐짓 야비한 웃음을 띠었다. 이런 표정은 언제부터 짓게 된 걸까. 묘한 근질거림이 인다.

“그나저나, 와주셨네요. 바쁘실 텐데 감사해요.”

“아, 미안, 내 정신 좀 봐. 삼가 고인의 명복을 빕니다.”

부랴부랴 깊숙이 머리를 숙인다. 왠지 모르게 또다시 겸연쩍은 얼굴을 한다.

“감사합니다. 이러면 되나? 그 말에 어떻게 대꾸해야 하는질 몰라서요.”

“그러게. 뭐라고 대답해야 맞지?”

“뭐, 지금 상황에서 맞고 틀리고가 뭐가 중요한가 싶지만요. 가족들 중 저뿐이에요, 이런 생각 하고 있는 건.”

로쿠가 회장 쪽으로 시선을 돌린다. 나도 덩달아 같은 방향을 쳐다본다. 아까 그 노인과 함께 회장으로 들어가는 둘의 뒷모습이 보였다. 내 기억 속 엄마의 등보다 훨씬 좁다랗고 작았다.

“엄마도 형도, 아빠 돌아가시고부터 내내 울기만 했어요. 오늘은 분주함에 기대서 겨우 서 있는 느낌이고요.”

“걔, 울었구나.”

나도 모르게 중얼거렸다. 로쿠가 내 쪽으로 시선을 되돌린다.

“엄청 울었어요, 꺼이꺼이. 솔직히 좀 의외였어요. 형이

요즘 가족들한테 무관심한 느낌이었거든요. 본가에도 잘 안 오고, 옛날에 가족끼리 있었던 일도 기억을 못 하길래 아아, 원래 다 그런 건가 보다 싶었으니까요."

미즈무라가 우는 모습은 어떨까. 그 여유롭게 비틀린 입가가 꾸깃꾸깃 엉클어지는 모습을 상상한다. 배 속이 아물거렸다. 이 감각은 뭐지. 그리 유쾌한 감각은 아니다.

갑자기 입을 굳게 다문 나를 로쿠가 지그시 쳐다본다. 까만 구슬 같은, 빛이 없는 눈동자다. 바싹 메말라 슬픔이 어려 있진 않아 보인다.

"너는 꽤 침착하네."

"딱히 슬프지 않은 건 아니에요. 그냥 표면 장력 같은 거죠."

"표면 장력?"

"컵에 물이 넘칠 것처럼 가득 찬 그거요. 딱 한 방울이면 넘치는, 물이 팽팽하게 채워진 상태. 전 지금 그런 느낌이에요. 슬프고, 울고 싶은 심정이긴 한데 울 수가 없달까요. 가족들이 하도 많이 울고 혼란스러워해서, 제가 침착할 수밖에 없기도 했고요."

담배 좀 피워도 될까요? 하고 물어 온다. 그럼, 하고 대답하기도 전에 주머니에서 네모난 갑을 꺼낸다. 한 개비를 꺼내 불을 붙이는 동작이 꽤나 그럴싸하다. 담배는 대체 언제부터 피운 걸까.

“저라고 이런저런 추억들이 왜 안 떠오르겠어요. 근데 죄다 어릴 때 추억뿐이에요. 얼마 전까지 대학생이었던 입장에서 이런 말 하긴 뭐한데, 이제 부모님 없이도 혼자 잘 살아갈 수 있겠다 싶었거든요? 근데 역시 좀 허전하네요.”

예전에 이소야로부터 구해줬을 때도 느꼈지만, 곁에 얼씬도 못 하게 만드는 로쿠의 인상은 어디까지나 인상에 불과한지, 한번 입을 열면 과묵이란 가면이 벗겨져 한껏 수다스러워지는 모양이었다. 누구한테나 그러는지는 알 수 없지만. 건조한 바깥 공기를 빨아들인 담배 끝이 지지직 소리를 내며 붉게 탄다.

“어릴 때 추억이라면 어떤 거? 궁금해.”

“네? 이런.”

로쿠가 쑥스러운 듯 웃었다. 눈꼬리에 찡긋 커다란 주름이 잡혔고, 입꼬리 쪽에 치열이 틀어진 덧니가 엿보인다. 오늘 처음으로 사람다운 표정을 지었네, 생각했다. 으음, 뭐가 있지, 하고 골똘히 생각하면서 하얀 연기를 내뿜는다.

“저 여섯 살 땐가, 아직 초등학교도 들어가기 전일 때 눈이 엄청나게 쌓인 적이 있어요. 그래서 형이랑 같이 집

주차장에서 눈사람을 만들었거든요."

담배를 문 채, 눈사람의 윤곽을 더듬듯 두 손으로 동그라미 두 개를 만든다.

"근데 눈사람은 녹잖아요? 저횐 그게 너무 싫어서, 쪼그만 눈사람을 만든 다음 냉장고에 넣기로 한 거예요. 신나게 만들고 집으로 가져와서 냉장고에 넣었는데, 그걸 본 엄마가 혼쭐을 냈죠. 걸리적거리니까 내다 버리고 오라고요. 하는 수 없이 눈사람을 밖에 도로 내놓고 왔어요. 그랬는데 다음 날, 냉장고에 뭐가 들어 있었게요?"

"눈사람 사진."

그만 반사적으로 내뱉고 말았다. 아빠와의 일화 중 하나로 나와 로쿠가 수도 없이 해왔던 얘기인지라, 그 정경이 지금도 머릿속에 선명히 떠오른다.

내 말에 로쿠가 눈을 동그랗게 뜬다. 무거워 보이는 눈꺼풀이 딸려 올라가는 걸 보고 아차 했지만, 이미 돌이킬 수 없었다.

"이 얘기, 형한테 들었어요?"

그런데 예상치 못한 반응이 되돌아온다. 말도 그렇지만 표정도 그랬다. 당황하리라 예상했는데 어쩐지 안도하는 표정이었다. 그걸 어떻게 아세요? 나는 마음 한구석에선 그렇게 말해주길 기대했는지도 모른다. 내 안에서 형의 모습을 찾아내 주길 바랐는지도 모른다. 하지만 그런 소망은 허무하게 깨져버렸다.

"응. 사카히라한테 들었어."

그런 얼굴을 하면 이렇게 대답할 수밖에 없다. 그렇구나, 하고 혼잣말하더니 담배를 깊게 빨아들인다.

"맞아요, 아빠가 사진을 찍어서 냉장고에 넣어준 거예요. 진짜 웃기죠? 아빠도 참 엉뚱하긴. 결국 이런 걸 왜 넣어놨냐며 엄마한테 혼나고, 엄청 풀 죽어 있었어요."

입술을 애써 웃는 모양으로 만든 듯한 얼굴을 내 쪽으로 돌린다. 그러곤 휴대용 재떨이에 재를 부산스레 털더니, 코를 두 번 훌쩍였다.

"그렇구나. 형, 기억하고 있었구나. 뭐야, 난 또."

담배를 끼운 둘째손가락으로 황급히 눈가를 훔친다. 그러나 눈시울에 금세 눈물방울이 맺혀간다. 창피한 듯 웃으며 코와 입을 손으로 감싼다. 또다시 코를 훌쩍이는 소리가 흐릿하게 들려온다.

"아아, 죄송해요. 왜 이러냐."

그렇게 말하고 눈을 한 번 꾹 감는다. 안구를 뒤덮고 있던 눈물 막이 터져 유수처럼 흘러내린다. 그걸 손바닥으로 몇 번이고, 몇 번이고 닦아낸다. 나는 그 모습을 그저 가만히 지켜볼 수밖에 없었다.

"죄송한데, 저 이제 가볼게요. 갑자기 이상한 얘길 해서 죄송해요."

휴대용 재떨이에 필터 직전까지 타든 담배꽁초를 밀어 넣곤 주머니에 넣는다. 나는 아냐, 괜찮아, 하며 손을 회회 내젓는다.

"그럼, 안에서 기다릴게요. 괜찮으시면 조문 와주세요."

꾸벅 고개를 숙이고 회장 쪽으로 사라져간다. 그 뒷모습을 멀거니 지켜본다. 이상하다. 언제나 등을 지고 있던 건 내 쪽이고, 로쿠는 나를 뒤쫓아왔었는데. 형, 기다려. 로쿠가 울먹이며 뛰어오는 게 재밌어 시도 때도 없이 떼놓고 가곤 했다. 이윽고 털썩 주저앉아 울음을 터뜨리면, 로쿠에게 돌아가 머리를 쓰다듬으며 달랬다.

그런데 지금은 다르다. 내게 눈물을 보이려 하지 않는다. 나 역시 로쿠의 머리를 쓰다듬을 수 없다. 그리고 로쿠는 내게 등을 지고 있고, 나는 로쿠를 뒤쫓아가지 못한 채 바라만 보고 있다.

이상하다. 왜 이렇게 된 걸까. 이상하기 짝이 없다. 나는 왜 눈물을 흘리지도, 떳떳이 조문을 하지도 못하고 이런

데서 얼어붙어 있는 걸까.

회장을 등지고 걸음을 뗀다. 눈물은 한 방울도 나지 않았다. 컵 속은 텅 빈 채 바싹 말라 있었고, 그저 겉으로 꺼내놓을 수 없는 음울한 공기만이 휘몰아치고 있었다.

이튿날, 아침에 일어나보니 미즈무라에게서 메시지가 와 있었다.

'장례식 안 왔지? 무슨 일 있어?'

하품을 한 번 하고 침대를 기어 나온다. 잠이 덜 깬 눈으로 손가락을 놀린다.

'내가 어떻게 가. 남인데.'

짜증을 섞어, 일부러 가시 돋친 말로 대꾸한다. 곧바로 답장이 왔다.

'그런가, 미안. 로쿠가 봤다길래 혹시 왔었나 해서.'

하아, 하고 무심코 한숨을 내쉰다. 어제부터 몇 번을 토해냈는지 모를 우울이 방 안에 또 한 겹 쌓인다. 스마트폰을 침대 위에 내팽개친다. 폭 하고 받아 드는 천 소리가 났다.

파자마 바람으로 아래층으로 내려간다. 발소리를 들은 어머니가 "좋은 아침" 하고 부엌에서 말을 걸어온다. 나도

"좋은 아침" 하고 되받는다. 달걀이 익는 맛있는 냄새가 풍긴다.

"마침 깨우려던 참인데. 아침 다 됐어, 세수하고 와."

"예예."

건성으로 대답하고 세면대로 향한다. 거울에 비치는 건 익숙해질 대로 익숙해진 여자의 얼굴이다. 피부 관리엔 제법 신경을 쓰는 편이라, 결코 저렴하지 않은 스킨 로션을 인터넷으로 주문하고 있다. 화장품값만 해도 만만치가 않다. 미용실도 한 달에 한 번씩은 다니고 있다.

대체 난 누굴 위해서 잘 가꾼 외모를 유지하려는 걸까. 자신을 위해서도, 다른 이들을 위해서도 아닌 오직 한 여자를 위해서다. 그런데 이게 의미 있는 일일까. 이 인생을 지켜나가는 데 무슨 의미가 있는 걸까.

물을 틀어 세수를 한다. 손끝에 닿는 물이 차갑다. 세수도 스킨도 귀찮아서 찬물을 두 번 냅다 끼얹은 다음, 수건으로 얼굴을 닦고 식탁으로 향한다.

식탁엔 아침 식사가 차려져 있었다. 고교 시절이 떠오른다. 지금 사는 집에선 아침을 거의 먹지 않는다. 저녁도 어머니가 해주는 것처럼 제대로 된 요리를 먹진 않는다. 딸이 오니 메뉴가 호화로워지는군, 하고 아버지가 불쑥 중얼거리던 게 생각난다.

"그나저나, 어젠 어땠니?"

자리에 앉기가 무섭게 어머니가 기다렸다는 듯 물어 온다. 어젠 밖에서 저녁을 대충 때우고, 집에 오자마자 방에 틀어박혔다.

"결국 안 갔어. 직전에 관뒀어."

"아, 그랬어? 그래, 그게 나아. 응, 안 가길 잘했어."

어딘가 안도한 기색을 보이는 어머니에게 살짝 화가 난다. 오늘은 왠지 아침부터 짜증이 치민다. 그러고 보니 슬슬 생리할 때네, 하고 머릿속으로 지난번 날짜를 헤아려 본다.

"오늘 어디 가?"

"아니, 딱히 일정 없어."

"어머, 그럼 잠깐 같이 나갔다 올까? 가보고 싶었던 케이크 가게가 있는데, 아빤 생전 그런 데 같이 가주는 법이 없잖니. 그렇다고 혼자 가기도 뭣해서."

어머니의 입에서 연달아 쏟아져 나오는 말들을, 토스트를 베어 물며 애매한 맞장구로 받아넘긴다. 좌우간 졸음이 밀려오는 것도 생리 때문이리라. 생각이 잘 정리되지 않는다.

부랴부랴 식사를 끝낸다. 아직 식사 중인 어머니를 남겨두고, 싱크대로 식기를 들고 간다. 곧장 방으로 가려는데 어머니가 불러 세운다.

"뭐야, 가게 같이 가주기로 한 거 아니야?"

"어차피 지금 바로 나갈 거 아니잖아. 위에서 좀 쉬고 있을게."

"왜 그래, 어디 아파?"

"멀쩡해, 아무렇지도 않아."

발소리를 크게 내며 계단을 오른다. 방 문을 열고 그대로 침대에 쓰러진다. 권태감과 졸음이 온몸을 뒤덮고 있는데 잠이 올 기미는 없다. 이불에 둘둘 말린 채 스마트폰으로 손을 뻗는다. 미즈무라에게서 또다시 메시지가 와 있었다.

'괜찮으면 지금 우리 집 와서 향 피울래? 밤까지 아무도 없거든.'

그 내용을 보고 망설인다. 지금은 미즈무라를 만나고 싶지 않다. 하지만 아빠에게 끝내 작별 인사도 하지 못했다. 약간의 고민 후 화면을 두드린다.

'알았어. 지금 갈게.'

메시지를 보낸 뒤, 파자마를 벗고 실내용 스웨트셔츠로

갈아입는다. 얄팍한 재킷을 걸치고 계단을 내려간다. 거실에서 TV를 보고 있는 어머니에게 말을 건넨다.

"잠깐 나갔다 올게."

어머니가 소파에 파묻혀 있던 상체를 튕기듯 일으켰다.

"뭐? 케이크는 어쩌고?"

"금방 올 거야. 다녀오겠습니다."

몇 시에 올 건데, 하는 불만 섞인 말을 뒤로한 채, 현관에 놓인 자전거 열쇠를 집어 들고 밖으로 나왔다. 바람이 차다. 가을에서 겨울로 넘어가려는 공기의 냄새다. 하늘을 올려다보니 답답한 회색 구름이 주변 일대를 두툼히 뒤덮고 있었다. 페로는 비가 올 낌새를 알아챘는지, 내 쪽을 지그시 바라보기만 할 뿐 개집에서 나올 생각이 없어 보였다.

날씨를 살피며, 자전거를 타고 예전 집으로 향한다. 핸들을 쥔 양 손가락이 얼어붙을 듯 차갑다. 장갑을 끼지 않은 게 후회된다. 공영 주택 단지로 가는 길은 예전과 거의 변함이 없었다. 병원은 여전히 노인들로 가득하고, 폐가는 아직 철거되지 않았다. 공원에도 드문드문하게나마 사람의 모습이 보인다. 더는 올 일이 없을 줄 알았는데.

단지는 내 기억보다도 꾀죄죄하고 초라해져 있었다. 찌든 오염으로 얼룩진, 하얗던 계단을 올라 집 앞에 다다른다. 초인종을 누른다. 문밖엔 더 이상 자전거가 놓여 있지 않았다.

철커덕 문이 열리고 미즈무라가 얼굴을 내민다. 부스스한 머리에 트레이닝복 차림이었다. 두꺼운 검정 테 안경을 쓰고 있기에 그러고 보면 평소엔 콘택트렌즈를 꼈었지, 하고 생각해낸다. 항상 차려입고 만나는 우리가 오늘만큼은 무장 해제 상태였다.

"왔어? 들어와."

"응."

언제나 신발로 들끓던 현관은 말끔해져 있었다. 안으로 들어가 보니 전보다 살림이 줄어서 다소 정돈돼 보인다. 다만 공기가 눌어붙어 있는 듯한 냄새가 났다. 악취는 아니지만, 이게 이 집의 냄새구나 싶은 느낌이었다.

"아버지, 여기 계셔. 향 피워드려."

안쪽 방으로 이어지는 미닫이문을 연다. 커튼을 단단히 친 어두컴컴한 방 한구석에, 은은하게 웃는 아빠의 얼굴이 있었다. 미즈무라가 전등 스위치를 누른다. 잠시 번쩍번쩍 깜빡이더니 형광등이 켜진다. 액자에 장식된 아빠의 사진과 도자기로 된 하얀 항아리, 그리고 그 옆에 놓인 선향 다발이 빛에 드러났다. 이미 피우고 난 선향 몇 개가 은색 컵 안에 꽂혀 있다.

“미안, 아직 불단이 없어서 좀 초라하지.”

“초라하긴 뭘. 어쩔 수 없잖아, 얼마 되지도 않았는데.”

이런 상태보다도 그 말이 아빠를 깔보는 것만 같아 살짝 울컥한다. 액자 앞에 무릎을 꿇는다. 선향 하나를 꺼내 놓여 있는 라이터로 불을 붙인다. 손으로 부채질해 불꽃을 끄고, 연기를 내뿜기 시작한 선향을 컵에 꽂는다. 눈을 감고 두 손을 모은다.

아빠가 자주 짓던 난감한 미소를 눈앞에 두고도 슬픔이 실감되지 않았다. 마지막 인사를 할 생각이었는데, 여기 오니 막상 무슨 말을 해야 할지 모르겠다. 아빠, 저예요, 리쿠예요. 마음속으로 그렇게 말한들 아빠라고 이해할 수 없을 것이다. 몇 번 본 적도 없는 여자가 저를 아들이라 칭한다니. 나는 죽은 아빠에게조차 아들로 여겨질 수 없다.

눈을 뜨고 일어선다. 무릎을 꿇는 데 익숙지 않아 몸이 약간 휘청인다. 미즈무라가 익살맞은 척을 하며 내 얼굴을 들여다본다.

“왜?”

“아니, 합장을 너무 오래 하고 있길래. 사카히라 씨가 혹시 우시는 건가 하고."

헤실헤실 하는, 여느 때의 태평한 미소다. 알고 있다. 이건 미즈무라의 다정함이다. 나를 생각하는 마음에서 낙천적으로 웃고 있는 것이다. 내가 막다른 곳에 내몰리지 않게끔 미즈무라는 항상 웃음을 띠고 있다. 속마음을 한사코 감추고, 괴롭더라도 조금도 내색하지 않으며.

화가 났다. 네까짓 게 뭐라고. 너 따위한테 누가 구원받는다고.

"네가 울어줬잖아. 내가 울 몫이 어딨겠어."

비꼬는 말투에 웃는 얼굴이 대번 굳어졌다. 하지만 입꼬리는 아직 올라간 채다.

"넌 좋겠다? 속 편하게 울 수 있어서. 하긴, 이 집안 아들이니 실컷 울 수 있겠지."

"그런 게 어딨어. 너도 울어도 돼."

"내가 어떻게 울어. 장례식을 어떻게 가겠냐고. 남이잖아, 나는. 이 집안하곤 아무 관련도 없는 여자라고. 그런 사람이 향 피우면서 운다는 게 말이 돼? 상식적으로 좀 생각해."

미즈무라가 난처한 듯 미간을 좁힌 채 꼼짝 않고 서 있다. 아버지 돌아가신 지 얼마 안 됐잖아, 혼란스러울 수밖에 없지. 우선 진정하길 기다려야겠다. 그런 여유를 부리는 듯해 화가 났다. 모진 마음이 쌓인다. 저 표정을 무너뜨리고 싶어진다.

누가 봐도 이상하지 않은가. "왔어? 들어와"는 무슨. "향 피워드려"는 얼어 죽을. 이 집 아들 행세나 하고 있고. 나도 울고 싶었다. 엄마와 함께 목 놓아 울고 싶었다. 엄마의 등을 쓰다듬으며 조문객에게 머리를 숙이고 싶었다. 동생과 함께 아빠의 추억담을 나누고 싶었다. 우는 동생의 머리를 끌어안고 위로해주고 싶었다. 동생의 표면 장력을 깨뜨리는 한 방울이 나였으면 했다. 그런데, 얘는 내게서 모든 걸 빼앗아간 것이다.

나는 억지웃음을 짓고 쏘아붙였다.

"말할 거야, 엄마랑 로쿠한테. 진짜 사카히라 리쿠는 나라고."

안경 너머로 보이는 미즈무라의 눈이 휘둥그레진다. 마침내 얼굴에 동요가 드리우기에 꼴좋다, 하며 웃어대고 싶어진다.

"전부 다 털어놓을 거야. 실은 몸이 바뀌었다고."

"이제 와서 무슨 소리야. 그런다고 믿을 리가 없잖아."

"과연 그럴까? 네가 모르는 가족 일, 난 잔뜩 알고 있거든. 그걸 말하면 믿지 않겠어? 로쿠도 지금껏 널 이상하게 생각해왔대. 내 얘길 들으면 역시 그랬던 거구나 하고 납득하겠지. 널 원망할지도 모르겠다. 이렇게 몇 년씩이나 속여오다니, 라면서."

미즈무라가 짧은 한숨을 내쉰다. 두꺼운 렌즈 너머의 눈에 내게 질렸다는 기색이 완연해 그만 멈칫한다. 내가 본 적 없는 미즈무라의 표정이었다.

"알았으니까 진정해. 일단 좀 앉지 그래?"

미즈무라가 앉으라고 턱짓을 한다. 흘끗 방 안쪽에 놓인 아빠 사진을 쳐다본다. 웃음을 띤 아빠가 나를 지그시 바라보는 느낌이었다. 불을 끄고 미닫이문을 닫은 뒤 의자에 앉았다. 큼지막한 동작으로 다리를 꼰다.

"말해두겠는데 난 이미 진정됐고, 진심으로 하는 얘기야."

미즈무라가 초조한 듯 검지 손톱으로 식탁을 탁탁 몇 번이고 두들겼다.

"사카히라, 부탁할게. 이럴 때 이상한 소리 좀 하지 말아줘."

"뭐가? 딱히 이상할 거 없잖아."

"이상하지. 여러모로 심란하다는 건 알아. 근데 이런 건, 아버지 돌아가신 지 며칠도 안 돼서 할 얘긴 아니잖아."

"아버지라고 부르지 마. 네 아빠 아니니까."

식탁을 두들기는 소리가 뚝 그친다. 그 손으로 앞머리를 쓸어 넘기곤, 이번에는 깊은 한숨을 내쉰다.

"그러지 마. 그럼 우리가 이제까지 해온 게 뭐가 돼. 뭘 위해 이렇게 갖은 고생을 해가며 숨겨왔냔 말야."

"그러니까 그게 쓸데없는 짓이었다고. 처음부터 말했어야 했어. 사실 우리 몸이 바뀌었다고. 그랬음 이런 바보 같은 고생도 할 필요 없었겠지."

"바보 같다니."

다시 한번 앞머리를 쓸어 넘기더니 대뜸 의자에서 일어선다. 의자 다리가 마룻바닥에 끌려 불쾌한 소리를 질렀다. 냉장고를 열어 보리차가 든 물통을 꺼낸다. "마실래?" 하고 묻기에 "됐어"라고 답한다. 식기 건조대에서 컵을 꺼내 따른 뒤 냉장고에 도로 집어넣는다. 한 모금 마신 컵을 식탁 위에 내려놓곤 다시 의자에 앉는다.

"우린 그거면 되겠지. 그야 몸이 바뀌었다고 말하면 후련할 테니까. 그치만 믿어줄지 어떨지 모르는 거잖아. 설령 너밖에 모르는 얘길 한다 쳐도 어차피 리쿠한테 들었겠지, 생각할 게 뻔해. 더군다나 주변 사람들도 혼란스러울 거 아냐. 웬 모르는 여자가 제가 당신 아들입니다, 라는

데 선뜻 받아들일 수 있을 것 같아? 말도 안 되는 소리지. 그래서 우리가 열심히, 되돌아갈 때까진 어떻게든 힘써보기로 한 거잖아. 근데 그걸 전부 쓸데없었다고, 바보 같다고 말하면 어떡해."

생떼 쓰는 어린애를 달래는 듯한 느긋한 말투가 아니꼽다. 목은 바싹 말라 있었다.

"그래, 왜 아니겠어. 아주 우등생다운 모범 답안이네요."

"무슨 말이 하고 싶은 거야?"

"그렇잖아. 너 같은 우등생이 어디 또 있겠어? 주변 사람들을 위해 노력하겠다든가 하면서. 난 그런 대답을 듣고 싶은 게 아니라고. 넌 너희 부모님한테 네가 진짜 딸이라고 말하고 싶지 않냐는 거야. 네 진짜 마음을 묻는 거라고."

"그야 말하고 싶지. 당연히 그렇지. 그치만."

"아아, 근데 넌 이미 만족하며 살고 있지? 나랑은 다르게."

미즈무라의 말을 가로막는다. 미즈무라가 나를 흘겨보듯 눈을 가늘게 뜬 채, 보리차를 입으로 가져간다.

"내 몸을 만끽하는 중이잖아. 애인도 만들고, 친구도 잔뜩 사귀고. 나랑은 달라도 한참 다르지. 고등학교 때부터 외톨이고, 변태 선생한테 성추행이나 당하고, 진짜 엄마한텐 미움 사고, 다자키랑도 그렇게 돼버렸고. 정말 부럽기

짝이 없네."

"뭐야, 그게 다 내 탓이라는 거야?"

"누가 네 탓이래? 오히려 내 탓이지. 친구가 없는 것도, 애인이랑 헤어진 것도. 근데 네가 다자키랑 사귀게 만들지만 않았어도, 셋이서 또 같이 놀 수 있었을지 모르지."

"거봐, 내 탓이라는 거잖아."

방금 전까지 애써 온화함을 유지하려던 어조는 이제 매서움을 숨기지 않았다. 조금 전보다 말끝이 드세졌다.

"그럼 나도 한마디 할게. 너는 왜 뭐든 다 나한테 의지하려고 들어?"

"뭐? 무슨 소리야."

"나한테 일일이 다 물어보잖아. 이 회사에 들어가려는데 어때? 이 사람이랑 사귀려는데 어떻게 생각해? 그만 좀 해, 너 좋을 대로 하면 되잖아. 마음대로 하라고."

"무슨 말을 그렇게 해. 어쨌거나 원래대로 돌아가면 지금의 내 생활은 네 게 되니까 일일이 물어보는 거잖아. 오히려 선심 쓰는 거지."

"선심은 무슨. 나한테 책임을 떠넘기려는 것뿐이잖아. 하나부터 열까지 나한테 떠맡기려 들지 마. 네가 어딜 취직하든, 누굴 사귀든 아무 관심 없어. 네 인생에 날 끌어들이지 말라고."

단호히 잘라 말하기에 말문이 막힌다. 차가운 칼날을 들이밀자 그렇담 나도, 하는 생각으로 더욱 강력한 말의 무기를 찾는다. 받은 상처보다 더 큰 상처를 입히고 싶어진다. 점점 돌이킬 수 없는 곳으로 가버리고 있단 걸 마음 한구석으론 알고 있으면서도.

"그렇게 생각할 줄은 꿈에도 몰랐네. 난, 너랑 날 운명공동체처럼 생각해왔으니까."

침울한 투로 말하자 안경 너머의 검은자위가 주춤하듯 동요했다. 이때다 싶어 다그쳐 말한다.

"근데 뭐, 이걸로 잘 알았어. 넌 원래대로 돌아갈 생각이 눈곱만큼도 없구나?"

"뭐라고? 잠깐, 얘기가 왜 그렇게 되는데."

"그렇잖아. 알찬 생활을 보내고 있고, 남자인 삶을 만끽하고 있고. 게다가 내가 어떤 인생을 살든 관심 없다며. 돌아갈 생각 제로잖아."

"대체 무슨 말을 하는 건지 모르겠는데, 그럴 리가 없잖아."

"거짓말 마. 그러네, 이 짓 저 짓 다 해본들 돌아갈 턱이 있겠나. 누구 하나가 돌아갈 생각이 없는데. 돌아가길 진심으로 바라질 않는데. 못 돌아가는 게 너 때문 아니냐?"

거친 어조를 유지한 채 딱 잘라 말한다. 미즈무라는 나를 잠자코 노려보고 있다. 안경 너머 길게 찢어진 눈에서 물방울이 똑 떨어진다. 최악이다. 한숨을 쉬고 싶은 심정을 억누르고 목을 빙글 돌린다. 뚝 소리가 났다. 울고 싶은 건 나도 마찬가지였다. 단지 격앙된 감정을 겉으로 드러내느냐 마느냐의 차이다. 주저 없이 울음을 터뜨리고, 남 앞에서 뻔뻔스레 눈물을 보인다니. 그럴 수 있다는 게 참으로 거슬리고, 또 부럽다.

미즈무라가 안경을 벗어 테이블 위에 둔다. 그러는 사이에도 눈시울에선 구형으로 부푼 눈물이 뚝뚝 흘러내린다. 우는 모습이 로쿠와 똑같구나 싶어 또다시 짜증이 치민다.

"나라고 돌아가기 싫겠어?"

코맹맹이 소리로 그렇게만 말하더니, 식탁 위의 티슈 몇 장을 뽑아 눈을 덮는다. 그 몸짓조차 작위적으로 느껴지기 시작한다.

"미안한데, 내 얼굴로 그렇게 한심하게 울지 말아줄래?"

티슈 너머로 눈시울을 누르던 손가락이 순간 움찔하고 멈춘다. 이내 그 손가락으로 티슈를 구깃구깃 뭉치더니 식탁 위에 내던진다. 컵에 든 보리차를 들이켜곤 조용히 내려놓는다.

“이제 나가줘. 어머니 올 때 됐거든.”

그 말에 나는 잠자코 일어선다. 말없이 등을 돌려 현관으로 향한다.

“나, 지금 처음으로 생각했어. 이제 이대로 평생 살아도 별 상관없겠다고.”

신발을 신고 있는 내 등에 대고 미즈무라가 중얼거린다.

“나도.”

“그래? 그럼 이제 된 거네.”

담담한 어조였다. 얼굴을 보고 싶지 않았다. 분명 이제껏 한 번도 본 적 없는 얼굴을 하고 있을 것이다. 그저 눅눅한 기운만이 등 뒤에 달라붙어 있었다.

“그러네. 이제 됐네.”

등을 돌린 채 그렇게만 대꾸하고, 문을 열고 밖으로 나왔다. 물방울이 콘크리트 바닥에 세차게 부딪치는 소리가 들려와 하늘을 올려다본다. 굵은 빗방울이 쏟아져 내리고 있었다. 하늘을 올려다볼 때면 언제나 날씨가 궂다.

닫은 문 안쪽에서 철컥하고 자물쇠 잠그는 소리가 들려왔다. 거절을 빼닮은 소리였다.

집에 도착했을 땐 물에 빠진 생쥐 꼴이 되어 있었다. 우산도 없이 자전거로 빗속을 뚫고 달려왔으니 당연한 일이었다. 회색 후드티를 검게 물들이고 돌아온 내게 어머니는 황급히 수건을 들고 와 머리를 닦아주었다. 어떻게 된 거냐며 캐묻는 어머니에게 나는 미안한데 지금 가보려고, 하고 전했다. 놀란 기색으로 또다시 질문해 오는 어머니에게 일 때문에 바로 좀 가봐야 해서, 라고만 답했다.

후다닥 짐을 싸서 도망치듯 집을 나왔다. 한시라도 빨리 이곳에서 벗어나고 싶었다. 어머니가 역까지 차로 바래다준다기에 얻어 타기로 했다. 언제나 수다스러운 어머니가 입을 굳게 다물고 있었고, 앞 유리창에 부딪는 후드득하는 빗소리만이 차 안을 울리고 있었다. 역에 도착해 갈 즘 어머니가 케이크 가게는 다음에 가자, 라는 말만 했다. 나는 좌우로 흔들리는 와이퍼를 바라보며 그래, 하고 대꾸했다.

신칸센에 올라탈 즘엔 빗줄기가 제법 약해져 있었다. 자리에 앉아 창문에 매달린 물방울을 바라보다 어느새 잠이 들었다. 눈을 뜨니 도쿄에 도착하려는 참이었다.

캐리어를 끌며 역을 걷는다. 고향과는 비교도 안 되는

소란함 속을 빠져나와 만원 전철에 올라탄다. 혀를 차는 샐러리맨 옆에서 숨을 죽인다.

왠지 집으로 가고 싶지 않아, 패밀리 레스토랑에서 저녁을 때우며 부질없이 시간을 보냈다. 집에 도착할 즘엔 시계의 짧은바늘이 꼭대기를 지나고 있었다. 료는 이미 잠들었는지 집 안이 캄캄했다. 최대한 소리가 나지 않게 문을 닫고 현관 불을 켠다. 살금살금 안으로 들어간다. 희미한 주황 불빛을 등지고 침실을 들여다본다. 어둠 속에 료의 실루엣이 보인다. 커다란 몸을 구부리고 잠들어 있다.

캐리어를 현관에 둔 채 거실로 향한다. 소파 곁에 놓인 하얀 목제 수납장의 맨 위 서랍을 연다. 안쪽을 살펴 상자의 네모난 감촉을 확인하며 끄집어낸다. 학교에서 받고 아직 한 번도 뜯지 않은, 상자에 든 만년필을 손에 든다.

필름 너머로 만년필을 바라본다. 검게 빛나는 몸체 한 귀퉁이에, 알파벳 R과 S가 금색으로 작게 새겨져 있다. 그것을 세게 움켜쥐어 상자째로 뭉갠다. 콰직 소리와 함께 단단한 상자의 모서리가 손바닥을 파고들었다. 그대로 쓰레기통을 열어 집어 던졌다.

이로써 진정한 미즈무라 마나미로서의 삶을 살게 된다. 원래의 내 몸과는 결별하고, 되돌아갈 때를 위한 준비를 관두고.

그렇지 않고서야 방법이 없지 않은가. 괴로움이 극에 달한 것이다. 언젠가 되돌아가지 않을까 기대하고, 간절히 바라며 잠자리에 들고, 결국 절망하며 눈을 뜨는 아침을 수도 없이 되풀이해왔다. 이럴 바에야 차라리 바라지 않는 편이 낫겠다 싶으면서도, 마음속 어딘가에선 여지없이 기대를 품고야 만다.

그러는 한편 지금의 생활을 잃으면 어쩌지, 하는 공포심이 공존한다. 료를 좋아하고, 몇 안 되지만 종종 술자리를 갖는 친구들도 생겼다. 좋은 것도, 싫은 것도 아니지만 이제야 겨우 익숙해진 일들도 있다. 원래대로 돌아간다는 건 그것들을 모조리 잃는다는 뜻이다.

그런데도 역시나, 내가 있을 곳은 여기가 아니란 마음도 강하다. 아빠의 죽음 이후로 그 생각이 더욱 절실해졌다.

쉽게 말해 뒤죽박죽인 상태다. 이 진흙탕 같은, 수많은 것들이 뒤얽힌 기묘한 색깔의 감정을 여태 끌어안고 살아왔다. 이제 한계에 다다랐다. 스스로에게 거짓말을 하는 것도, 누군갈 속이는 것도.

그러므로 그게 끝이 난 지금, 나는 안도하고 있다. 내 몸에 매달려 있던 희망으로부터 나는 버림받은 것이다.

미즈무라에게 화살 같은 말을 퍼부으면서, 어서 나를 저버리라고 빌고 또 빌었다. 부디, 제발 내게서 떨어져 줘. 더 이상 얼굴도 보고 싶지 않다고, 두 번 다시 만나고 싶지 않다고 심술궂게 쏘아붙여 줘.

그리고 그 결과, 바라는 대로 됐다. 이제 더는 미즈무라를 만날 일이 없을 것이다. 엄마나 로쿠도, 다자키도. 이 몸도 원래대로 돌아가는 일은 아마 없을 것이다. 이제야 비로소 나는 나만의 인생을 제대로 살아갈 수 있다. 그러면 분명 이 구역질 나는 불안감 또한 사라져 없어질 것이다.

분명 그럴 텐데. 닫힌 쓰레기통 뚜껑을 지그시 쳐다본다. 어째서 이런, 불안정한 발판에 홀로 서 있는 듯한 기분에 사로잡히는 걸까.

"마나미?"

등 뒤에서 목소리가 들려왔다. 료다. 돌아보고 싶지 않았다. 분명 쌀쌀맞은 얼굴을 하고 있을 터였다.

"어떻게 된 거야, 더 일찍 온다고 하지 않았어?"

의아한 듯 물으며 료가 다가온다. 나는 홱 하고 뒤돌아, 몸을 부딪듯 안겼다. 료가 가볍게 비틀거리며 뒷걸음을 걷는다.

"결혼하자, 료."

가슴팍에 얼굴을 묻은 채 더욱 가까이 달라붙는다. 잠에서 막 깨어난 탓인지 몸이 따뜻하다.

어떻게든 거처를 마련하고 싶었다. 한평생 곁에 있어줄 누군가가 필요했다. 그렇지 않고서는 도저히 이 몸으로 살아갈 자신이 없었다.

"어? 왜 그래, 무슨 일 있어?"

"결혼하자, 료. 부탁이야, 결혼해줘."

료가 얼떨떨한 듯, 큼지막한 손바닥으로 내 머릴 천천히 쓰다듬는다. 이럴 때마저 료는 아무것도 묻지 않는다. 지금은 왠지 그게 몹시도 서글펐다.

이토록 서글프고, 괴롭고, 또 쓰라린데도, 역시나 눈물은 한 방울도 나지 않았다.

30

"응, 마도카는 잠들었어. 별일 없었어."

몇십 시간 만에 듣는 남편의 여유로운 목소리가 전화 너머로 흘러온다. 평소엔 이렇게 오랜 시간 떨어져 있는 일이 거의 없어선지, 고작 이만큼 못 봤다고 무척 그립게 느껴진다.

"다행이네. 문단속 잘하고. 아, 그리고 욕실이랑 화장실 청소 좀 해놔 줘. 어차피 할 일도 없잖아."

네에, 하고 믿음이 안 가는 느긋한 대답이 들려온다.

"여보야말로 밤늦게까지 돌아다니지 마. 거긴 가로등도 적어서, 여자가 다니기엔 특히 더 위험하니까."

진지함이 어린 목소리에, 얼렁뚱땅 둘러대지도 못하고 예예, 알았어요, 하고 받아넘긴다.

여성이라는 성별에 제법 익숙해진 듯싶어도, 대놓고 여자 취급을 받으면 아무래도 좀 찜찜한 기분이 든다. 그렇다고 아예 여자 대우를 못 받는 것 또한 낙담할 일이지만.

가만 보면 남자라는 생명체는 누구든 자신이 남자이길 바라는 눈치다. 보기와는 달리 마음이 여린 료조차 그런 경향이 있어, 가령 내가 먼저 손을 잡으면 싫은 내색을 보이곤 한다. 본인이 먼저 잡아야만 직성이 풀리는 모양이다. 돌이켜보면 쓰키노도 다자키도 다소 그런 부분이 있었던 것 같다. 남자의 그런 면이 참 까다롭다 싶으면서도, 동시에 귀엽다는 생각도 든다.

전화를 끊자, 조수석에 앉은 미즈무라가 과장스럽게 히죽대며 내 쪽을 보고 웃고 있었다.

“뭐야, 불만 있어?”

“딱히. 주부가 맞긴 맞구나 싶어서. 그리고 남편을 아주 쥐어흔드는구나 싶어서.”

“남편은 좀 잡혀 살 필요가 있어. 개넨 잡혀 사는 척하면서, 오히려 아내를 손바닥 위에 올려놓고 주무르는 놈들이거든.”

키를 돌려 시동을 건다. 차가 숨을 토해내는 소리가 난다. 핸들을 쥐고 시트 깊숙이 자세를 고쳐 앉는다.

"오래 기다렸지. 그럼 가볼까?"

"네, 잘 부탁드립니다."

"어우, 술 냄새. 운전하는 사람 앞에 두고 술을 진탕 마셔대다니."

"어쩌겠어, 면허가 없는걸."

그런 대화를 싣고, 차는 밤거리를 달려 나간다. 도쿄와는 사뭇 다른 밤. 가로등만 듬성듬성 서 있는 바깥이 캄캄하다. 인적은 거의 없고, 차량 통행도 적다. 그런데도 종종 보이는 신호등은 맡은 바를 성실히 수행하고 있다.

진짜 어둠은 이처럼 고요하고 무섭다. 이 세상에 둘만 남겨진 기분이 들어, 객쩍은 이야기로 침묵을 깨려 한다.

"사카히라, 몸 바뀌었을 때 내 가슴 만졌지?"

"갑자기 뭔 소리야. 안 그랬거든."

"왜? 오히려 안 만지는 게 이상한데? 그런 거야말로 몸이 뒤바뀐 설정의 묘미잖아."

"아닌 말로 그러고 있을 상황이 아니었으니까. 가랑이에선 피가 줄줄 나오고 있었고."

"하긴, 그건 안 놀랄 수가 없지. 나도 만져보던 중에 무슨 하얀 게 튀어나오길래 깜짝 놀랐거든."

"야, 그 얘길 왜 이제 해. 성추행범으로 고소할 거야."

"맞다, 성추행 하니까 생각났는데, 이소야 체포된 거 알았어?"

"진짜? 뭐로 체포됐는데?"

"강간 미수래. 아무 일도 없었다는 듯 또 교사로 일했나 본데, 학생을 덮치려던 게 발각돼서 체포됐대."

"진짜? 그 자식도 어떻게 보면 참 한결같다."

"대단하지. 초지일관이랄까?"

"그건 좀……. 그나저나 그런 정보는 어디서 입수하는 거야?"

"이다. 걔, 이유는 몰라도 이 동네의 모든 정보를 빠삭하게 꿰고 있거든."

"뭐야, 무섭게. 걘 대체 정체가 뭐냐?"

"그냥 남 얘기 하기 좋아하는 애야. 걔는 그런 얘기 하러 여기 오는 거거든."

"거의 아줌마가 다 됐네. 이다도 아직 만나는구나."

"만나지. 여기 올 때 타이밍 맞으면, 다자키랑 셋이서 술 한잔하고 그래."

"그렇구나. 어쨌든 뭐, 다들 잘 지내는 것 같아서 다행이네."

"잘 지내, 잘 지내. 둘 다 슬슬 결혼하고 싶단 얘기밖에 안 해."

"그런 생각으론 오히려 결혼 상대 찾기가 더 힘든 것 같아."

"오, 기혼자의 고견이신가요?"

"그런 건 아니지만, 나도 뭔가 분위기에 휩쓸려 결혼한 느낌이 없지 않아 있어서."

"맨날 그 얘기네. 그렇다고 딱히 후회되는 건 아니잖아?"

"그렇진 않지, 지금으로선. 솔직히 결혼 안 했음 어떻게 살고 있었을까 하는 생각은 가끔 드는데, 뭐 마도카도 너무 예쁘니까."

"역시 애가 있으면 좀 달라?"

"응, 아예 달라. 누군가한테 이렇게 대가 없는 애정을 쏟을 수 있다는 게 진짜 굉장한 것 같아. 족쇄처럼 느껴질 때가 없다면 거짓말이겠지만, 그래도 원동력이 되거든. 아직은 죽을 수 없단 생각이 들지."

"오오, 그런 긍정적인 느낌 좋다. 저도 그렇게 살아가고 싶네요."

서로의 말이, 정적에 휩싸인 밤에 미끄러지듯 녹아든다.

아무 의미도, 생산성도 없는 대화. 그럼에도 우리에게는 소중한 것이었다. 자신이 혼자가 아님을 확인하기 위한 말들. 고독하지 않다는 데, 옆에 미즈무라가 있다는 데 나는 안심감을 느낀다. 그러나 미즈무라뿐만이 아니다. 나는 지금껏 수많은 사람들 덕에 살아올 수 있었고, 가까스로 지금 이곳에 와 있을 수 있었다. 그건 미즈무라 역시 마찬가지일 터다. 사람은 혼자서 살아갈 수 없고, 둘이서만도 살아갈 수 없다.

차는 점점 엄마가 사는 빌라에 가까워진다. 어느새 차 안엔 침묵이 내려앉아 있었다. 내비게이션에 표시된 시간을 확인한다. 23시 2분. 오늘이라는 하루가 끝나가려는 참이었다.

"이제 또 1년 뒤에 보겠네."

조수석에서 창밖을 바라보며 미즈무라가 불쑥 혼잣말한다.

"연중행사가 된 느낌이야. 이방인에 가서 근황 보고를 하고, 아빠 산소에 성묘하러 가고, 집에서 같이 저녁을 먹고 해산하는 식으로."

그러게, 하고 웃음소리가 들려온다.

"올해로 딱 15년이잖아. 특별할 건 없지만, 왠지 좀 감회가 새롭네."

미즈무라가 그렇게 말했고, 또다시 침묵이 찾아온다. 살짝 열어둔 창문 밖에서 타이어와 도로의 마찰음이 들린다.

"저기, 미즈무라."

"응?"

"지금 잠깐 학교에 가볼래?"

나도 지금 그 말 하려고 했는데. 배시시 웃으며 미즈무라가 시트 깊숙이 자세를 고쳐 앉는다.

잠시 후, 우회전입니다, 하고 길을 안내하는 내비게이션을 무시한 채 유턴했다.

27

"그럼 장모님, 죄송하지만 잘 부탁드리겠습니다."

료는 엄마를 향해, 벌써 몇 번째인지 모를 폴더 인사를 되풀이하는 중이었다. 알았으니 걱정 말래도, 하며 엄마가 쓴웃음을 띤다.

"무슨 일 생기면 곧장 연락해. 바로 갈 테니까."

불안한 듯 미간을 좁힌 그 표정은 작은 동물을 연상케 했다. 몸집은 곰 만한 주제에.

"알았다니까. 꼭 연락할게."

"꼭이야. 아무쪼록 몸조심하고."

"예예, 알았다고요."

될 대로 되라는 말투에도 아랑곳 않고, 쭈그리고 앉아 둥글게 튀어나온 내 배를 쓰다듬는다. 큼지막한 손바닥에서 열이 전해져 온다.

"얼른 만나자. 건강한 모습으로 나오렴."

인자함으로 가득한 표정이다. 어떻게 이런 표정을 지을 수 있는지 신기하다. 지금은 아직 배 속에서 작은 장기를 끌어안고 꿈틀거리는 미지의 존재일 뿐이다. 이게 인간으로 태어나리란 사실이 도무지 믿기지 않는다. 그런데 남편은 언제나 사랑스럽다는 표정으로 내 배를 어루만진다.

흔히 남자는 출산 경험이 없어 아빠가 된다는 자각을 못 한다던데, 료를 보면 예외도 있구나 싶다. 부모의 얼굴을 나보다 훨씬 더 잘하고 있으니까.

가보겠습니다, 하고 또 한 번 깊숙이 머리를 숙이곤, 아빠가 운전하는 차에 올라탔다. 나와 엄마가 나란히 손을 흔들며, 사라져가는 차를 눈으로 배웅한다.

"얘 마나미, 너 말씨 좀 신경 써."

"응? 내가 뭐 실수했나?"

"했지. 알았다고요, 라니. 료가 착해서 망정이지, 너 남들이 보면 교양 없다 그래."

"알았어, 알았어, 신경 쓸게. 잠깐 화장실 좀."

옛날엔 그렇게나 애교스럽더니, 하고 궁얼궁얼 잔소리하는 엄마를 뒤로하고 화장실로 들어간다. 변기 시트를 올리고 배를 감싸 안듯 웅크린다. 그러곤 소리 죽여 구토한다. 목구멍을 녹여버릴 것만 같은 산미가 솟구쳐 오른다. 위 안에 든 것이 역류해, 강렬한 쓴맛을 남기며 혀 위를 미끄러진다. 황토색 액체가 뚝뚝 떨어져 변기 물에 뒤섞인다.

입덧 시기는 이미 한참 전에 지난 줄 알았는데, 지금 시기에도 비슷한 증상이 나타날 수 있단 말을 의사에게 듣고 납득이 갔다. 구역감은 불쑥불쑥 치밀어 오르므로, 그럴 때마다 화장실로 뛰어 들어가 소리가 나지 않게끔 조용히 토해내곤 한다. 료나 엄마는 몰랐으면 했다.

변기 안은 숨이 콱콱 막히는 냄새로 가득 차 있었다. 작게 뜯어낸 휴지로 입을 닦은 뒤, 그것과 함께 흘려 보낸다.

료가 아빠다운 얼굴을 할 때마다 나는 불안감에 사로잡

히곤 했다. 내가 곧 엄마가 되리란 실감은 조금도 나지 않았고, 차라리 후딱 낳아버리고 싶은 심정이었다. 생명 따위가 아닌 이물(異物)로서의 인식밖에 없으며, 여드름이나 뾰루지처럼 쓸데없는 걸 에워싼 큼지막한 종양으로만 여겨졌다.

과연 아이가 태어난다고 이 불안감이 해소될 수 있을까.

혀 뒷면에 고인 시큼한 타액을 변기에 뱉어내고, 다시 한번 물을 내린다. 세면대에서 입을 헹구고 손을 씻은 뒤 거실로 돌아간다. 엄마가 슬리퍼를 마룻바닥에 탁탁 부딪으며 다가온다.

“마나미, 몸은 어때? 안색이 좀 안 좋은데.”

“응, 좀 피곤하네.”

“그러니? 여기 이불 깔아줄 테니까 누워서 좀 쉬어.”

“방으로 갈 거라 괜찮아.”

“얘는, 계단 오르내리면 위험해. 넘어지면 어쩌려고.”

“괜찮다니까, 계단 가지고 뭘.”

여전히 명치 부근에 회오리치는 불쾌감으로 그만 말투가 거칠어진다. 매몰찬 말투에도 엄마는 태연한 얼굴로 한 계단 한 계단 천천히 올라가, 하며 나를 올려다본다. 친정에서 출산하길 잘했단 생각이 들었다. 집이었더라면 료에게도 똑같이 화풀이를 하고, 그 후 자기혐오에 빠져 더욱더 짜증을 내고 마는 악순환을 초래했을 터다. 집안일도 제대로 못 했을 것이다. 그런데 여기선 실컷 응석 부릴 수 있다. 어리광을 조건 없이 받아주는 부모란 존재가 새삼 대단하게 느껴졌다. 동시에 내가 그런 존재가 된다고 생각하니 불안한 마음이 들었다.

방으로 들어와 쓰러지듯 침대에 눕는다. 다소나마 구역감이 가라앉는다. 나온 배를 쓰다듬는다. 이 안엔 분명 뭔가가 존재한다. 그 사실을 주장하듯, 배 속에서 이따금 꿈틀거리는 감촉이 느껴진다. 하지만 그건 몸을 바르르 떨게 만드는 정도로, 흔히 말하는 '발로 찼다' 따위의 감각은 없다. 여기 있는 게 정말 사람이 맞는 걸까. 그런 생각을 하며 눈을 감았다.

임신 8개월 차에 접어들 무렵, 정기 검진 때 병원 측으로부터 입원을 권유받았다. 절박조산(조산이 되기 직전인 상태—옮긴이)의 가능성이 있어 절대 안정이 필요하다는 것이었다.

절박조산이란 단어에 다소 두려움이 일었으나, 의사는 아무렇지 않은 듯 담담하게 설명했다. 그 무덤덤한 태도에 어느 정도 안정을 되찾을 수 있었다. 나보다도 엄마가 더 당황해하며 의사에게 자꾸만 질문을 되풀이했다.

의사 말로는 자택에서 안정을 취해도 된다는데, 엄마가 만전을 기해야 한다며 난리를 피우는 통에 즉시 입원하게 됐다. 나도 그러는 편이 좋겠다고 생각했다. 현재 집에서 누워만 지내는 나를, 아빠가 게으름뱅이 보듯 모멸적인 시선으로 쳐다보곤 했으므로.

료에겐 이미 결정된 후 통보한 꼴이 됐다. 그 점을 사과하자, 그보다 괜찮은 거 맞아? 하며 노골적으로 동요했다.

"괜찮아, 절박조산이 그리 드문 일도 아니래고, 안정을 취하면 아무 문제 없대."

전화 너머로 달래듯이 차근차근 타이른다. 병원은 휴대전화 사용이 금지돼 있다는 이미지가 강했는데, 병원에 따라선 꼭 그렇지만도 않은 모양이었다. 공동 입원실이지만 나 말곤 입원 환자가 없어 통화도 허용됐다.

"아무리 그래도 입원은 입원이지. 일단 지금 바로 갈게."

"뭐? 됐어, 괜찮아. 당장 태어나는 것도 아닌데."

"그건 알지만, 얼굴을 봐둬야 마음이 편할 것 같단 말이야."

료는 의외로 완고한 면이 있어, 이렇게 된 이상 물러나는 일이 없을 것이다. 그럼 기다릴게, 하고 전화를 끊었다.

호들갑은, 하며 웃을 수 있었다. 이때까지만 해도. 그러나 해가 기울어갈수록 내 안의 불안감이 점차 커지기 시작했다. 그러고 보면 큰 병을 앓은 적도 없고, 입원 또한 처음이었다.

너무 우습게 생각한 모양이다. 막연한 공포가 발밑에서부터 스멀스멀 기어올라 왔다. 이는 죽음에 대한 공포였다. 만약 아이가 무사히 태어나지 못한다면. 출산 중 문제가 생겨 나까지 목숨을 잃고 만다면. 하얗고 깨끗한 병실은 죽음을 연상시키기에 더없이 충분한 장소였다.

밖이 어두워지고, 소등 시간이 되어 주위가 캄캄해지고 나서도 눈이 말똥말똥한 채 잠이 오지 않았다. 스마트폰으로 시간을 때우려 해도 집중이 잘 안 됐다. 눈을 감아도 눈꺼풀 뒤편에선 최악의 상상만이 어지럽게 펼쳐졌다. 이럴 거였으면 그냥 자택 요양을 할 걸 그랬다. 억지로 잠을 청하고자, 이불을 머리끝까지 뒤집어쓰고 눈을 질끈 감았다.

다음 날 낮에는 엄마가 상태가 어떤지 보러 와주었다. 평소엔 성가시기만 하던 참견과 잔소리도 이때만큼은 고맙게 느껴졌다. 하지만 밤이 되면 같이 있을 수 없다. 혼자가 되는 게 무서웠다. 아무도 모른 채, 고독히 죽어버릴 것만 같은 기분이었다. 괜찮다. 이 불안한 밤에도 분명 익숙해지는 날이 온다. 그렇게 나 자신을 타이르며, 엄마에겐 아무 말 않고 평소처럼 대했다.

그런데 이틀째 밤도 공포감은 잦아들지 않았다. 잦아들긴커녕 점점 더 커져만 갈 뿐이었다. 이상하다. 고작해야 출산인데. 난치병을 앓는 것도 아니고, 그저 아이를 낳을 뿐이다. 모두들 감당하고 있는 일이다. 그런데도 무섭다. 죽고 싶지 않다. 얼른 여길 나가고 싶다. 도망치고 싶다. 죽고 싶지 않다. 싫고, 또 무섭다.

극심한 구역감이 치밀어 오른다. 입안 가득 퍼지는, 고형물을 동반한 액체의 불쾌감을 못 이겨 그만 밖으로 토해낸다. 타이밍을 놓쳐 토사물을 새하얀 이불에 쏟아내고 말았다. 구토용 용기도 준비돼 있었는데. 절망적인 심정으로 더러워진 침대를 내려다본다. 베개에까지 비말(飛沫)이 튀어 있었다. 악취가 진동한다. 이 상태론 도저히 잘 수가 없어 간호사를 호출한다. 얼마 후 간호사가 반달음질을 해 왔다. 무슨 일이시죠? 하고 물으며 더러워진 침대에 눈을 떨구고 있다. 그 내리깐 시선이 날 나무라는 것처럼 느껴져, 또다시 입안에 신맛이 난다.

"죄송해요, 타이밍을 놓쳐서."

사실을 말할 뿐인데도 어딘가 변명을 하는 듯 떳떳지 못한 느낌이다. 괜찮아요, 하며 날 일으켜 세우곤, 더러워진 천들을 거침없이 정리해간다. 더 토하고 싶으시면 하세요, 라며 들이밀린 용기에 토악질을 해본다. 구역감은 있으나 이물질이 치솟는 감각은 없다.

간호사에게 여러 번 사과한 뒤, 다시금 깨끗한 이불을 뒤집어쓴다. 그 순간 또다시 구역질이 치밀어, 목구멍까지 역류하려는 액체를 침과 함께 과감히 삼켜낸다. 눌어붙는 듯한 감각이 목 안을 타고 내린다. 가슴속에서 극심한 불쾌감이 소용돌이친다.

왜 나만 이렇게 무서운 걸까. 모두들 어려움 없이 해내는 일 같은데. 어둠 속에 떠오르는 하얀 천장이, 안구를 뒤덮은 수분으로 흐릿해진다. 울면 안 된다는 생각으로 눈을 부릅뜬다. 이런 일로 불안해해선 안 된다. 나는 보통의 여자가 그러듯 가장 사랑하는 사람과 결혼해 가정을 이루고, 아이를 낳아 기르며 엄마가 되는, 그런 삶을 살아가야만 한다. 보통이 되지 않으면 안 된다. 이런 일로 무서워하고 있을 시간이 없다.

그렇게 스스로를 타이를수록 불안감은 졸음을 앞질렀고, 그저 눈 깜빡이는 횟수를 자꾸만 늘려갈 뿐이었다.

입원한 지 나흘째, 료가 왔다. 오른손을 휘휘 흔들며 병실로 들어온 료의 얼굴을 본 순간, 긴장의 끈이 단숨에 느슨해지면서 나도 모르게 울음을 터뜨릴 뻔했다. 하지만 애써 눈물을 참았다. 전화로 하도 거절했던 것도 있지만, 내일이면 다시 도쿄로 돌아가야 할 료에게 불안감을 주고 싶지 않았다.

"몸이 좀 안 좋아 보이는데, 괜찮아?"

그렇게 말하며 료가 얼굴을 들여다본다. 표정을 보이고 싶지 않아, 얼떨결에 고개를 틀어 얼굴을 돌린다.

"뭐야, 왜 얼굴을 피해?"

"지금 맨얼굴이라서. 너무 그렇게 보지 마."

"이제 와서 뭘. 맨얼굴은 이미 실컷 봤는데."

"지금은 피부도 안 좋단 말야."

"안 그래. 늘 그렇듯 예뻐."

"아니야, 심각해. 가까이서 보면 잔뜩 뒤집어졌어."

"알았어, 알았어. 가까이 안 갈 테니까 여기 좀 봐봐."

다독이는 말투에 천천히 료의 얼굴을 쳐다본다. 생긋생긋 온유한 미소를 띤 얼굴이 시야에 들어오자, 여태까지 참아온 수많은 것들이 무너져 내릴 것만 같았다.

“여러모로 고생이 많네.”

료가 이불 밖으로 비어져 나와 있던 내 손을 잡는다. 변함없이 커다랗고 부드러운 손이다. 땀에 젖어 조금 축축해져 있었다.

“료, 땀 난다.”

“아, 미안. 밖이 덥더라고.”

쑥스러운 듯 웃으며 손을 놓더니, 바지에 손바닥을 비비댄다. 그러곤 다시 한번 손을 잡아 온다. 여전히 땀이 좀 배어 있었지만 아무 말 없이 맞잡는다.

“오늘 날이 덥구나.”

“벌써 7월이잖아. 이제 진짜 여름이구나 싶어. 그래도 여기 여름은 시원해서 좋네.”

“그런가. 그렇게 달라?”

“응. 도쿄만큼 푹푹 찌지 않아서 기분 좋은 더위야. 오늘은 날이 흐려서 습도가 좀 높지만.”

“그래? 오늘 구름이 많구나. 여기 있으면 날씨가 어떤지 몰라서.”

“커튼을 닫아놓으니까 그렇지. 열까?”

응, 하고 끄덕이자 료가 블라인드 커튼을 걷어 올린다. 커다란 창문에 바깥 풍경이 네모꼴로 오려져 있었다. 료의 말대로 하늘은 흐리고, 잿빛 구름이 두껍게 겹쳐져 있다. 어쩐지 창문을 열기가 망설여지곤 했다. 그랬다간 온종일 창밖만 쳐다보고 있으리란 예감이 들었기 때문이다. 하늘이야 가끔 올려다보는 정도가 딱 좋은데.

이날 료는 말수가 많았다. 먼저 입을 여는 법이 통 없는 그로선 드문 일이었다. 내가 지루해하지 않도록 안간힘을 쓰는 것처럼 보이기까지 했다. 이야길 나누면서 나는, 그저 조용히 돌아가는 시곗바늘에만 신경이 가 있었다. 면회 시간이 끝나면 료는 돌아가야 하고, 난 또다시 혼자가 될 것이다. 역시 료가 오는 게 아니었단 생각이 들기 시작했다. 오늘 밤을 견뎌낼 자신이 없었다. 이렇게 손을 잡고 다정하게 말을 걸어주면 나는 또 무서워지고 만다.

그럼에도 하늘엔 어둠이 드리운다. 날이 흐려선지, 달도 별도 없는 밤이었다. 커튼 따위 열지 말았어야 했다.

"그럼, 슬슬 가볼게."

작게 웃으며 료가 내내 잡고 있던 손을 놓는다. 아쉬움이 전해지지 않게끔 어금니를 깨문 미소로 끄덕였는데, 무심코 빠져나가려는 손가락을 붙잡고 말았다. 료가 놀란 기색으로 이쪽을 쳐다본다. 나는 서둘러 손바닥을 펼친다.

"아아, 미안. 모르고 반사적으로 잡아버렸네."

“미안해. 다음 주 주말에 또 올게.”

방금까지 내 손을 잡고 있던 오른손으로 내 머릴 슥슥 쓰다듬는다. 나도 모르게 그 손을 뿌리치고 만다.

“됐어, 괜찮아. 료도 바쁘잖아.”

“걱정 마. 요샌 그렇게 바쁘지도 않으니까.”

“그래도 여기 오는 돈만 해도 얼마야. 난 아무렇지 않으니까 괜찮아.”

“그게 아니라, 내가 보고 싶어서 오는 거야.”

“됐다니까! 오지 말라면 오지 마!”

그만 언성을 높이고 만다. 황급히 미안, 하고 중얼거리곤 시선을 피한다. 시야 끝에 난처한 미소를 띤 료의 얼굴이 보인다. 최악이다. 이건 그냥 화풀이에 지나지 않는다. 료가 내 안에 있는 적막감을 알아챘으리라 생각하니 비참하고 한심했다.

“그럼, 아쉬운 대로 부적만 두고 갈게. 그 정돈 괜찮지?”

내가 아무 대답이 없자, 료가 가방을 뒤적거린다. 이내 꺼낸 물건을 내밀어 왔고, 반사적으로 받아 든다.

눈에 익은 상자였다. 구깃구깃 찌부러진 감색 상자. 상자는 윗면이 필름으로 되어 있어 안이 들여다보였다.

만년필이었다. 검은 도장(塗裝)에, 알파벳 R과 S가 금색으로 작게 새겨져 있다. 예전에 버렸던 만년필이다. 왜 이걸 료가 가지고 있는 걸까. 시선을 손안의 그것으로 떨어뜨린 채, 나도 모르게 "왜?" 하고 중얼거린다.

"이거, 버리면 안 되는 것 같아서."

어쩐지 부끄러운 듯 료가 웃었다.

아무런 대답도 할 수 없었다. 아무런 대답도 하지 못한 채, 그것을 세게 움켜쥐었다.

"미안, 쓰레기통에서 멋대로 꺼내 와서. 근데 전에 여보가 말했잖아, 이건 내 부적 대신이라고. 그래서 상자째로 간직해두고 있다고. 그걸 버렸다는 건 그만한 이유가 있어서겠지 싶었는데, 그래도 역시 버리면 안 될 것 같았거든. 언제 건네줄지 계속 고민하다 오늘 가지고 왔어."

목소리가 나오지 않았다. 무슨 말을 해야 할지 몰랐다. 그저 숨이 막혀 올 뿐이었고, 목구멍 안쪽까지 차오르는 무언갈 억누르고자 몇 번이고 침을 삼켰다. 구역감과는 다른, 훨씬 더 뜨겁고 포근한 것이었다.

"괜한 짓을 한 거라면 미안. 다시 가지고 갈게."

나는 고개를 연신 가로젓는다. 어쩌지, 무슨 말이라도 해야 하는데. 팽창할 대로 팽창한 감정이 펑 터져 흘러넘칠 것만 같았다. 상자를 또 한 번 세게 움켜쥔다. 콰직 하고 더 납작이 찌그러지는 소리가 난다.

"진짜 치사해, 료는."

간신히 뱉어낸 말에, 자꾸 뭐가 치사하단 거야, 하며 료가 웃는다. 의자에서 일어나 나를 두 팔로 껴안아준다. 은근히 땀 냄새가 났다. 그러나 싫은 냄새는 아니었다. 오른손으로 상자를 쥔 채 나도 료의 등에 팔을 두른다.

"다음 주에 또 와. 꼭 와야 해."

내 말에, 료가 내 머릴 천천히 쓰다듬으며 대답한다.

"당연하지. 부적한테만 맡겨서야 되겠어?"

자랑스러운 기분이었다. 이 사람이 내 남편이라고 큰 소리로 외치고 싶은 심정이었다. 이 사람을 좋아하길 참 잘했단 생각이 들었다. 그리고 언젠가는 꼭, 료 역시 그런 마음이 들 수 있게 해주겠다고 그때의 나는 다짐했다.

료는 결국 면회 시간이 끝나기 직전까지 있다가 되돌아갔다. 나는 료가 돌아간 뒤로, 침대 위에 놓인 만년필과 손안에 쥔 스마트폰만을 번갈아 노려보고 있었다.

연락처 목록엔 아직 사카히라 리쿠의 이름이 있다. 하지만 그날 이후로 미즈무라와는 그 어떤 연락도 하지 않았다. 저쪽에서도 아무런 액션이 없어 어떻게 지내고 있는지도 전혀 모른다.

그걸로 됐다는 생각이었다. 물론 내 결단이 진정 옳은 것이었는지 고민하는 일도 허다했지만, 그럼에도 틀리지 않았다며 나 자신을 수없이 타일러왔다. 그런데 료가 가지고 와준 만년필로, 내 마음은 사정없이 흔들리고 있었다.

실은 알고 있었기 때문이다. 죽음이라는 극심한 공포의 기저에, 이 몸은 내 게 아니란 인식이 깔려 있단 것을. 이대로 죽으면, 미즈무라 말곤 아무도 진실을 모르는 채 이 몸으로 죽어가는 꼴이 된다. 그런 생각을 하니 섬뜩했다.

그뿐만이 아니다. 내가 죽으면 미즈무라는 원래의 자신의 몸을 영영 잃어버리게 된다. 나는 매일 밤 그 막중한 책임감에 짓눌리곤 했다.

결국 또. 또 나는 내가 구원받자고 미즈무라를 이용하려 하고 있다. 이제 와서 대체 뭐라 말을 걸 셈인지. 애당초 연락처가 그대로일 거란 보장도 없다. 어쩌면 이제 연락할 수단이 없을지도 모른다.

그래도, 그럼에도. 떨리는 손가락으로 스마트폰 화면을 두드린다. 나는 반드시 미즈무라에게 사과해야만 한다. 설령 그 뒤에 어떤 거절의 말이 기다리고 있다 한들.

연결음이 울렸다. 귓속에서 유난히 시끄럽게 울려 퍼졌

다. 입안이 말라 혀의 표면이 철썩 들러붙어 있었다. 몇 번의 연결음을 들었을까. 연결음이 불쑥 끊어진다. 몸 안의 혈액이 단숨에 역류하는 듯한 감각에 휩싸인다.

"네, 여보세요."

조금 나지막한 남자의 목소리다. 어딘가 딱딱하고, 경계심과 긴장감을 동반한 울림이 느껴진다. 소리 없이 깊은 숨을 들이마시고 바싹 마른 입을 뗐다.

"미즈무라?"

침묵이 끼어든다. 얼마만큼의 길이였는진 모르겠으나, 그 사이 나는 수많은 생각들을 하고 있었다. 과연 미즈무라는 내게 무슨 말을 할까. 왜 연락했느냐며 매몰차게 뿌리치려나. 욕을 퍼부으려나. 아니면 말없이 끊어버리려나. 당연하다. 당연한 일이다. 여러 예방선을 쳐 자신의 몸을 지키고자, 머릿속에서 자꾸만 최악의 상상을 펼친다.

"사카히라? 오랜만이다! 잘 지내?"

그런데 되돌아온 건, 조금의 악의도 없는 밝은 목소리였다. 나도 모르게 할 말을 잃는다. 마지막으로 본 때의 험악함도, 3년간의 공백도 느껴지지 않았다.

"자, 잘 지내. 너는?"

간신히 되묻는다. 잘 지내지, 하는 대답이 돌아온다. 그 무렵과 조금도 달라지지 않은 말투다.

뒤이어 또다시 침묵이 찾아온다. 나는 미즈무라에게 대체 무슨 말을 전하고 싶었던 걸까. 그땐 미안했어, 라며 다시 사이좋게 지내자고 말할 생각이었나. 하지만 미즈무라는 아무 일도 없었다는 듯 행동하고 있다. 어쩌면 내겐 사과하는 일조차 허락되지 않는지 모른다.

"거, 거짓말이야. 나는 잘 못 지내. 하나도 잘 지내고 있지 않아."

당황한 나머지 무심코 이상한 말을 내뱉고 만다. 응? 뭐라고? 하고 조금 동요한 목소리가 들려온다.

"나, 나, 실은 지금 임신 중이거든."

"헉, 그렇구나! 축하해."

"근데 뭐가 좀 안 좋아서 지금 입원해 있어. 전화도 병원에서 하는 거고."

"뭐? 괜찮은 거야?"

"모, 모르겠어. 나도 모르겠어. 의사는 안정을 취하면 된다곤 했지만."

이야기하는 사이 감정이 격앙된다. 방금까지 바싹 말라 있던 입안에 침이 고여가는 게 느껴진다.

"무, 무서워 미즈무라. 나 무서워. 이대로 죽으면 어쩌나 매일 밤 생각해. 죽으면 이제 진짜 아무도 못 만나잖아. 게, 게다가."

코를 훌쩍인다. 시야가 점점 부예진다. 미즈무라는 아무 말 없이 듣고 있다.

"내가 죽으면, 슬퍼해줬음 하는 사람이 슬퍼해주지도 못해. 엄마도 로쿠도 다자키도. 실제론 내가 죽은 건데, 내가 죽었다곤 아무도 생각해주지 않아. 그뿐 아니라 네, 네가. 너한테도."

"나?"

"너한테도. 나, 난 너한테도 사과해야 해. 내가 죽으면 널 죽이는 거잖아. 미, 미안, 미즈무라. 난 싫어, 죽고 싶지 않아. 무서워, 미즈무라. 나한텐 역시 무린가 봐. 네 인생은, 내가 책임지기엔 너무 무거운 거였어. 미안, 미즈무라. 제대로 살아내지 못해서 미안. 정말 미안해."

말끝은 울먹임에 젖어 이미 불분명했다. 어느샌가 난 울고 있었다. 누구에게도 말하지 못했던 감정을 토해내며, 두 눈에서 눈물을 펑펑 쏟아내고 있었다. 그것이 안도감 때문인지, 아니면 커져 가는 불안감에 의한 것인진 몰라도. 자신을 냉정하게 바라보는 내 안의 내가 창피하단 생각을 하고 있었다. 이렇게 어린애처럼 흐느껴 울다니 창피하기 짝이 없다. 그런데도 눈물은 멈추지 않았다. 젖은 뺨을 손바닥으로 거듭 훔쳐낸다.

"그래그래, 일단 진정해, 사카히라."

흐느끼며 우물쭈물 이어가던 내 말을, 미즈무라의 태평한 목소리가 가로막는다.

"있잖아, 사카히라. 사람은 그리 쉽게 죽지 않는 법이에요."

"그, 그래도 모르는 일이잖아."

"네 마음이 어떤진 알아. 나도 그동안 죽는 게 무서웠거든."

"그, 그래?"

"응. 몸이 바뀐 뒤로 내내 무서웠어. 네 말대로 진짜 날 아무도 모르는 채 죽는 것도 싫었고, 네 몸을 빼앗은 채 죽는다는 것도 너무 무서웠어. 근처에 차가 지나가기만 해도 심장이 두근거렸고, 승강장에서 전철을 기다릴 때도 맨 앞에 서질 못했어. 불편했지만 면허를 따지도 못했고. 내내 무서웠어, 나도."

"그, 그런 줄 몰랐어."

"그야 모르지, 말한 적이 없는걸."

그 말을 듣고 돌이켜 생각해본다. 그러고 보면 내가 미즈무라의 이야기에 성심껏 귀 기울인 적이 있었을까. 내 얘기만 잔뜩 하고, 미즈무라는 그저 웃고만 있었던 것 같다. 미즈무라는 그동안 어떤 생각을 하고 있었을까. 미즈무라가 자꾸만 둘만의 약속을 만들어낸 이유를, 나는 한 번이라도 생각해본 적이 있었나. 눈앞에 놓인 만년필을 응시한다.

"그러니까 불안해하지 말라곤 안 하겠는데, 그래도 지나치게 신경 쓰는 건 좋지 않아 보여. 뭐, 내가 말한들 설득력이 없겠지만 말야."

"그, 그래도 혹시 모르잖아."

"그렇게 생각하면 끝이 없잖아. 그나저나, 내 얼굴로 그렇게 한심하게 울지 말아줄래?"

느닷없는 말에 얼이 빠진다. 이내 예전에 내뱉은 말을 그대로 돌려받았음을 깨닫는다. 나도 모르게 몸이 굳어진다.

"저기, 그 말은 미안했어. 진짜 미안."

"됐어 이제. 귀한 네 울음소리도 들었고 말야. 얼굴을 못 봐서 좀 아쉽지만."

"전화라 다행이다 진짜."

웃으며 눈가에 남은 눈물을 손가락으로 닦아낸다. 울어

선지 머리가 무지근히 아팠지만, 신기하게도 마음만은 개운해져 있었다. 차 있던 고름을 모조리 짜낸 듯한, 그런 감각이었다.

"근데 진짜 순산했음 좋겠다."

"그러게. 근데 아직 실감이 하나도 안 나. 좋은 엄마가 될 자신도 없고."

"낳아보지 않고선 아무도 모르는 거지."

"근데 말야, 낳고 나서도 부모로서의 감정이 전혀 안 생기면 어쩌나, 사랑하는 마음이 안 들면 어쩌나 싶어. 사실 그런 점도 불안해."

"뭐, 그럴 수도 있겠다."

미즈무라가 무신경하게 답한다. 살짝 힘이 빠진다.

"뭐야 그게."

"아니, 그런 건 낳아보지 않고는 모르는 거잖아. 벌써부터 불안해해봤자 시간 낭비라고."

"뭔가 달관한 사람 같네."

"그래도 꼭 소중히 길러줘. 내 아이기도 하니까."

"뭐? 무슨 소리야?"

"그렇잖아, 내 몸으로 낳은 거니까 내 아이기도 하지."

"진심이냐? 그런 생각은 또 못 해봤네."

그렇게 말하며 함께 웃는다. 두 어깨를 짓누르고 있던 무거운 우울감이 어느새 훨씬 가벼워져 있었다. 미즈무라는 역시 굉장하다. 잠깐의 대화를 주고받았을 뿐인데. 동시에 찜찜한 기분도 든다. 나는 미즈무라에게 받은 만큼 제대로 돌려주고 있을까.

"미즈무라, 고맙다."

무심코 입 밖에 내고 있었다. 갑자기 왜 그래, 하며 얼떨떨한 웃음이 되돌아온다.

"계속 생각해왔어. 난 맨날 미즈무라한테 도움을 받는구나 하고. 생각해보면 몸이 바뀐 순간부터 내내 그래왔던 것 같아. 뭘 해도 잘 안 되고, 네 인생을 엉망으로 만드는 스스로가 지독히도 싫었거든. 왜 너처럼 잘 해내질 못하는지 너무 한심스러웠고. 그래도 난, 네가 해준 말 덕분에 나를 싫어하지 않을 수 있었어. 그렇게 구원받아왔단 생각이, 지금 와선 너무 많이 들어. 난 너한테 아무것도 해주질 못했지만 말이야. 그래도 고맙단 말은 제대로 해야겠다는 생각이 지금 막 들어서."

"뭐야. 갑자기 웬 진지 모드."

"응? 나 원래도 그렇지 않아?"

"전혀 안 그래."

어쩐지 문득 쑥스러워진다. 방금 전 울음을 터뜨렸을 때보다도 부끄러웠다. 하지만 말해야만 한다고 생각했다. 그저 고맙다고 말했을 뿐이지만 줄곧 전하고 싶던 말이기도 했다.

“근데, 나도 지금껏 너한테 도움받아왔어.”

“어, 정말?”

“응. 이방인에서 콜라랑 커피 마시면서, 마주 앉아 얘기하는 시간은 내 삶의 위안이었어. 그때만큼은 아무것도 무섭지 않았거든. 그 시간이 있었기 때문에, 지금까지 난 포기하지 않고 살아온 거야.”

그렇구나. 짧게 맞장구를 친다. 그 말에 나는 또 위안을 얻고 만다.

“아무튼, 난 언제든 널 도울 거야. 언제까지나 네가 너 자신의 편일 수 있도록.”

나는 아무런 말 없이, 만년필을 또 한 번 꽉 움켜쥐었다. 이방인과 학교 계단참에서 대화를 주고받던 기억이 떠오른다. 남의 눈을 피해 누구도 들어선 안 되는 이야길 나눌 때면, 왠지 몹쓸 짓을 꾸미고 있는 기분에 즐겁곤 했다. 누구에게도 들켜선 안 되는 나쁜 짓 말이다. 나쁜 짓은 모름지기 혼자선 불가능하다.

"사카히라, 오늘 보름달이 엄청나. 거기서도 보여?"

미즈무라의 말에 창밖을 바라본다. 낮부터 지금까지 여태 흐렸는지, 캄캄한 어둠이 하늘을 집어삼키고 있었다.

"아니, 안 보여. 여긴 오늘 내내 흐렸거든."

"그렇구나. 그럼 내가 대신 봐둘게."

"뭐야 그게. 나 대신 봐주는 거야?"

"응. 그러니까 넌 마음 놓고 자도 돼."

불현듯 머릿속에 밤하늘을 올려다보는 미즈무라의 모습이 떠오른다. 배기가스로 얼룩진 도시의 하늘. 그런 하늘에도 하얗고 둥근 달이 휘황히 빛나고 있으리라. 고마워, 하고 다시 한번 작게 중얼거린다. 귀에 들렸는지 어떤지, 미즈무라는 아무 말도 하지 않았다.

그때, 배 속에서 통 하고 뭔갈 내리치는 듯한 진동이 일었다. 나도 모르게 배를 움켜쥔다. 또다시 안쪽에서 가벼운 충격이 인다.

"미, 미즈무라. 대박. 지금 발로 찼어."

"어? 뭐가?"

"아기 말야! 지금 찼어, 배 속에서 찼다고!"

"엇, 정말? 아기가 배를 찬다는 게 진짜였어?"

"진짜야! 방금 찼다니까! 장난 아냐, 다리 힘이 엄청나."

"오오, 부럽다. 나도 어떤 느낌인지 경험해보고 싶어. 빨리 나가고 싶단 뜻일지도 몰라."

"우쭈쭈, 얼른 나오렴. 엄만 이제 이 배가 지겹단다."

"엄마래. 웃기다."

"엄마 맞는 걸 어째."

전파를 타고 두서없는 대화가 이어진다. 아마 우리의 삶은 이제 크게 교차하지 않을 것이다. 미즈무라가 태어난 아이의 얼굴을 보러 오는 일은 없을 테고, 나 역시 미즈무라의 결혼식에 참석하는 일은 없을 것이다. 하지만 그걸로 됐다. 그저 우린 또 1년에 한 번, 7월에 만남을 가질 뿐이다. 만나서 이야길 나누고, 내년에 봐, 하고 웃으며 서로에게 손을 흔든다. 그것만으로 충분하다. 그것만으로도 우리는 살아갈 수 있다. 누군가와의 약속엔 사람을 살아가게 하는 힘이 있다.

전화 너머로 미즈무라의 커다란 웃음소리 들려온다. 오늘 밤은, 오랜만에 편히 잠들 수 있을 듯했다.

30

밤에 찾은 학교는 낮과는 사뭇 다른 얼굴을 하고 있었다. 아예 다른 건물처럼 보이기까지 했다. 당연하게도 모든 교실이 깜깜했고, 운동장도 어둠이 입을 쩍 벌린 모양새로만 보여, 되게 무섭다, 라는 미즈무라의 말에 동의하지 않을 수 없었다. 한밤중의 학교가 무섭단 사실은 알고 있었지만, 밖에서만 봐도 이렇게 으스스할 줄은 몰랐다.

"잠깐, 들어가기 전에 담배 한 대 피워도 돼?"

그러든지, 하고 대답하자 바지 뒷주머니에서 담배와 라이터를 꺼낸다. 한 개비를 입에 물고는 어딘가 어정쩡한 동작으로 불을 붙였다.

"담배는 언제부터 피웠대?"

"아주 가끔씩이긴 해도 예전부터 피웠어. 일 시작한 지 얼마 안 됐을 땐가. 일 때문에 스트레스받을 때나, 긴장될 때 피워."

"뭐야, 긴장되세요?"

"솔직히, 엄청 많이."

그건 나도 마찬가지였다. 괜한 짓일지도 모르겠다고, 밤의 학교를 올려다보며 생각한다. 거의 충동적으로 찾아온 것인데, 지금은 후회와 함께 아주 약간의 호기심이 몸 안에 남아 있었다.

"나도 한 개비 줘봐."

"그래. 피워본 적 있어?"

"아니, 없어. 인생 첫 담배야."

미즈무라가 담배 한 개비를 꺼내 건네준다. 받아 들어 입에 물자 라이터 불을 가져다 댄다. 불붙일 테니까 빨아들여. 시키는 대로 하니, 담배 끝이 붉게 지지직 타들며 연기를 뿜어냈다. 입안에 쓴맛이 퍼졌다. 입을 벌리자 담배 연기 덩어리가 하늘로 피어올랐다.

"연기, 폐까지 제대로 들이마셔야 해."

"아아, 그렇구나."

미즈무라의 말대로 연기를 폐에 떨어뜨린다. 그 순간 목구멍이 거부 반응을 일으킨 듯 숨이 막혔다. 심하게 쿨럭대는 나를 보고 미즈무라가 작게 웃는다.

하지만 몇 번 반복하는 사이 그 작업에 점차 익숙해져 갔다. 다만 몹시도 해로울 듯한 맛이 혀에 엉겨 붙을 뿐, 도무지 맛있단 생각은 들지 않았다.

둘 다 말을 꺼내려는 기색 없이, 그저 몸에 나쁜 기체를 폐로 흘려보내는 작업을 반복했다. 신기하게도 침묵이 괴롭지 않았다. 그래서들 담배를 피우는 건가, 하고 문득 생각했다.

"자, 가볼까?"

하얀 입김을 가늘게 내뿜곤, 은색의 원통 휴대용 재떨이에 작아진 담배의 끝을 비비댄다. 어디서 본 것 같은데, 했더니 예전에 로쿠가 사용하던 것과 똑같았다. 자세히 보니 매우 손때 묻은 느낌이다. 이러쿵저러쿵하더니 그런대로 잘 지내고 있잖아? 나는 아주 약간의 안도감과, 아주 약간의 질투심을 느낀다.

담배를 피우고 나서도 미즈무라의 옆얼굴은 여전히 경직돼 있었다. 물론 그 긴장감은, 한밤중 학교에 멋대로 침입한다는 꺼림칙함 때문만이 아니리라. 만일의 가능성을 헤아리고 있는 것이다. 그리고 그 가능성에 공포심을 끌어안고 있다. 나 역시 그렇다. 원래대로 돌아가는 일은 우리가 오랜 세월 품어온 소망이다. 그런데 그것이, 지금은 이토록 무섭다.

"미즈무라."

말을 건넨다. 당장에라도 울음을 터뜨릴 것 같은 얼굴로 미즈무라가 이쪽을 쳐다본다. 나는 느릿느릿 오른손을 높이 들었다. 순간 얼떨떨한 얼굴을 하더니 이내 활짝 웃는다. 그리고 미즈무라도 똑같이 오른손을 높이 들어, 그 손바닥을 내 손바닥에 맞부딪친다. 짝 하고 파열을 닮은 소리가 밤의 교정에 울려 퍼졌다. 엄숙한 체하던 정적을 깨뜨려버린 기분에 통쾌했다.

"남자처럼 굴긴."

미즈무라는 그렇게 말하고 히죽 웃더니, 자, 가볼까? 하고 다시 한번 되뇌었다.

스마트폰 불빛으로 주변을 비춘다. 그 행위만으로 진정 나쁜 짓을 꾸미고 있는 듯한 기분이었다. 둘이 함께 입을 묵직이 다문 정문을 기어올라 학교 안으로 침입한다. 우리는 발소리가 울리지 않도록 천천히 걸었다. 말을 하면 무슨 벌이라도 받는 양 둘 다 입을 열지 않았다. 어쩐지 기분 좋은 고요함이었다.

수영장을 에워싼 담장에 다다른다. 정문보다도 높았지만, 겨우겨우 넘어가 풀 사이드에 내려선다.

별빛과 달빛에 비친 수면은 틀림없이 환상적이리라 생각했는데, 어둠 속에 흔들거리는 물은 을씨년스럽게 넘실대고 있었다. 자세히 보니 잎이며 나뭇가지 따위도 하나둘씩 떠다니고 있다.

"이제 와서 말이지만, 수영장 물은 매일 빼는 게 아니구나."

미즈무라가 불빛으로 풀장을 끝에서 끝까지 훑으며 말한다. 뭔가가 도사리고 있진 않은지 확인하는 듯한 느낌이다.

"아무렴 이렇게 많은 물을 매일매일 갈긴 힘들지 않겠어?"

고요히 흔들리는 수면을 둘이서 지그시 바라본다. 우리는 누가 먼저랄 것 없이 손을 잡았다. 미즈무라의 손은 놀랄 만큼 차가웠다. 무더운 밤에는 딱 좋은 온도였다. 무심코 힘을 꽉 싣는다. 미즈무라도 그에 응하듯 손을 세게 맞잡았다.

"넌 말이야, 여자로 돌아가고 싶단 생각 해본 적 있어?"

"당연히 있지, 셀 수 없이 많이. 근데, 남자로 사는 삶도 그런대로 나쁘진 않아. 덕분에 즐겁게 지내고 있죠."

"그럼 남자랑 여자, 어느 쪽이 좋아?"

"뭐야. 진짜 궁금해?"

미즈무라가 내 손을 잡은 채로 웃는다.

"역시 여자로 살고 싶었단 생각도 가끔 해. 근데 말야, 그건 결국 생떼나 다름없잖아. 여름 무더위 속에선 얼른 시원해졌으면, 겨울이 더 좋았는데, 생각하잖아? 그래놓고 겨울이 되면 반대로 생각하고. 딱 그 느낌이야. 다시 여자가 되더라도, 난 아마 금방 또 남자가 더 좋았단 소릴 할걸."

"듣고 보니 그렇네. 일리 있어."

"그치?"

어느새 공포심도 긴장감도 흥분감도 사라져, 신기하게 잔잔한 물결처럼 고요한 기분이 되어 있었다. 다만, 반드시 해야만 할 것 같았다. 그 결과가 어떻든 간에.

"그럼, 가볼까?"

내가 말한다. 미즈무라가 손을 풀었다가 다시 한번 맞잡는다.

"응, 가볼까?"

하나 둘 셋.

우리는 두 다릴 굽혀 풀장으로 뛰어들었다.

정적에 비말 소리가 흩어졌다. 공기를 휘젓는 듯한 소리였다. 눈은 꼭 감은 채였고, 귓속에서 물이 꼬르륵꼬르륵 소용돌이치고 있었다. 물속에 내던져진 몸이 두둥실 떠오른다. 그때도 이런 느낌이었나. 그때의 나는 대체 무얼 느끼고 있었을까.

손을 잡은 채, 우린 거의 동시에 수면 위로 얼굴을 내밀었다. 코에 물이 들어가 숨이 막혀서 콜록거린다.

“망했다!” 갑자기 미즈무라가 소리친다. “나, 짐 두고 왔지 참. 갈아입을 옷이 없어.”

“아, 나도 집에 안 가면 옷 없는데.”

젖은 머리를 쓸어 올린다. 무심코 웃음이 난다. 웃음이 나와? 라면서 미즈무라도 웃고 있다. 파마한 머리카락이 한결 구불거린다.

물을 빨아들인 옷을 질질 끌다시피 해 풀장에서 기어 나온다. 풀 사이드에 나란히 걸터앉는다. 체온을 빼앗겼는지 조금 춥다. 물에 담근 발목이 따뜻했다.

“바뀌려나.”

미즈무라가 수면을 걷어찬다. 물방울이 튄다. 그 목소리엔 불안도 기대도 서려 있지 않은 듯했다.

"내일 일어나보면 알겠지."

"뛰어들 때 몸이 돌아오길! 하고 제대로 빌었어?"

"아니. 내일 저녁 뭐 만들지 생각했어."

"뭐라고? 그럼 어떡해! 돌아가길 진심으로 바라야지."

"어디서 들어본 대사 같네. 그러는 넌 무슨 생각 했는데?"

"수영복 사러 가야겠다, 생각했어. 이번 달 말에 바다 가기로 했거든."

"너도 똑같잖아."

그런 말을 주고받으며 함께 웃는다.

이대로 집으로 돌아가 잠자리에 들고, 눈을 뜨고. 눈앞에 펼쳐진 풍경이 완전히 달라져 있다면, 우린 또다시 당황해 마지않을 것이다. 오랜만에 마주한 원래의 내 몸에 곤혹스러워할 게 틀림없다. 그리고 서로가 적은 노트를 확인하고, 만년필을 교환하기 위해 다시 만날 약속을 하겠지.

그러는 것도 썩 나쁘지 않을지 모른다. 분명 우리라면, 어떻게든 헤쳐나갈 수 있을 것만 같다.

"봐봐, 보름달이 엄청나."

미즈무라의 목소리에 이끌려 하늘을 올려다본다. 가로

등이 적은 짙은 어둠 속에, 둥근 달과 별이 밤을 도려낸 듯 빛나고 있었다. 둘이 함께 입을 헤벌쭉 벌리고 바라본다.

"이렇게 하늘을 쳐다볼 일이 별로 없는 것 같네."

미즈무라는 어딘가 즐거운 듯 말하더니, 방울져 떨어지는 이마의 물을 손등으로 닦았다. 일찍이 나였던 그 옆얼굴을 응시한다. 나를 대신해, 15년간 온 힘을 다해 살아온 내 모습을.

울면 안 된다고, 우린 서로 생각해왔다. 이 얼굴로 눈물을 흘려선 안 된다고, 슬퍼하는 모습을 보여선 안 된다고. 그러나 가끔은 그것도 괜찮을지 모른다. 어떤 표정이든 우리 둘만의 것이니까.

"나, 바뀐 게 너라서 다행이라고 생각해."

그 말을 절로 입 밖에 내고 있었다. 미즈무라가 어리둥절한 얼굴로 나를 쳐다본다. 그러곤 나도 지금 그 말 하려고 했어, 하며 히죽 입가를 일그러뜨린다. 거짓말 마, 하고 팔꿈치로 가볍게 찌른다.

누구에게도 말 못 할 비밀을 공유할 수 있는 사람이 있다는 건 의외로 나쁘지 않은 일이다. 아무도 몰라도 괜찮다. 둘이서만 알고 있으면 된다. 아무도 본 적 없는 둘만의 기적으로 수없이 괴로워하면서도, 그러면서도 서로를 구원해주고 서로의 이야길 주고받을 수 있다면 그걸로 됐다.

그리고, 비밀도 나쁜 짓도 둘이서 반으로 쪼개 남몰래 살아가자.

아마도 그건, 혼자인 것보다는 훨씬 즐거울 테니까.

네 얼굴로 울 수 없어

초판 1쇄 발행 2022년 8월 26일

지은이 기미지마 가나타
옮긴이 박우주
펴낸이 서재필
책임편집 김현서

펴낸곳 마인드빌딩
출판등록 2018년 1월 11일 제395-2018-000009호
전화 02)3153-1330
이메일 mindbuilders@naver.com

달로와는 마인드빌딩의 문학 브랜드입니다.

ISBN 979-11-90015-91-2 (03830)
• 책값은 뒤표지에 있습니다.
• 잘못된 책은 구입하신 곳에서 바꿔드립니다.